万能女中コニー・ヴ

百七花亭

Monakatei Presents

fairy kiss

この作品はフィクションです。
実際の人物・団体・事件などに一切関係ありません。

万能女中コニー・ヴィレ5

コニー・ヴィレはハルビオン城の女中だ。

歳は十八。まとめた藁色髪《わらいろがみ》にぶあつい丸メガネ、見た目だけなら凡庸地味子。

異常膂力《りょりょく》を持ち、かつ有能。ついたあだ名は〈万能女中〉。炊事・洗濯・掃除から、臨時の経理官——さらに、諜報部隊〈黒蝶《こくちょう》〉では諜報・戦闘まで行う。

大恩ある王太子ジュリアンのためならば、危険も顧みず忠義の道を突っ走る。

そんな色恋お断りの枯れ女子にアプローチをかけるのは、義兄リーンハルトと上官アベル。

長年の政敵、第一王子の派閥が一掃されてのち、やっと得た安息の日々。その裏で進行するのは、王家への復讐を目論む異形〈影王子〉の暗躍。行方をくらました主《あるじ》と、義兄含む側近四名。そして、多くの騎士たち。城内を恐怖と混乱に陥れた魔性ヒルの爪痕は——いまだ残る。

主たちが人外の敵に攫《さら》われたのは明白だ。コニーの心は不安に揺れる。

初めに姿を消したのは義兄率いる部隊だと聞いた。すでに二十日以上が経《た》つ。

今はまだ、その居場所さえ摑めてはいない——

一章　ヒル騒動と旅立ち

1　王都を駆けるゴシップ紙

暁星暦《ぎょうせいれき》五一五年　五月二十日

早朝、使用人食堂に入ると誰もいなかった。

食事をもらって窓際のテーブルに向かうと、そこに置かれた新聞が目に入る。

〈ハルビオン城を襲う怪！　魔性のヒル人間により死傷者多数！〉

見出しには三日前の大事件。コニーは食事の盆を置いて、新聞に手をのばした。

〈夜空に現れた巨大な異形は何だったのか！〉

〈王都近郊の戦場から戻らぬ騎士たちは何処《どこ》へ⁉〉

そのあとに続くのは、王家は人外に呪われているだの、城はすでに魔性の手に落ちただの——三文小説ばりの妄想が綴《つづ》られている。社名を確認した。

「〈うたかた羊新聞〉……聞いたことがありませんね」

これまで城下に出回る新聞といえば、老舗《しにせ》の〈王都新聞〉だけ。王家と懇意であるため品性を売りにし、経済や文化などの専門分野に重点を置く。大衆向けには国の一大事に限り、無料号外を配布していた。例えば、二ヶ月程前の王太子任命及び、愚王子と元王妃の幽閉。王都にばらまかれた号外は旅人の手を介して、情報の届きにくい辺境地まで運ばれる。

今回、〈王都新聞〉は号外を出さなかった。理由はまぁ、察しがつく。

軍力を大幅に欠いた時を狙って、人外が城を攻めたのだ。死者は百二十六名、貴族やその世話人らを含む。要職に就く者も複数亡くなり、ダメージは多方面に及ぶ。人の口に戸は立てられないが、それでも、体裁を整え対策を講じるための時間を必要とする今――こんなに早く広まっては、他国につけ入る隙を与えかねない。

コニーは新聞をめくりつつ眉根を寄せた。王太子ジュリアンと討伐隊の行方不明についての記事がある。辺境で憑物士《つきものし》駆除を行っていた討伐隊に関しては、各領地から連絡が入っているので隠すことは出来ない。

だが、王太子に関しては――『友好国へ訪問中』という事実は伏せられ、『国内視察でしばらく不在』と公表されていたはず。なのに何故、行方不明だと報じているのか。

ただの憶測？　それとも何か根拠があって……？

食堂の入口から人が入ってきた。あっという間に混雑する。

朝食を載せた盆を手に、二人の女中がこちらのテーブルにやってきた。

「おはよう、今朝も早いわね」

「コニーさん、おはようございまーす！」

「おはよう、ミリアム、ハンナ」

新聞を見た金髪美女のミリアムが、「それってゴシップ紙でしょ」と辛辣《しんらつ》に評する。焼きたてのパンにバターを塗りつつ、無邪気に笑うハンナ。

「あまりにおかしくって、最後まで読んじゃいました」

そう、無駄に筆力高く煽りも巧《うま》い、馬鹿馬鹿しいのに読ませる力もある。コニーもつい最後まで読んでしまった。おかげで、野菜たっぷりのコンソメスープが冷めてしまった。食べねば。メインは香ばしく焼かれた厚切りベーコン。添えに色鮮やかな豆サラダ。もちろん大盛りだ。

「城は魔性の手に落ちたって、そこで働くあたくしたちはどうなってると思っているのかしらね」

ミリアムは、イラッとしたようにパンを千切る。

「この絵、すごく細かくないですか？」

ハンナが指差すのは、〈ヒル人間について語る人々〉と題されたモノクロの絵だ。

「〈写真〉ですね」

「シャシン？」

「風景を〈術〉で記録し、紙に転写する〈写真機〉という魔道具があるんです。他国の開発品なのでハルビオン国では珍しいのですが……」

「コニーさんは物知りですね！」

新聞の日付を確かめる。二日前、つまりこれは初報だ。コニーは食事を終えたあと、昨日発売された新聞を探した。庭師のおじさんが読んでいたので、断りを入れて横から見せてもらう。

それには、魔性ヒルの幼体駆除に効果の高い〈魔獣避けの薬草〉キルミンのことが書いてあった。

――嫌な予感。

現在、城の敷地内において、魔性ヒルの駆除は粗方終わっている。だが、人に寄生したものが城下へ運ばれ被害が広がっていた。もちろん、騎士団や王都警備隊も対処すべく城下を巡回している。

「薬草の買占めが起こらなければよいのですが……」

その懸念はすでに当たっていた。昨日から薬草キルミンの価格が百倍に高騰。

午後から城下に出向いたコニーだが、キルミンどころか複数種類ある〈魔獣避けの薬草〉は、どこに行っても買えない状況になっていた。配合次第では次善効果が期待できるとはいえ……量り売り用の箱には葉っぱ一枚残っていない。その結果、必要な人の手に渡らず被害の収束を妨げている。

恐るべし、新聞効果……！

商人たちも金儲けの機会を逃すまいとしているのだろうが、時と場合を考えろと言いたい。

魔性ヒルは段階的に成長する。
①幼体の内は魔力を発さない。寄生された本人は気づかず吸血される。
②成体になると三十センチ、ようやく微弱な魔力を発する。寄生者は急速に干からびて亡くなる。
③成体は卵を産んでのち、寄生者そっくりに擬態。
④最終段階で頭部が膨らんで割れる。ヒトデ状の口腔を現し、〈ヒル人間〉となって人を襲う。
幼体駆除なら、キルミンの香りだけでも可能。成体になると、その効果は弱まるが忌避効果はあ

る。成体一匹の産卵数は数百に及ぶ。そして、成長スピードも速い。

自らも襲撃を受けたハルビオン国王は、すぐに各所へ通達を出した。

「キルミン含む〈魔獣避けの薬草〉全種について、独占・価格吊上げを禁止する。違反者には全財産没収、五十年の鉱山懲役の罰を科す」

しかし、それでも裏取引する者はあとを絶たず。城の騎士団が怪しい店を強制捜査するも、隠し在庫は見つからず。大量購入したという顧客を調べるも証拠がなく、すっとぼけられた。

五月二十一日

他人事ではない。〈ヒル人間〉がもたらす惨状を知っているコニーは、〈魔獣避けの薬草〉が手に入らないことに強い危惧を抱いていた。

夜明け前に起きると手早く青灰色のお仕着せに着替えて、まだ薄暗い内に官僚宿舎を出る。王都の裏山に薬草採取に行くためだ。この時期なら少し奥まで分け入れば、きっと見つかるはず。

まず、午前中の仕事について予定変更を女中頭に伝えなくては。それから、荷車を借りて……

女中寮へと向かって歩いていると、ふわりと朝の風が薫る。気配を感じて振り返ると、そこに清流の如く涼やかな美貌の御仁《ごじん》がいた。彼は次期国王の裁定者であり、伝説の〈緑の佳人〉と呼ばれる高位精霊。

コニーは丁寧にお辞儀をする。

「イバラ様、おはようございます」

「うむ、丁度良いところで会った。そなたに頼みたきことがある」

艶《つや》めく白緑のまっすぐな長い髪がさらりと揺れて、優雅な足取りで近づいてくる。乳白色の肌、すっきりと通った鼻筋、思慮深げな深緑の双眸、上品な口許。百九〇をやや超える長身を包むのは、聖職者のようなゆったりとした白衣。それに刺繍《ししゅう》された蔦花と月は、緑と銀の二色でありながら濃淡があり素晴らしく精緻。

その美しさについ見惚れていると、周りの景色がぶれるような錯覚。ハッとする。北の城壁沿いにいたはずが、いつのまにか建物の中にいた。イバラによる転移魔法らしい。

この御方は割と行動が唐突である。まぁ、毎回何かしら理由があってのことだが……

「ここは迎賓館……?」

よく掃除に来る場所なので二階の廊下だと分かった。近くに両開きの重厚な扉がある。舞踏会場への入口だ。窓の外がうっすら明るくなり始めているが、人の気配はない。

イバラはその扉を開けた。天井からは硝子《ガラス》細工の大きなシャンデリアがいくつも吊り下がる。広々とした空間の真ん中に、麻袋がドドンと見上げるほど山積みになっていた。

ペパーミントに似た強い芳香が漂う。

「この香り……中身は薬草のキルミンですか!?」

彼は肯《うなず》いた。

「この世は、欲深き者どもが多くて困る。市場に出回るものも我が支配下にあるゆえ、回収した」

どうやら、不正売買する者たちが隠した薬草を取り上げたらしい。

「迅速なご判断、心から感謝いたします」

結構な量だったため、置き場所に困ったのでここに持ってきたらしい。

夜会など開いてる場合ではないですしね。しばらく、この強烈な薬草の香りは床に残ると思いますが――人命第一です。

「この薬草の権限はそなたに委《ゆだ》ねる。王都の民のため、良きように使うがよい」

「承知いたしました」

「国王の承諾も得た、必要な手当を出そう」

さすが国庫管理人も兼任するイバラだ。話が早い。

コニーは休暇中の同僚たちに声をかけて、人手を募ることにした。薬草を詰めた匂い袋――サシェなら、手軽に身に付けられるだろう。その製作について、女中頭マーガレットにも協力を求める。

「倉庫に古いリネンがたくさんあるから、それを裁断して使いましょう。足りない分はまた仕入れるわ。裁縫道具と、小袋の上部を縛る紐、作業台と椅子も用意するわね。他に必要なものはあるかしら？」

「では、数種類の染料を。混色して簡単な印を入れたいので……」

「城で作ったという証拠になるわね」

「ええ、それと転売防止を兼ねて」

マーガレットは「なるほど」と感心する。

言いがかりをつけて、強奪しようとする輩《やから》がいないとも限らない。先手は打っておかないと。

「配布にも時間がかかるわね。終わるまで、そちらの作業優先で構わないわ」

2　あの夜の出来事とサシェ

手間賃が出ると聞いて、休暇中の同僚たちは殆《ほとん》どが参加してくれた。

小袋を縫う係、薬草を詰める係、染料で印を入れる係に分かれ、広い舞踏会場の真ん中で、薬草の山を囲んでせっせとサシェ作り。慣れてくると、手を動かしつつお喋《しゃべ》りも始まる。

話題は〈ヒル人間〉が襲撃してきた四日前の夜のこと。

これまでじっくり聞く暇がなかったため、コニーも興味深く耳を傾ける。幸い下働きエリアで人死には出なかった。事件より九日前、魔性の小ヒルによる寄生被害が出たため、駆除が行われた後も皆が警戒していたからだ。

だが、あの夜——貴族エリアから複数の〈ヒル人間〉が流れてきたことで、パニックが起きたという。中には、逢引き中の恋人を置き去りにした男や、友人を楯にして逃げた者がいたようで。

「あんなクズ男、やめておけばよかった……！」

「ザビアーはあたしを突き飛ばして逃げたのよ！　絶対、許さない！」

「窮地で人間性を暴露された人たちがいたようですね」

コニーがそう言うと、彼女たちは「それだけじゃないのよ！」と話を続ける。

「寮の前で転んで逃げ遅れた女中頭を、ハンナちゃんが助けたの！」

「頭ウネウネの怪物に、二階の窓からフライパンを投げつけていたわ！」

聞き間違いだろうか。怪談にすら怯える怖がりのハンナが？　しかもフライパンで？

隣に座るハンナに視線を送ると、彼女は若干目を泳がせてから、てへっと笑う。

「えぇっと、それは……私物ですぅ。夢中で投げたのが偶然、当たっただけなんですよ～」

マイフライパンを持っているのか。そこで、ハンナが時々ビスケットを作っては、同僚に振る舞っていたことを思い出す。簡単に出来る料理のレシピを尋ねてきたこともあった。

「もしかして、ハンナは台所女中になりたかったのですか？」

「いえ、そうではなくてぇ……」

コニーにだけ聞こえるよう小声で教えてくれた。

「実は、女中寮に入る時、おかしな男はこれで追い払えと父が送ってきた物なんですよぅ……」

ハンナはコニーよりひとつ年下の十七歳、癒しの笑顔をふりまく仔犬系女子。父親の心配も分かる。そういえば、彼女の実家は鍋職人だったなと思い出す。

それから、今日は仕事で誘えなかったミリアムのことも話題に上った。

彼女はすらりとした高身長に豊満な胸の金髪美人。十九歳の元男爵令嬢だ。動揺する同僚たちをミリアムが寮の倉庫へ誘導して、内側にバリケードを築いたのだという。夜明けまで一晩籠《こも》っていたのだが、何度か扉を軽く叩《たた》く音で『助けが来た』『扉を開けて』という意見が出てきたのだとか。え。状況が分かってないの？

「救助に来たのなら、まず声をかけてくるのでは？」

思わずコニーがそう言うと。

「そうなのよ。問い返しても答えなかったから、怪しいと思ったわ。でも、密室での緊張状態に耐えられない人たちがいて……」

「化物が丁寧にノックするわけない、って言い出してね。とにかく警備兵がいる安全な場所に行きたいって、泣き喚くしバリケードを壊そうとするし……」

興奮する彼女らを窘《たしな》め、説得したのもミリアムなのだとか。

「始終冷静で、頼りになると思ったわ」

「ほんと、彼女がいてくれて助かった！」

うんうんと頷く女中たち。ミリアムに人心が集まるのを感じる。さもあらん、魔性の襲撃の中で自身の感情をコントロールして同僚を守ったのだ。一年前までサボリ魔で自己中だった彼女は、仕事でも人間関係でも努力し、成長と変化を続けている。

――もしかすると、彼女は〈上〉に行ける人かも知れませんね。

だが、元貴族令嬢がのし上がるには強力なコネも必要で……それを手に入れるためには、いろいろと生半可でない努力と経験の下積みが必要となる……しかし、万里の道も一歩から。

今度、将来的な選択肢を増やす提案でもしてみましょうか？

「――通用門を壊した犯人って、まだ捕まってないのよね」

いつの間にか話題は変わっていた。南口の城壁は二重構造で、外壁に正門と通用門がある。

通用門は規模が小さく、そこから延びる長い通路には三つの鉄の落とし扉と、城敷地につながる内扉がある。破壊されていたのは通用門と内扉だけなので、様々な憶測を呼ぶ。

「落とし扉が無事ってことは、そもそも侵入はなかったんじゃないの？」

「ヒル人間が内扉を壊して外に出ようとしたけど、失敗したとか」

「だとしたら、外側の通用門は誰が壊したっていうの？」

破壊の当事者であるコニーはそしらぬフリで、小袋の材料となるリネンに鋏《はさみ》を入れる。

自身の異常膂力は人前では抑えるようにしていた。そのため、人の能力としておかしくない範囲で周知されている。落とし扉は重く、巻き上げ装置で動かすもの。人力での持ち上げは不可能なため、疑われることはない。壊れた通用門は、新たに作られている最中だ。

「分かったわ！　マルゴの仕業よ！」

台所女中シュガーが貫禄のある体を揺らして叫んだ。

「悪魔憑きは怪力よ！　あいつが逃げようとして内扉を壊し、落とし扉を引っこ抜いて、通用門を突破したんだわ！　だけど、城下の警備隊に追われて慌てて引き返した！　きっとそうよ！」

元同僚で、今は憑物士となって牢にいるマルゴ。他の女中たちも「やりかねない」と賛同する。

マルゴ犯人説が有力になったところで、また別の話へと移っていった。

小一時間ほどして、手隙の下男や庭師、警備兵たちも手伝いに来てくれた。薬草が多いのであちこちで伝言を頼んでおいたのだ。しかし、小袋を縫う要員が足りない。そこへ女中頭から話を聞いたという、八名の侍女たちが来てくれた。

午後三時を回る頃。サシェも大量に仕上がったので、各所に配布することに。

貴族エリアでは三日前、薬師局に備蓄していた〈魔獣避けの薬草〉を焚き、魔性ヒルの幼体と卵を駆除した。残りを匂い袋にして持ち歩く人もいたはずだが……侍女たちが来たのは不足しているからだろう。魔性ヒル発生地点でもある貴族エリア、下働きエリアともに配布した方がよさそうだ。そして、残りを城下で配る。

王都すべての人に配るのは不可能だから、地区を限定しなければならない。まずは、魔性ヒルの被害報告があった場所から……

サシェを大袋に百個ずつまとめながら、配布先を書いた紙を貼りつける。こちらを窺うようにそろそろと近づく気配。手を止めて顔を上げると、ビクッとしたように動きを止める十代半ばの女の子たち。

「あ、あなたが、ここの責任者だと聞いて――」

手伝いにきたのならハンナたちが指導するので、別件だと察した。

一番手前にいる彼女は、片側ポニーティルに派手なレースのリボンを巻いていた。六人の少女全員が、白ブリムと白エプロンの端っこにワンポイントで緑の小鳥を刺繍している。

義兄の私設ファンクラブ……〈翡翠《ひすい》の鳥を愛でる会〉でしたっけ。

ポニーティルは会長のエミリー・ハントン。十五歳。

「どんなご用件ですか？」

エミリーは眉間に皺《しわ》を刻みつつ険しい顔で、用件を述べた。

「私たち城下に住んでるの。……その、薬草のサシェを家族の分と……出来れば、近所の人たちに渡す分もほしいのだけど」

こいつに頼みたくないいんだけど仕方なく、みたいな空気を六人から感じる。

先月、義兄宛のプレゼントをコニー経由で渡そうとしてきたので、断ったことがある。その際、彼女たちが仕事をさぼっていたので女中頭に伝えた。こってり絞られたはず。それらを根に持っているのだろう。ふと、〈近所の人たち分〉まで要る、ということに引っかかる。

「被害地区なのですか？」

「そうよ！　アパート近くの水路に干からびた男の死体が浮いてて！　だから、どうしても必要で――」

「ちょっと待ってください」

食い気味に迫るエミリーを片手で押しとどめ、コニーは近くの作業台に王都の地図を広げた。

「目撃した地点はどこですか？　日時と、その時の状況を詳しく教えて」

干からびた死体。それは成体の魔性ヒルがいることを示す。地図には被害地区がマークされている。三日前からコニーが〈黒蝶〉として調査していたものだ。死体発見は前日の朝。王都警備隊に通報はしたが、元凶は雲隠れしたらしく駆除はまだ――とのこと。

要望通り、サシェを多めに渡すと、少女たちは目を丸くした。何だろう、このリアクション。

コニーがその場を離れ作業の続きをしていると、彼女たちが後ろから駆け寄ってきた。

「あのっ、ヴィレさん！」

振り向くと、エミリーたちの顔から険しさが消えていた。

「あなたのこと誤解してたみたい。あのときは無理強いして悪かったわ、本当にありがとう！」

コニーからすれば、さほど気にすることでもない。非常識な人に絡まれるのは慣れている。

「よかったら、あなたも〈翡翠の鳥を愛でる会〉に入らない？　歓迎するわ！」

「お断りします」


午後四時。大量のサシェを幌付《ほろつき》魔獣車に積んだコニーは、被害地区を回った。

荷車から離れて配布を行う間、〈黒蝶〉の梟《ふくろう》に頼んで荷台の見張りをしてもらった。

それから、ある施療院にも訪れた。院長にサシェの入った大袋を渡して、ノエルの様子を尋ねる。

今年の三月上旬、彼女は貴族街にあるグロウ邸から〈救出〉された。第二王子の暗殺未遂に関わったとして、エンディミオ・リ・グロウの周辺を調査する過程での出来事だ。

『ノエルを見つけたら保護してください』

騎士団に同行した〈黒蝶〉に、コニーはそう頼んでおいた。

以前、会ったグロウが、ノエルが反抗的になったと言っていたので、彼女の洗脳が解けているなら重要な証人になりうると思ったからだ。地下室で二ヶ月余り、彼女は首を鎖に繋《つな》がれていた。歩行も困難なほどに衰弱していたため、この施療院へと運ばれたのだ。ノエルの証言で、グロウのいくつかの罪状は固まったが——当の罪人は行方を眩《くら》ましたまま。

ノエル自身の罪は、コニー拉致に積極的に動いたこと、食堂に薬をまき散らし多くの使用人たちを気絶させたこと、情状酌量も含めてすでに処罰は決まっている。王家の寄付金で賄《まかな》われていることの施療院で、一年間の無償労働が科せられていた。最近、ようやく回復したので手伝いを始めているらしい。

「さぼってはいませんか?」

「出来る範囲で頑張っているわ」

「ノエルは世間知らずなところがあるので……」

「えぇ、分かっておりますよ」

初老の院長の苦笑に、また何かやらかしたなと思う。

「もし、ご迷惑をかけるようであれば、彼女の受け入れ先を変えますので」

「いえいえ、人手が足りないから本当に助かっているのよ。まだ彼女の口から詳しいことは聞けてないけど……慕う相手が悪かったのだと、気づいてはいることでしょう」

ノエルは発見時、左目の視力を失っていた。鞭《むち》打ち痕が体中にあったというので、おそらく目も打たれたのだろう。

庭木の陰からノエルの様子を窺うと、洗濯籠を運んでいるところだった。建物の段差につまづき転んでぶちまけるも——慌てて片付けていた。病室に入るとたどたどしい手つきで、シーツ交換や病人のお世話をしている。以前は言い訳ばかりで、自分から動こうとはしなかったのに……

隣接する孤児院から手伝いに来る子供たちとも、仲がよさそうだ。左目を包帯に覆われていても、表情は明るい。あの夢見がちな陰鬱《いんうつ》さは見当たらない。

コニーは、そっとその場をあとにした。


帰り道、通い女中エミリー・ハントンから聞いた地区に立ち寄った。

王都警備隊の詰め所にもサシェを配りついでに尋ねてみたが、魔性ヒルの発見はなし。干からびた死体は一体のみ、背中に噛み傷があったというので寄生された宿主だろう。

〈ヒル人間〉の割れた頭は元に戻るのだろうか？　出会ったら即刻、駆除するので分からない。

城襲撃の時には、計ったようなタイミングで多くの〈ヒル人間〉が出現した。〈親玉〉の命令が出るまで、人に擬態したままでいた――と思われる。王都に潜むなら、異形の姿でいるのは見つかるリスクも高い。影王子の目的が王族への復讐なら再度、城を狙うだろう。

――それなら、ある程度の数が揃《そろ》うまで、人に紛れて過ごしているはず。

とりあえず今、確実に一体いるのは分かっている。宿主から剝がれたやつだ。血を撒いておびき寄せることにした。鴨の下処理で出た血を瓶に詰めてきたので、人のいない路地裏でバシャリとそれを撒く。

人以外の血に反応するかは分かりませんけど……

今日は相棒の片割れを持ってきた。魔性が忌避する鉱物〈フィア銀〉で全面加工を施した曲刀だ。マントの下にある柄に手をかけ、しばらく隠れて様子をみる。

――三十分ほど過ぎるも、何も起こらない。曇り空の向こうに沈む夕陽。

やはり、魔力感知の指輪でもないとだめか。あれは揚羽《あげは》隊長が管理しているのだが、彼が不在のため借りることは出来ない。

そういえば……と、〈黒蝶〉の小柄な男性スノウを思い出した。彼は以前、靴に魔法を仕込んでいた。高価な〈魔道具の特注品〉だ。ひょっとしたら、魔力感知できるものを持っているかも知れない。城に戻って聞いてみよう。

ぽつぽつと空から雨が落ちてくる。ちょうどいい、ぶちまけた血も洗い流して……

視線を戻すと、いつのまにか血溜まりの前に若い男が立っていた。虚《うつ》ろな横顔。くにゃり、膝から崩れるように地面に伏せたかと思うと、ふんふんと血を嗅《か》ぐような素振りをする。

——釣れましたね。でも、一応……人でないことは確認しないと。

雨脚がどんどん強くなってくる。石畳を叩き煙《けぶ》るような飛沫《しぶき》。

コニーはわざと刀を鳴らして抜いた。男はバッと飛び上がり、慌てて背を向けて逃げ出す。

地を蹴り素早く追い上げるコニー。振り向いたやつの頭が大きく膨らみ爆発——四片の花びらのようにうねりながら、こちらに伸びてくる。

目にも留まらぬ動きで、コニーはその首を刎《は》ね飛ばした。

3　黒蝶と探る男

五月二十二日

「見間違えじゃないのか？」

「オレ以外のやつも見てるって」

朝食を終えて洗濯場に向かう道、ミリアムは警備兵たちの会話を耳にした。

五日前の夜、〈ヒル人間〉の駆除中に〈刀を手にした女性〉を見たのだと。

城騎士にも警備兵にも女性はいない。だからこそ話題になったようで。

「へぇ、顔は見た？」

「フードマントと襟巻きで見えなかった」

「じゃあ、どうして女だと分かるんだよ？」

「あの日は非番で武器持ってなくてさ。動揺して落ちてる枝拾って構えてたら、『下がって！』って一喝されたんだよ」

ミリアムの脳裏に、とある同僚の顔が浮かぶ。

——あの子だったりして……いや、まさかね……

否定しかけて、ハンナの背中についた魔性ヒルを短剣で斬ったことを思い出す。

アレっていつも身につけているのかしら？

洗濯場に着き仕事を始めても気になってしまう。今まで感じていたちょっとした違和感の数々が、ひとつの仮定のもとに繋がってゆく。

一度は否定された〈黒蝶〉疑惑。廃嫡された王子の妄言だと、彼女を知る誰もが思った。

たまに姿を見ない日が続いた時、女中頭に尋ねたことがあったけど——そのときは魔法士団での雑用をしていたり、公爵家の身内になったことで権力争いに巻き込まれないよう避難をしていた——と聞いた。

今思えば……本当に〈それ〉だけが理由だったのかしら？

昨日、休みだったハンナから聞いた。入手困難の薬草を、コニーが貴族から引き受けたのだと。

そんな重要事、一介の女中に任せるなんてある？　やはり〈黒蝶〉だから？

「直接聞いてみるとか……でも、本当のことを言うかしら？」

そもそも〈黒蝶〉とは何なのか。噂《うわさ》によると王太子の影で、汚れ仕事を負う暗殺部隊だとも。

「十八歳の女の子が、そんな危ない世界にいるの……？」

ふいに外が騒がしくなる。洗濯棟の入口を出て干し場を見渡すと、大木の下に女中たちが集まっていた。まだ休憩時間でもないのに——

洗濯場の監督役を務めるミリアムは、注意を促すべくそちらへと足を向けた。近づくにつれ、干したシーツで見えなかった人物が視界に入る。見たことのない若い男だ。

薄茶色の前髪を括《くく》り、爽やかな印象のある青年。身なりは中流市民らしく薄手のジャケット、襟元を崩したシャツ、縞柄ズボン。筒がついた金属製の小箱を両手で持ち、それを並んだ女中たちに向けて何やらしている。筒の先で小さな光の魔法陣が発生し、パシャッ、パシャッと軽妙な音が響く。ミリアムは人垣の後ろにいたハンナの肩を叩いた。

「何やってるの？　あの人は誰？」

「新聞記者だそうですよぉ。〈城勤めの美人特集〉をやるから、〈シャシン〉を撮らせてくれって」

「それって……この前、コニーが言ってた魔道具で作る細密画のこと？」

ということは、〈うたかた羊新聞〉の記者か。いきなり仕事場に乗り込んでくるとは、ゴシップ紙の作り手だけに常識がない。ハンナが口許に手を当てて、こそっと言った。

「あの人、城下で配布されたサシェのことを聞いてました。薬草の提供者は誰なのか、どこで作っているのか、管理責任者は誰なのか……とか」

その内容に漠然とした不安を感じる。嗅ぎつけるのが早いし、いちいち根掘り葉掘り調べるようなことだろうかとも思う。ハンナに警備兵を呼ぶように伝え、ミリアムは両手を叩くと女中たちに解散を促した。

「皆、仕事に戻って！　ここにいる全員、十五分の残業よ！」

鋭い声で叱責すると、彼女たちは慌てて持ち場へと駆け出す。

「それから、そこのあなた！　誰の許可を得てここにいるのかしら？」

残った男に問い質《ただ》す。洗濯場は城の敷地でも北東の奥まった場所にある。こんなに朝早く、案内もなしに辿り着けるわけがない。

しかし、男は呆《ほう》けたような顔でミリアムを見つめてくる。

「あたくしの声が聞こえないの？」

訝《いぶか》し気に睨むと、彼はハッとしたように答えた。

「あぁ、あまりの美しさに見惚れてしまって……！　オレはダフィ。キミの名は⁉」

ちゃらい。なんだこの男は、と思う。同時に、ナンパではぐらかすつもりかも知れない、とも。

「あたくしはここの監督役を務めているの、取材はお断りよ。帰って！　どうしても、というなら女中頭に話を通すのね！」

「じゃあ、せめてもう一枚、写真を撮らせてくれない？」

言いながら、パシャッ！　レンズの先で光がはじける。返事すら待たない無遠慮さに腹が立つ。

「勝手な真似はやめて！」

思わずレンズを覆うように手で掴むと、ダフィは「つい」と悪びれた様子もなく肩を竦めて、へらりと笑う。そして、ミリアムの右手を馴れ馴れしく掴んできた。

「いや、もう、ほんと仕事抜きでさ！　今度デートでも……」

えっ、気持ち悪い。

バッと手を振り払うと、そこへすごい形相で駆けてくる警備兵。

「ちょお待てやあああ！　そこの不審者ああああ！」

ダフィはびくっと後ずさり、慌てて反対方向に逃げて行った。

☆

本日も慌ただしく、サシェ作りの進行管理をするコニー。先ほども執務棟に出来上がったものを届けてきたところだ。下働きの時は棟内に入れないので、運良く入口から出てきたアベルとニコラに手渡し、棟内で配ってもらえるよう頼んでおいた。

その帰り道、城の西中庭を歩いていると背後から声をかけられた。

「やあやあ、リーンハルトの義妹ちゃん！　探したよ〜！」

結んだ前髪を揺らしながら近づいてくる男。ダフィ・エル・ブランドン、二十一歳。

前に二度会ったことがある。先月上旬、お使い帰りの路地裏で、絡んでくる酔っ払いを投げ飛ばしたのを彼に見られた。画家を名乗る彼は、『イイ体の動きしてるネ！』とコニーにモデルを求めてきた。『顔出しダメなら好みの顔テキトーに描いとくから』と、あまりに失礼なので蹴り飛ばしておいたのだが……そのあと、義兄の従弟《いとこ》だと知った。

義兄いわく、彼は伯爵家の次男坊で、一流画家を目指して家出。七年も他国を放浪し、先月戻ってきたばかり。夢を諦め新聞社に勤めることになったのだという。

初対面で画家を名乗ったのは、本心では諦め切れてないからだろう。あの時は、新聞社と言えば古くからある〈王都新聞〉だと思っていたので、格式高く人選も厳しい所なのに『あんな軽薄で無礼な人が入れるのか』と疑問に思っていたのだが——

なるほど、〈うたかた羊新聞〉の人でしたか……

彼の手にある銀色の小箱——魔道具の〈写真機〉を見て、妙に納得。

「この匂い……薬草キルミンだね！」

コニーのエプロンには薬草の香りがうつっている。やけに嬉《うれ》しそうな顔と弾む声に、探していた獲物を嗅ぎあてた執念を感じる。

「キミが城内にある薬草の管理を任されてる、って話を聞いたんだけど〜」

ハイエナのように目を光らせながらすり寄ってくる。

「わたし、忙しいんですよ。取材したければ女中頭の許可を取ってきてください」

コニーは背を向けて、さっささと歩き出す。

「今、手ぶらだし暇そうじゃん？　ちょっとでいいから話を聞かせてよ〜。こうやって歩きながらでいいからさ！　まず、どういう経緯で義妹ちゃんが薬草の管理責任者になったか、教えてほしいんだけど――」

彼は矢継ぎ早に質問してくる。城下で無料配布されるサシェの出所を探っているようだ。

〈商人たちが隠した薬草の在庫が消えたこと〉、時同じくして〈城に大量の薬草が現れたこと〉から、国王命令で動いた謎の部隊〈黒蝶〉の仕業ではないか、と疑っているらしい。

「ほら、キミは一度、〈黒蝶〉じゃないかって噂されただろ？　その辺の事情も……」

疑惑のあるコニーをネタに、注目を集める記事を書きたいのだろう。国王の指示の下、〈黒蝶〉が民間人から泥棒をした、とでも。

「ブランドン様」

横目で隣を歩く彼にそう呼びかけると、途端に嫌そうな顔をした。

「ダフィでいいよ！　様もいらない。堅苦しいのは苦手なんだ」

貴族であることが重荷なのか。流浪の果てにいろいろと箍《たが》が外れている気もするが……それでもコニーより三つ年上なので呼び捨てはよくない。そう思い「ダフィさん」と言い直す。

「わたしから言うべきことはひとつだけです。わたしは〈黒蝶〉ではありません。以上」

疑惑のみをキッパリ否定しておく。

「人には言えない秘密だと思うけどさぁ、オレと義妹ちゃんの仲だし？　仮にも身内だし、秘密は厳守するから！　そっち筋の情報をね……って、速っ！　歩いてるのに速っ！」

猫のごとく、素早く中庭を進むコニーを追うダフィ。だが、彼を探す警備兵に気づいて慌てて逃げて行った。

「あいつ、〈おっぱい美人〉の手を握りやがった！　絶対許さねぇ！　おれっちだってまだ触ったことないのに！」

その警備兵は苛立ちながら帽子を地面に投げつける。無造作に逆立てたひよこみたいな黄髪が現れた。〈黒蝶〉のコーンだ。彼は洗濯女中ミリアムが好みだと言っていたことがある。

「あなた、ミリアムと付き合ってましたっけ？」

「まだ」

「でしょうね。独占欲丸出しで無礼な駄犬二号など誰も相手にしません」

「いやいや、〈おっぱい美人〉とは時々イイ雰囲気になってっから！　あと駄犬二号じゃねぇし！　つーか、なんで二号なんだよ！」

名を知らないわけでもないのに、何故その呼び方なのか。執着は胸だけでは？　と呆《あき》れつつミリアムの愚痴を思い出す。

「そういえば最近、彼女言ってましたね。ややマッチョ風のがさつな黄髪の警備兵に、会うたび不適切な言葉をかけられてうんざりしている、と」

「何っ、そんな迷惑野郎がいんのか⁉　おれっちが懲らしめてやる！」

「あなたのことですよ」

「ハハハッ、藁色でも冗談言うんだな！　ち〜っとも面白くないぞっ」

あいつと同じ思考回路のようだ。脳裏によぎる駄犬一号。元宰相の間者で、レッドラム国でも有名な暗殺団のリーダー。もしかしたら、二号は遠い祖先のどこかでアレと血の繋がりがあるのかも知れない。


午後四時、二度目のサシェ配布をするため、幌付魔獣車に乗って城下街を回った。

表通りの店先や窓、街路樹に吊るされたツバメのプレートが目についた。

ツバメは幸運のシンボルだ。海を越えて古巣に戻る習性があることから、〈消えた騎士たちが無事、帰還しますように〉と、願掛けをする人が増えているらしい。コニーも帰りに雑貨屋で材料を買うことにした。

夕陽が照らす中、一日の作業を終えて官僚宿舎の自室に戻ると、早速取りかかる。

ツバメの形をした薄い板を覆うように、白い粘土を広げて厚みを作る。細い棒を使って、ジュリアンの名を真ん中に書く。片翼の穴に縄を通す。粘土は天日干しで乾くと堅くなるものだ。

ふいに義兄の顔が思い浮かんだ。波打つ白金髪を束ねた碧眼《へきがん》の美丈夫。彼が憑物士の討伐遠征に出かけてから、今日で二十七日目。

同じ場所に捕われているなら、主を守ってくれてるだろうか。それとも、邪魔だからと……

「主を支える側近たちは、全員が無事でなくては困りますね……」

揚羽・ボルド・アイゼンの名を周囲に記していく。最後にリーンハルト。

あれほど鬱陶《うっとう》しいと思っていたのに、いないとこんなにも……静かなんですね。

彼が出かける前に何を話しただろうか。

『私がいない間は、くれぐれも無茶なことはしないようにね！』

『じゃあ、行くけど……今後、お酒は絶対禁止だよ！　いいね⁉』

記憶を辿ると、いつものお小言。彼らしいというか……

ぽん、と記憶の底から白い雛菊が浮かび上がってきた。何故、急にと思ったが……

あぁ、そうだ、今日は二十二日。先月の同じ日、彼の白馬魔獣に乗って、秘密の修行場と雛菊の丘に連れて行ってもらった。

『あと二ヶ月もすれば、いろいろな種類の花が満開になるよ。すごくきれいなんだ。そのときに、また一緒にここでご飯を食べよう』

『えぇ、楽しみにしています』

……あれは約束、ですよね？

出来上がった白いツバメを乾かすため、窓辺にそっと置いた。

◆義兄、現状を把握する

――長年探し続けた恩人は義妹だった。

当然のことだが、あの小さな雪豹が自分だと彼女が気づく訳もなく。それは幸いとも言えた。記憶とともに封じられた〈聖獣の欠片《かけら》〉は、ダグラー公爵家の秘すべき事情なのだから――


長い夢から醒めたリーンハルトは周囲を見回した。

闇を薄めるのは岩壁に生えた光苔《ひかりごけ》。半径三メートルをぐるりと囲む鉄格子。天井部分はカーブしてまるで鳥籠のようだ。右隣の鳥籠にも誰かいる。

結い上げた赤みのある長い金髪、観賞魚のようにひらつく黒衣。蠱惑的《こわくてき》な笑みを浮かべるも、どこか憔悴《しょうすい》して見える美女――のような彼は声をかけてきた。

「やっと気がついたようね、ダグラー副団長」

「君は〈黒蝶〉の長《おさ》……？　何で……」

言いかけて、ふと、左側にも気配を感じて視線を向けた。もうひとつの鳥籠に人事室長アイゼンがいる。元王妃の幽閉地へ旅立ったはずの彼が、何故、目の前に――そこで思い出した。

自身が夜営地で〈影〉に呑《の》み込まれたことを。あのとき捕まったのか。やけに身体《からだ》が軽いと思ったら、鎧がない。攻撃魔法に耐性のあるものなのに……今、身に着けているのは鎧下に着る厚手の防御衣のみ。その上、魔法剣までない！

「――私も、愛用の魔法刀を奪われました」

いつも冷静で毅然としているアイゼンも、疲弊を隠せない様子で言った。

「攻撃魔法でもこの檻は壊せないわ。身に付けた防御魔法は有効なままだけど……」

揚羽も肩を竦めて、脱獄不可能であることを教えてくれる。

そして、リーンハルトは自分だけが半月近く意識を失っていたことを知った。体に余計な負担がかからなかったという点では、鎧がなくて幸いだったかも知れない。

思ったほど、体力が衰えてないのが不思議だ。何も食べてないはずなのに……いや、それよりも、今は気になることが多過ぎる。

「私の部下たちも、ここに攫われたと思うのだけど……」

「見てないわ。別の場所で監禁されてるんじゃないかしら」

側近に、騎士団の拉致……リーンハルトは敵の思惑を考える。

「王太子の周辺から切り崩すつもりかな」

「ジュリアン殿下も捕われていると思うわ。帰国日に戻らなかったの。だから、居場所を探るべく、あえて敵の招待を受けたのだけど……このザマよ」

「じゃあ、護衛のボルド団長も捕まった可能性が高いな。アイゼン卿は？　確か〈先王の御子暗殺〉に、元王妃が関与したかを探りに行ったはずでは――」

薄暗くてすぐに気づかなかったが、彼のプラチナの髪が肩まで短くなっている。出発前に会った時には、背中に流れるほどの長さがあったのに……

アイゼンは眉間に深く皺を刻み、陰鬱な表情を見せた。

「ええ、国王命令で行ってきましたが、収穫はありませんでした。幸いにも……私が王都を発った後に、〈黒蝶〉が情報屋を締め上げて吐かせたそうで……」

揚羽から聞いたらしい。その〈黒蝶〉とは義妹のことだ。リーンハルトも彼女から聞いたので知っている。

十年前、元王妃は当時八歳だった先王御子に刺客を送るよう、マーベル侯爵に指示を出した。彼は情報屋を通じて暗殺者の姉弟ゾーラ・ドーラを手配。彼らに報酬を渡す条件として、御子の首を要求。賊の仕業と見せるため御子の母、祖父母まで殺害。その後、暗殺者たちは行方不明になった。

アイゼンにとっては二度手間と感じたことだろう。

彼は元王妃キュリアとの面会と、ここに至る経緯を話してくれた。

錯乱状態にあるキュリアは、暗がりを指差し『アレがいる』『わたくしの首を狙っている』と、幻覚に怯えていたという。心を病んだ妄言ばかりで自白は無理だと感じた、と。『守っておくれ』とすがる彼女を振り切り、アイゼンは静養地を出た。帰路の途中、川べりで休憩を取っていた時、木陰から伸びてきた〈白い手〉に髪を掴まれ——とっさに短剣で髪を切り逃れるも、四方から覆いかぶさる〈影〉に呑まれて、気づけばこの檻の中。

「手の主は元王妃でした。一瞬ですが顔が見えたので……先に〈影〉に捕われていたのでしょう」

彼に恋焦がれるあまり、あとを追って危険な結界外へ出たのか。

そういえばと、リーンハルトは思い出す。自身が〈影〉に呑まれる直前、義妹によく似た人影を見た。だからこそ、警戒が遅れたとも言える。元王妃の執念もまた、アイゼンの隙を突くため敵に利用されたのだろう。あの女を訪ねなければ、彼も捕まることはなかったはずで……不憫としか言いようがない。

リーンハルトは揚羽に視線を向けた。彼は魔法士団の長も兼任する。人外は専門分野だ。

「私たちを招待したのは、先王の亡き御子だと思うかい？」

「〈黒蝶〉で集めた情報では、ほぼ黒に近い灰色ね」

「やはり、死後に人外に堕《お》ちたと見るべきかな」

「そうね。非常に珍しいケースだけど、そう考える方が矛盾もないわ」

謀略を目論む張本人は、いまだ姿を見せない。


薄闇の中、リーンハルトはぼんやりと考えていた。

封印の作用で忘れていたにしても、何故、こんなに義妹との再会が遅くなってしまったのか。

少なくとも、自身が十九歳で城勤めを始めた頃には、彼女も女中として働いていたのに。十四歳の頃も、きっと可愛《かわい》かっただろうな……そう思うと貴重な時間を取り逃がしたようで悔しい。

「この状況で現実逃避したくなるのも分かるけど、独り言が漏れてるわよ？」

呆れた声にハッとする。光苔で照らされた右側の檻から、半眼で見つめてくる揚羽。

日に一度運ばれてくる食事で、日を数える。目覚めてから六日目。五月十七日。

檻を壊す術《すべ》もなく。今出来るのは体力を温存することだけ。

――暇過ぎて、義妹のことばかり考えていた。

「〈女中の彼女〉とは、コニー・ヴィレのことですか？」

アイゼンの問いかけに「そうだよ」と答えると、彼はあからさまに眉をひそめた。

「怪我を負わせたり、拉致未遂、さらにはヴィレを解雇させるべく書類偽造。それで処罰を与えられたのに——未だに付きまとっているのですか？」

ムッとしたものの、書類偽造の件では人事室にも多大な迷惑をかけた。心証悪くて当然だ。その後の自分たちの関係を知らないなら、非難したくもなるだろう。

「彼女とはとっくに和解しているよ」

「なるほど……コニー・ヴィレの心は空のように広いのですね」

冷ややかな眼差しでそう返してくる。その通りだから異論はない。

リーンハルトが謝罪した時、彼女は怒るでも不満をぶつけるでもなく——今考えれば不思議なほどにさらりと許してくれた。あの時、彼女は言った。

『誠意をもって謝りに来て頂けたのであれば、それで十分です』

もしかして、あれは……歴代義兄どもが凶悪過ぎて、もう、人として最低限のマナーさえあれば許せるという心境だったんじゃ……

「今度はねぇ、義兄の立場を利用して手懐けようとしてるのよ〜」

揚羽が噂好きのおばちゃんのように、余計なことを言い始める。

「それはまた、節操ありませんね。女性なら誰でもよいので？」

誰でもいいわけがない。あの過去を思い出した今なら、なおさら——

きっぱりと強い口調で宣言した。

「私はこの先、彼女以外は選ばない！　何があっても、未来永劫！」

「……自分が選ばれないってことは考えないのかしら？」

「引いてばかりいたら、そもそも彼女は好意にすら気づかないだろ！」

「正論だけど、うざがられて嫌われるってこともあるでしょ」

リーンハルトは半眼で揚羽を見た。

「……それって君の話？」

「失礼ね！」

「何が副団長をそれほどの執着に駆り立てるのか……興味深い。あぁ、食事の時間のようですよ」

アイゼンが声をかけると、二人はハッとした。

ぽよん、ぽよん、ぽよん……

暗がりから跳ねてくる白くて丸い物体。直径二十センチで、何となく鳥っぽい。羽毛はなくつるっとしたボディに、人の手なのか翼なのかよく分からないものが籠を掲げ持っている。少し離れた所で籠を下ろし、中にあるパンの欠片と革袋の水筒を――次々と投げつけてきた。捕り損ねると檻の外へ飛んで行くので、素早くキャッチしなくてはならない。毎回思うが、地味に嫌がらせだ。

石のように硬いパンに水をかけ、ふやかしながら少しずつ食べる。腐ってないだけマシと思うべきか。ちなみに、水は三日に一度だけなので、慎重に飲まなくてはならない。

リーンハルトが意識不明の間は、この変な生物が彼の腕に何かを注射していたと聞いた。特に不調もないことから、死なせないための〈栄養剤〉みたいなものだったのかも知れない。

翌日。食事が終わった頃にそれは現れた。七、八歳ほどの子供の〈影〉が光苔の下を歩いてくる。やけに立体的に見えるのは目の錯覚なのか。それは〈影王子〉だと名乗った。

前日に、城が異形の群れに襲撃されたことを告げてきた。

「残念ナ事ニ、失敗ニ終ワッタ、ケドネ」

影王子は饒舌《じょうぜつ》だった。失敗したという割に楽しそうに滔々《とうとう》と語る。

国の守護精霊イバラの魔力を策謀により封じたこと、城に放った魔性ヒルが成長し多くの人間を殺したこと。いいところまでいったのに、誤算があって追撃の援軍が送れなかったこと――

コニーは無事なのか……!?

そして、王太子とボルド団長も、ここに拉致されていることが明らかになった。

「心配シナクテモ、彼ラハ、〈重要ナ駒〉。〈処分〉ハ最後。オマエ達モ、舞台ガ整ウマデハ、生カシテヤル。デモ、他ノ人間ハネェ……」

多くの城騎士が拉致され、魔性ヒルの餌食にされたり、闘技場へ毎日送られていることを知った。

言いたいことだけ言って満足し、立ち去ろうとする影王子を揚羽が呼び止める。

「ちょっと、こっちにも質問ぐらいさせなさいよ！　ここは一体どこ!?」

「当テタラ、解放シテヤルヨ」

4　王太子救出の任命

五月二十三日

王による招集命令でいち早く馳せ参じたのが、王都に近い領地の騎士たちだ。

彼らには事前情報として、城騎士が多数消えたこと、それが王家を敵視する人外の仕業であることが知らされている。そのため、「この機会に手柄を立て、中央での出世を！」と野心を抱く者も多い。ロブ・ベンノ・ギュンターもその一人だ。公爵家の長男で傲慢な振る舞いが目につく。

ギュンター家はハルビオン国三大公爵家のひとつ。その祖はダグラー家と同じく、初代女王に剣を捧げた家門。しかし、ダグラー家が剛腕の騎士を生み出すようになってからは、代を重ねるごとに王の傍《そば》に取り立てられる機会も減った。現在、ギュンター当主がレッドラム国王の顔色を窺っていることもあり、とりわけ注意すべき家門である。

コニーは洗濯物を届けに、近領騎士が泊まる小館にやってきた。サシェ作りは午前中に材料が底をついたので終了。午後から女中業務に戻っていた。

偵察がてら庭側の窓から、そっと覗《のぞ》く。室内には数名の男たち。挨拶でかわす呼び名から、各領地の代表者らしいと知る。上座にいるのはギュンター家のロブだ。眉なし、鼻ピアス、ヤマアラシのように後方へなびく灰色髪には藤色のメッシュ、騎士服の襟もとを着崩し脚を組んでふんぞり返るその様には、まったくもって品がない。歳は三十を少し過ぎたぐらいだろうか。

一番年配のオルゾイ侯爵が話し始めた。

「お聞きになられましたかな？　国内視察に出た王太子が戻らず、連絡も取れないとのこと」

「それは、ただの噂では……？」

「いや、ここへ来てから五日経つが、一度もお見掛けしてないぞ」

ざわめく面々に、ロブが鼻で嗤《わら》った。

「つまり、王太子も敵に攫われたってぇことか！　ワシの家門にまで助力を求めるぐらいだ。相当、切羽詰まっているに違いねぇな」

「今こそ、正統なる武家にして次代王の剣、ロブ殿の出番ですな！」

オルゾイ侯爵がそう言って周囲の者たちに視線を向けると、各々が頷く。

「「「その通りです！」」」

ロブは満足げな笑みを浮かべた。

「そろそろ、城では王太子を救出するメンバーを選出している頃だろうな」

「選ばれるのはギュンター隊で決まりでしょう！　貴公らもそう思わんか？」

「ええ、間違いなく！」

「当然ですよ！」

オルゾイ侯爵に合わせるかのように、他の者たちも持ち上げる。しかし、中には顔の引きつりを隠せていない者もいた。権力に逆らえないジレンマだろう。この侯爵とロブの関係に、コニーは強い既視感を感じる。あぁ、アレだ。元宰相と愚王子。

せっかく排除したのに、また似たようなのがペアで現れるとは……

よいしょの次に始まったのは、消えた人々への罵詈雑言大会だった。

「それにしても、王太子騎士団とは何ともふがいねぇ野郎ばかりだな！」

ロブが非難すれば、オルゾイ侯爵もすぐさま相槌を打つ。

「役立たずという証拠ですな！」

率先してロブに迎合する二人の中年男が、調子に乗って大口を叩く。

「あのような力馬鹿の平民と、色狂いの騎士を取り立てるからですよ！」

「いっそ死んでくれれば万々歳！　その分、重要なポストが空きましょう！」

ロブはニヤリと口角を上げた。

「たとえ、王太子が死体でも持ち帰れば英雄だな！」

コニーはゆっくり十数えて深呼吸。怒りを封じて、スッとその場から離れた。近領騎士の素行調査は〈黒蝶〉が行う。国王の耳に入れれば、主の〈救出部隊編成〉で考慮してもらえるはず。

だから、蹴りたくても我慢です、我慢……！

小館の裏口に向かうと、「女中さん」と呼び止められた。十代半ばの若い騎士だ。

……この人、さっきの部屋にいませんでしたよね？

「悪いけど、次から洗濯物は下男に届けるようにしてもらえないか？　ちょっと問題があって……」

「はい、承知しました」

心当たりはあった。ここの運搬担当のハンナがロブに恫喝を受けたので、コニーが代わったのだ。

たと聞いた。

『汚れが取れてない！』と言いがかりをつけて部屋に押し込められたのを、別の騎士が助けてくれたと聞いた。

——もしかして、この人でしょうか。

彼が洗濯物を引き取ってくれたので、コニーは館内に入らず立ち去る。庭にある背の高いトピアリーを曲がったところで、背後から怒鳴り声が聞こえてきた。三歩戻って覗くと、ロブが先ほどの若い騎士に噛みついていた。

「おい、フェリクス！　昨日の女中が来たら知らせろ、と言っただろうが！」

「なんで来ると思うんだよ。あれだけ怖がらせといて」

ぶっきらぼうに返す。このあと、彼がギュンター家の養子だと分かった。

フェリクス・ヴィ・ギュンター。本来ならロブの従弟に当たるが、両親が事故死したので引き取られたらしい。愚兄のトラブルを未然に防ごうとする、彼もまた苦労人のようだ。

☆

夕方、官僚宿舎に戻ったコニーは、床下に隠しておいた鍵付の本を取り出した。

身の周りで起きた事件を記した備忘録だ。最近、慌ただしくて書く暇もなかった。

王都外での戦から今日まであった事を思い出しながら、瑠璃色《るりいろ》のインクで詳細を記してゆく。

——最後に、人外関与による行方不明者について綴った。

王太子ジュリアン・ルーク・ハルビオン、騎士団長ジン・ボルド、副団長リーンハルト・ウィル・ダグラー、騎士四百六名（王太子騎士団、近衛騎士団、魔法士団含む）。

そして、王太子を迎えに王都を出た〈黒蝶〉長の揚羽、元王妃の聴取に旅立った人事室長シルヴァン・チェス・アイゼン。この二名ともに連絡が取れず。合わせて四百十一名となる。

ジュリアンには高位精霊イバラが与えた加護がある。

イバラはその力を辿って彼を探そうとしたが——何かに邪魔をされて居場所は摑めなかった、とのこと。死と同時に加護は消えるので、生存しているのは間違いない。

この件については、イバラの存在そのものが国家機密であるため、城内において知る者は国王、アベル、王太子配下の諜報部隊〈黒蝶〉のみだ。

インクに吸いとり紙をあててから本に鍵をかけて、床下に収めた。

さて、夜回りの時間だ。ついでに、気になるあそこも覗いてみよう。

フード付きの軽いマントを羽織ると、官僚宿舎を出て北西の森を南へと向かう。見張りの警備兵の目を避けて、城の裏側から北回廊へと侵入。天井窓から差しこむ月光で辺りは仄かに明るい。

コツコツと近づく複数の靴音。コニーはサッと柱の陰に身を潜めた。

曲がり角から出てきたのは、短い黒髪を後ろになでつけた精悍な面差しの青年。その隣を小柄で礼儀正しそうな少年が歩く。経理室長アベルと従者ニコラだ。

もうじき日付も替わる時刻だというのに、長官会議でも長引いたのだろうか？　かなり離れた場所で彼は足を止め、静かにこちらを注視する。勘がいい。

コニーが姿を見せると、彼は一瞬驚いたもののすぐに笑みを見せた。

「夜回りを?」

「ええ、ちょっと地下に用事がありまして」

北回廊の一角にある狭い通路、奥には黒い扉。そこから地下三階へ続く階段があり、重犯罪者用の牢がある。そこに、〈黒きメダル〉で悪魔化し憑物士となった元女中マルゴがいる。拷問にかけても堅く口を閉ざしていると梟から聞いた。契約で下僕となったドジデリアのように、影王子に関しては喋れないのかも知れない。

「奇遇だな。丁度、俺もその場所に用がある」

周囲を見回して他に人がいないことを確認してから、彼は手短に話した。つい先ほど、彼は国王から王太子救出の手立てとなる助言を求められたという。

——国王様に頼られていますね。

「今のところ、敵の本拠地に関する情報はゼロ。ならば、使えそうなものを最大限利用するしかない。あの憑物士を放てば敵の陣地へ逃げ込む可能性はある、と答えた」

この発言に、その場にいた大臣たちが猛反発したそうで。

『それは確実ではない!』

『陛下の御命を狙った悪魔憑きを逃すなど言語道断!』

とモメたらしい。本来であればマルゴは殺処分すべき存在なので、当然の反応とも言えるが——

文句を言うぐらいなら、有意義な意見を出せばいいのに……

しかし、騒ぐ彼らを一喝して黙らせた国王は、アベルの意見を承諾してくれたという。

そこで計画の下準備として、マルゴに「護送手配が進んでいる」ことを伝えに来たらしい。

「王都を出る口実が必要だからな。〈バジルの研究塔〉へ送ることにして、道中放つことにした」

「――その塔って、悪魔を研究する機関ですよね？　揚羽隊長から聞いたことがあります」

対悪魔専用の魔法武器・魔法薬の開発をする場所。強靱な再生力を持つ憑物士を生きたまま解剖したり、ミキサーにかけたり、薬で溶かしたりして実験するそうで……

若かりし頃の揚羽は就職予定で見学させてもらったものの、一時間後に辞退。ミンチになっても動き回りたどたどしく喋る様子に、一週間は肉が食べられなかったと言っていた。つまり、完全に自我は消えないのだ。エグいしグロい。

それを聞いたコニーも、その日の夕食のミートボール入りシチューは食べられなかった。

マルゴには敵の本拠地へ逃げてもらわなくてはならない、とアベルは言う。影王子に助けを求めるように仕向けるためにも、〈バジルの研究塔〉がどんな所か教え、恐怖を煽って追い詰めておく必要があるのだ。

「その役目、わたしに任せてもらえませんか？」

黒い扉にある小窓から、中の番人に声をかけて鍵を開けてもらう。経理室長がいるのでフリーパスだ。ちなみに、コニー一人の時は〈黒蝶〉の短剣を見せて入れてもらうつもりだった。

ひんやりとした湿気漂う階段を下りてゆく。オイルランプが設置されているので、歩くのに支障はない。階段を下りきると、アベルとニコラはそこで待機、番人に三階フロアへの鉄扉を開けてもらう。奥にある魔力封じのかかる檻へとコニーは近づいた。

破れたお仕着せをまとう大きな狒々《ひひ》の背中。気配に気づいて振り返った。

「あっ、あんたは――――！」

左腕のない彼女は、三肢で鉄格子に飛びついてきた。縄のように編んだ縮れ髪とそばかすが、かろうじて人だった頃の特徴を残している。

「何しに来たんだ！　笑いに来たのか⁉　この暴力女！　〈黒蝶〉だって⁉　嘘《うそ》つけふざけんなアレは幻だ！　ホラ見ろただの女中じゃないか！　あんたにダグラー様の義妹なんてふさわしくないんだ！　認めないぞ諦めろおおおお――――」

相変わらずの罵詈雑言に、こちらの声もかき消されてしまう。唾を飛ばされるのが嫌でそこそこ距離を取っていたが――――マルゴが息継ぎした一瞬に間合いを詰め、鉄格子からはみ出た鼻づらをデコピンでバシッと弾く。奥の壁に吹っ飛び転がる狒々。

静かになったので、〈バジルの研究塔〉への護送と、そのヤバさについて淡々と告げた。マルゴは理解出来ないのか、目と口をぱかんと開けたまま。

「移動は近々。心の準備をしておいてください」

踵《きびす》を返して三階フロアを出て、アベルに「終わりました」と告げると、遅れてマルゴの悲鳴じみた罵声が追いかけて来た。頑丈な扉を番人に施錠してもらう。階段を上り、北回廊に戻ったところでアベルが言った。

「公表は明日だが……貴女《あなた》も選ばれている。早めの旅支度をしておくように」

何に、と言われなくても察した。王太子の救出隊だ。ぱあっとコニーの顔が明るくなる。

「分かりました！」

元気よく答え、その後はそわそわしながら夜警をこなす。終わると爆速で官僚宿舎に駆け戻り、旅支度と愛刀の点検をしっかりと行った。

五月二十四日

午前七時、城の大広間にて。

「もう、知っている者もいるとは思うが……」

多くの行方不明者の中には〈王太子〉も含まれており、人外の敵が拉致に関わっていることが、国王より告げられた。

「――よって、彼らの捜索及び救出をするべく、隊への配属と任命をこれより執り行う」

まずは敵の本拠地を探り、王太子を奪還する要《かなめ》となる〈先行隊〉。隊長にアベル・セス・クロッツェ、隊員にニコラ・エールス、〈黒蝶〉が選ばれた。非公式である〈黒蝶〉は名前と人数は伏せられ、この任命式への出席も免除されていた。

そして、四百余名に上る騎士らの救出と、大規模戦闘に備えた〈後続大隊〉。これは近領騎士から選抜され二百名ほどで編成。ギュンター家ロブも八隊長の一人として任命を受けた。

同じ頃、コニーは官僚宿舎を訪れた梟から、〈黒蝶〉宛の〈任命状〉を見せてもらっていた。

「わたしと、梟、スノウ、コーン、チコリ……ですね」

現時点で王都にいる全員が入っている。負傷して戻らないガーネットとスモークの名は入っていない。少しぼんやりした印象のある青年・梟は闇色の瞳で心配そうに問う。

「出発は明朝……けど早まるかも。防具、ある？」

王都を出れば敵の襲撃も増えるだろう。手持ちの防具は革のコルセットぐらい。当然、魔法による攻撃など防げない。影王子の配下は憑物士だ。討伐隊を出すほどの群れで幾度も現れた。いくらよく斬れる刀を持っていても、それだけでは心許ない。

「急ぎ調達しなくては。あとは……」

コニーは女中頭マーガレットを探して、長期休暇を申請した。

城が異形に襲撃されて以降、一時的に里帰りする者は多くいた。だが、コニーは母との不仲を周囲に知られているため、里帰りを理由には出来ず。真実を濁して伝えた。

「わたしの恩人が不自由をされているため、しばらくの間、手助けに行きたいのです」

あまりに突然だったので、彼女はひどく驚いていた。

「えっ、今日から⁉」

「申し訳ありません。引継ぎはリフに頼んでおきますので……」

コニーの女中業務は臨機応変な助っ人。リフにはどこに行っても、ある程度は使えるよう仕込んである。こんな時こそ、わたしの役に立つべし。

「期間はどのくらいになりそう？」

「とりあえず二週間ほど。日延べするようであれば連絡します」

彼女の許可をもらえたので、早速、迎賓館で掃除をしているリフのもとへと向かう。

「しばらく留守にするので仕事の引継ぎをします」

さらさらの短い金髪に華奢《きゃしゃ》な体つき。女中服を着こなす可憐男子が、ハッとしたように振り返る。

「救出隊に選ばれたってこと⁉」

こういうところは勘がいい。そして案の定、癇癪《かんしゃく》を起こす。

「藁色の癖にずるい！　ぼくだって揚羽隊長が心配なのに！　留守番だなんてあんまりだ！」

「不用意にその名を口にしないでください」

モップを握ったまま、彼は詰め寄ってきた。

「そうだ、今は戦力不足じゃん！　ぼくも連れてってよ！　二度と裏切ったりしないから！」

裏切者ネモフィラのせいで、〈黒蝶〉は五名を失っている。悪事の片棒を担いで〈黒蝶〉から外されたリフ。わたしに甘えてどうする。

「芋虫を連れて行くわけにはいきません」

「だったらいいよ！　一人でも行く！」

きゃんきゃん絡むだけならともかく、彼は隊長に心酔している。ついて来るかも。

「〈彼〉があなたに望んでいることは唯《ただ》一つ、再教育による成長です。それを放棄して、目の前に駆けつけてきたとして、よくやった、と褒めてくれると思うのですか？」

むしろ逆効果でしかない、と釘《くぎ》を刺しておいた。

「わたしが帰ってくるまでに、蛹《さなぎ》になる努力ぐらいしておいてください。はい、これ」

リフに厚みのある木箱を差し出す。

「何、それ……」

中身は魔除けの御札五百枚。アベルに紹介状をもらって、あの一見様お断りの魔法武器屋に手紙で注文しておいたもの。もちろん自腹である。いいお値段だった。

魔性ヒル騒動はまだ続いている。サシェの効果も日が経てば弱まる。警備が最も手薄な下働きエリア。魔性を斬る短剣を持たないリフに、「お守りですよ」と使い方を教えておいた。

「こんなにたくさん要らないだろ？」

「念には念を、ですよ。わたしとしては一枚も使わないことを祈りますけどね」

さっきまでぐずっていた彼は、神妙な面持ちで手にした御札を見つめていた。


仕事の引継ぎを済ませて西中庭を歩いていると、午前九時の鐘が鳴り響く。

正面の城から大勢の騎士たちがぞろぞろと出てくるのが見えた。どうやら任命式が終わったらしい。藍色のマントを見つけて追いかける。彼は執務棟へ入っていった。おそらく仕事の引継ぎのためだろう。梟が出発時間の前倒しを口にしていたので、正確な時間を確認しておきたかったのだが……あいにくとコニーは女中服、下働きは執務棟には入れない決まりがある。

――先に防具の調達をしておきましょう。

まだ〈黒蝶〉の正規隊員だった頃に、鎧を支給されたことがある。だが、バイトに落とされると同時に没収されてしまった。主に。『これを使うような、危ない任務はないからね』と。

――城下街の魔道具屋か武器屋で買う？　体に合わせて調整が必要になるから、時間がかかりそうです。出発時間も分からないし。騎士団か魔法士団で余ってるのを借りる？　中継ぎしてくれそうな人がいませんね……

「娘」

庭木の間から十二歳ほどの少年が現れた。肩の上で揺れる薄茶の髪と同色の瞳、利発そうな彼は庭師見習いの格好をしている。イバラの仮の姿だ。両手に乗るくらいの美しい木箱を差し出された。

「此度《こたび》の旅に必要な物ゆえ、貸し与える」

何だろうと思いつつ、恐縮しながら両手で受け取った。中を見るよう促されたので、留め金を外して小箱を開ける。キラキラとまばゆい輝き――そこにはミニチュアサイズの白緑鎧《びゃくろくよろい》一式と、その下に着用するチェインメイルや防御衣等が入っていた。

防具を貸してもらえるのは有り難いが、いろいろと戸惑いを隠せない。

「ありがとうございます。……もしや、魔法の鎧ですか？」

先の〈黒蝶〉の鎧や、騎士用の鎧には〈攻撃魔法に耐性〉がある。だが、それは鎧に刻まれた護符だったり、精霊石の屑粉で磨いて得る効果なので、着用者に求められるものは特にない。

一方、〈魔法の鎧〉は防御魔法に特化しているため、〈魔力〉か〈精霊言語〉が必要となるはず。どちらもない自分はどうやって使えばよいのか……

疑問に思っていると、イバラは事もなげに言った。

「うむ、これは初代ハルビオン女王の愛用品である」

――国宝！

「この箱に容れた物には縮小魔法がかかる。鎧にもいくつか、戦闘に役立つ魔法を与えている。それを使いこなせるよう、補佐の小精霊をつけておくゆえ」

「あの、わたしには見えないと思いますが……それでも大丈夫でしょうか？」

魔力のないコニーに精霊は見えない。多分、声をかけられても聞こえないだろう。イバラが見えるのは、彼が高位精霊だからだ。

「心配はいらぬ。有事の際には現れる。必ず王太子を連れ戻すように」

「この命に代えましても」

「その鎧を纏っておれば、命を無駄にすることはない」

再度、丁寧にお礼とお辞儀をして顔を上げると、庭師見習いの少年は消えていた。

それにしても、ここまでして頂けるとは……感謝してもしきれません！

次代国王の裁定者であり、ハルビオン国を守護する伝説の〈緑の佳人〉イバラ。

おそらくは、あの日の夜、魔力を大量消費した彼を庇護した対価であり、コニーの戦闘員としての能力を高く評価してもらえてこその貸与だろう。

必ずや、ジュリアン様をお救いして帰城します！

5　勇み足に落とし穴

牢の中で、狒々マルゴは行ったり来たりする。

何度か拷問を受けたが、喋らないと分かると止《や》めてくれた。だから、安心しきっていたのに――

今度は研究塔へ護送だって？　悪魔憑きを挽き肉にするって……⁉

しかも、その状態でも意識は残るという。不安と恐怖で体の震えが止まらない。

冗談だろ！　死ぬことすら出来ずに、研究材料としてこねくり回されるなんて！

淡々とそれを告げてきたメガネ女にも怒りが湧く。

「憐れみもしない、あいつこそ悪魔じゃないか！　くそっ、死にたくない！　いや、生きたまま挽き肉になりたくない！　どうしよう、打つ手がない！　影王子の声も聞こえない。きっと援軍の引き込みに失敗したから見放されたんだ……」

嘆いている内に運命の時間はやってきた。魔法士らしき男がやってきて、そいつのかざした手がバチッと光った途端に目が眩んで昏倒した。

次に目覚めた時には、ガタガタとすごい振動に揺さぶられていた。

辺りは暗闇だが、悪魔化してからは夜目も利く。窓もない小さな部屋。この振動からして護送車の中だろう。手首には魔力封じの枷がはまっていた。これから例の研究塔に……

おぞましい未来に戦々恐々としていると――

〔ヤア、マルゴ。地下牢カラ、出タンダネ！〕
ふいに、子供の声が頭の中で響いた。影王子だ。彼の話によると、地下牢の結界は魔力を弾くため干渉が出来なかったらしい。マルゴは救いを求めて、今の状況を話した。
〔大罪ヲ犯シタ憑物士ヲ、ワザワザ移動サセル、ナンテネェ〕
これはマルゴを囮《おとり》にしているのだと言った。影王子の本拠地へと誘導するように。
「何だって……!?」
マルゴは自分を掌で転がそうとする連中に憤慨した。それなら、と影王子が楽し気に嗤う。
〔ソノ計画ヲ、逆手ニ取レバイイ〕

☆

午後二時、マルゴを乗せた護送車は王都を発った。

二時間ほど駆けてのち、山道に入った護送車。〈黒蝶〉が賊のフリをして襲い、扉の鍵を壊して御者ともども退散する。山道を見下ろす崖の上に〈先行隊〉は隠れ、マルゴが逃げるのを待った。

このあと、彼女を追跡するつもりだったのだが――

「あれは……！」

コニーは山道脇の斜面を登ってくる鎧騎士たちを見つけた。

護送車の後ろ扉がゆっくりと開き、慎重な様子で顔を出す体長二メートル半の黄色い狒々。

地面に足をつけきょろきょろしていると、背後から光る網をかけられる。人外捕獲用の魔法の投《と》網《あみ》だ。もがくマルゴ。その近くを一瞬、黒い何かがよぎり網が裂ける。飛び出した狒々は素早く駆け去り、慌てた鎧騎士たちが追いかける。その後方で、冑《かぶと》を地面に投げて喚く男がいた。

小型の望遠鏡を片目で覗きつつ、コニーは言った。

「あのヤマアラシのような髪型は、ロブ・ベンノ・ギュンターですね」

「〈後続大隊〉の出発は二時間遅れのはずだが……」

アベルが険しい顔で眉を顰《ひそ》める。〈後続大隊〉は大所帯なので、こちらとは距離をとるよう事前に話し合っておいたのだと。コニーは望遠鏡で山道の周辺を探る。

「他に人はいません。来たのはギュンター隊だけのようですね」

マルゴを捕まえて、敵の本拠地へ案内させるつもりだったのだろうか。それが出来ないからこその作戦だったのに――

すぐにアベルの指示で〈先行隊〉は各々の魔獣に乗り、マルゴを追跡。二足歩行の立ちトカゲで、険しい山野も軽快に疾駆する。顔バレ防止のため、黒衣と覆面の〈黒蝶〉たち。コニーも青灰色のワンピースの上に、黒のフードマントと襟巻きで目許以外を覆っていた。

途中、ギュンター隊とぶつかり、アベルがロブに対し戒める場面もあったが――

「お前たちのやっていることは越権行為だ。速やかに〈後続大隊〉に戻れ！」

「ハッハァー！　だーれが生っちろい文官の命令なんぞ聞くかぁ！　ぶあーかめえぇぇ！」

なんと、やつは舌を出して逃げて行った。その部下たちも大笑いしながら魔獣で駆けてゆく。

「何なんです、あの人たち！」

しかも、舌にピアスがついていた。見えたのは一瞬だったが十字……剣の形だった。掲げるべき象徴を口の中に入れてるなんてと、背中がぞわつく。おまけに不衛生だ。

「ヤマアラシの分際で無礼です！」

アベルの従者であるニコラも憤慨し、他の〈黒蝶〉たちも呆れたように言う。

「あいつら、クロッツェ隊長のことろくに知らねぇのな」

「憑物士軍の討伐にも出ていたのに」

「愚王子に、似てる。チンピラ感……類友？」

「周囲に火の粉をばらまいて自滅するタイプだな」

結局、日暮れまでにマルゴが捕まることはなく、その日の追跡は切り上げとなった。


午後六時半。森の少し開けた場所で〈先行隊〉は夜営の準備をはじめる。

手分けして川への水汲み、食事作り、魔獣の世話、見張り、結界の設置作業を行う。

結界は軍で使われる〈魔道具の杭〉を用いた。夜営地を囲んで地面に打つと、憑物士は入れない。ついでに魔獣や害獣も。だから、先に立ちトカゲ七頭を内側に入れて木に繋いでおく。

魔道具の起動には〈魔力〉か〈精霊言語〉を必要とするが、今回は後者の得意なスノウが詠唱した。羽毛のような新雪色の髪がふわりと魔法の波動でなびく。鋭い眼差しが、仄かに光った状態の杭を確認してゆく。光は十秒ほどで消えて、結界は完成。

これは対人外用で、人間は魔力の有無にかかわらず通すため、見張りは必要となる。

今はおちゃらけ者のコーンと頼りになる梟が、夜営地の外側に立ってくれている。チコリは魔獣の餌となる葉を摘みに出かけた。

コニーはニコラ少年と、手持ちの食材を使って夕食を作る。アベルが川から水を汲んだり、薪《たきぎ》を拾ってきてくれた。火を熾《おこ》したり鍋を吊るしたりして、ぐつぐつとスープを煮込む。火の側《そば》で暑くなってきたので、コニーは口許を覆う布を下げてマントフードを上げた。

ピュロロロロプピ――　プピロプペ――

この独特な音色は、見張りに立つ梟の呼子《よびこ》だ。敵襲かと思いきや――

直後に現れたのは、魔獣に乗ったロブと徒歩の従者。枝打ち鎌を握る従者にギョッとするも、彼は青ざめた顔でバタッと倒れる。彼らの来た方角は、密集した緑に覆われ獣道すらなかったはず。

まさか、草木を刈りながら道案内を……？

ロブは大型のカモシカに似た魔獣を操りながら、アベルの前まで歩を進めてきた。

「よぉ～く聞け！　〈後続大隊〉大隊長が敵襲により重傷を負った！　よって、その役目はこのワシが任された！」

「そんな大切な話は、大隊長から聞くべきだろう」

アベルが直接会いに行くと言うと、彼は意識不明だと答える。

「意識のない者からどうやって頼まれた？」

そこを突っ込むと、意識を失う直前に言ったのだとか。とてもウソ臭い。〈先行隊〉一同の胡乱《うろん》な視線を浴びながらも、ロブは「この決定は覆らない！」と魔獣の上で大きくふんぞり返る。そのまま落ちればいいのに。

アベルは呆れた眼差しで問いかけた。

「お前の勝手な行動で、王太子の居所を探る計画が頓挫《とんざ》した。その自覚はあるのか？」

「文官ごときの出番じゃねぇ、つってんだろが。今後は、大隊長であるワシのやり方に倣え！」

「俺はまだ承諾していない。各隊長らとも、改めて話し合うとしよう」

「フン、無駄足になると思うが～？」

と言いながらも、ロブはそれを受け入れた。ギュンター隊は〈後続大隊〉と合流して同じ場所で夜営しているという。

消えたマルゴ捜索のためにも、作戦会議は必要だ。〈先行隊〉と〈後続大隊〉は情報共有して協力しなくてはならない。明日の朝一で、アベルがあちらの夜営地へ赴くことになった。

コトコトと鍋が噴くのに気づいて、コニーはその蓋をずらした。自前で持ってきた調味料を入れているので、スープのよい香りが辺りに漂う。背後から鼻で嗤うロブの声。

「従者がいるのに飯炊き女まで連れてくるとは、まったくイイ御身分だな」

タイミング悪く顔を見られてしまったが、〈黒蝶〉とは認識されていないようだ。

コニーはこれ幸いと否定はせず、「〈先行隊〉のお世話係です」と答えておいた。マントの下は女中服。慣れたものの方が動きやすいのもあるが、こうした勘違いを狙ってもいる。

救出隊に女性はわたしだけですからね……目をつけられないようにしなくては。

ロブは倒れた従者を怒鳴りつけ、元来た道を魔獣に鞭打ち戻ってゆく。従者はよろよろと立ち上がり追いかけていった。

「気の毒な従者さんですね……」

同情するコニーに、ニコラ少年も頷く。

「きっと近道するために草刈りさせたんですよ！　酷《ひど》い主人です！」

☆

五月二十五日

陽が昇ると、アベルは〈後続大隊〉の天幕に赴いた。会議の出席者はロブ含めた八隊長たち。

早速、アベルが〈大隊長が襲撃された件〉について尋ねると、老侯爵オルゾイが答えた。

「飛来した矢に魔獣が驚き、乗っていた彼は振り落とされましてのぅ」

すぐに近くの街へ搬送されたが、足首を魔獣に踏まれて骨折しており、意識が戻ったとしても復帰は無理だという。

「敵の姿は見たのか？」

「鬱蒼とした森の中から狙われたので、目撃者はおらず」

「矢の現物を見せてもらえるか？」

「川に落ちて流されてしまいましてな」

他の隊長らに問うても説明は同じ。さらに、ロブが大隊長になることに、「異議なし」と彼らは口を揃《そろ》える。オルゾイ侯爵が嫌みとともに畳みかけてきた。

「経理室長殿は知るまい。ロブ殿は近領地において、その勇名を馳せておられる。本来ならば〈先行隊〉隊長は、由緒正しき王家に仕える武家のロブ殿がなるべきもの。それを経理を立て直したぐらいで任命されるとは、我らにとっては青天の霹靂《へきれき》であり――」

年寄りの愚痴は止まらない。いかにロブが素晴らしい騎士か、文官が出しゃばるとは何事か、平民上がりの〈黒蝶〉ともども辞退すべきだ――等々。

大隊長はロブのために引きずり下ろされたのかと思ったが……老侯爵の本音は、ギュンター隊を〈先行隊〉にしたいようだ。アベルのポジションにロブを就けて、自身が大隊長となりロブを全面的にサポートしたい、と。

騎士でもない者たちが先行して〈王太子救出〉の手柄を得る――これを不満に思う連中の存在は想定していた。それを牽制するためにも、国王が任命式を執り行ったのだが。

せめてトラブルを起こす確率の高いギュンターを入れないでほしかったが、三大公爵家のひとつでもあるため、弾くのは難しかったのだろう。

老侯爵はまだ喋っていた。今度は眉尻を下げ、こちらを心配するような顔で諭し始める。

「貴公は得意な書類仕事をしておればよいのだ。何もこんな危地にまで足を運ぶことはない。これは貴公のため、武に疎《うと》き者には死が待つのみ。陛下よりの〈賜り物〉はロブ殿に渡して、この件からはスッパリ手を引くのが賢明というもの」

ようやく喋りに区切りがついたようなので、アベルは「断る」と簡潔に答えた。みるみる顔を真っ赤にさせ叫ぶオルゾイ。

「経理室長！　命が惜しくないのか⁉」

「戦闘経験はある。陛下の信頼を裏切るつもりはない。貴殿は他人がどうこう言ったからと、与えられた任務を放棄するのか？　意外だな」

うぐ、と老侯爵は言葉を詰まらせる。

こんな内輪揉めをしている場合ではない。一刻も早くあの狒々女を探さないと――

アベルは他の隊長らを見回して問いかけた。

「ギュンターの他に、大隊長に立候補する者はいないのか？」

ロブとオルゾイ以外の六名が、一斉に目線を逸らす。〈後続大隊〉は身分の高いチンピラと爺《じじい》に支配されていてどうしようもない。どちらに肩入れしても〈先行隊〉にとっては危険だ。かといって、別の隊長を推しても力ずくで消されかねない。敵は影王子一人ではない。いつ団体戦が起こるとも知れないのに、〈後続大隊〉と連携がとれないのは困る。――仕方ない。

足を組んで大欠伸《おおあくび》をしているロブに、アベルは視線を合わせた。

「今後、〈後続大隊〉で起こること全てに責任を持てるのか？」

「へっ、当然だ！」

強気の姿勢に、アベルは大隊長就任を承諾した。そして、念押しをする。

「言質は取ったぞ、ここにいる全員が証人だ」

無能な権力者を排するには、これが一番の近道。少なからず犠牲は出るだろうが――

王都から南下しながら出没する狒々マルゴ。あちこちで目撃情報が入り、ロブの指示で〈後続大隊〉の騎士たちは西へ東へと追いかける。不審に思ったアベルが、少人数での斥候を放つように助言するも、ロブは聞く耳を持たず。一隊ごと現場に突撃させていた。その結果――

「リゾン隊が熊魔獣の群れに襲われました！　十五名が負傷です！」

「ナナセド隊が巨大な蜘蛛の巣に絡まって身動き取れません！　至急、救助を！」

「バロール隊、谷間で空から火炎を噴く憑物士に襲撃されました！　火の海で近づけません！　生存者の数は不明です！」

立て続けに入ってくる報告に、ロブは「なんて使えないヤツらだ！」と憤慨するばかり。その間にも、狒々マルゴの目撃情報が別の三地域から入ってくる。

「よし、レオニール隊、ゼロシス隊、ブラン隊、捕獲に行け！」

失態を期待してはいたが、予想をはるかに上回る大損害だ。これ以上は看過できないと、アベルは止めに入った。

「待て、窮地の隊を助けるのが先だ！」

逆立つ毛を揺らしながらロブが凄《すご》んでくる。

「指図すんじゃねぇ！　〈後続大隊〉を動かす権限はワシにある！」

「こちらの戦力を削るのが敵の目的だ！　踊らされてどうする！」

「あのサル女さえ捕獲すりゃあ、すべて終わるだろうが！」

「その前に、一体どれだけ犠牲を出すつもりだ⁉」

「後から砦の援軍が合流する！　戦力の補充に問題はねぇ！　大局の見れねぇ小物は黙ってろ！」

補充が利くから捨て駒にするという。その発言に三隊長の顔が強張《こわば》った。

「オレは、ナナセド隊の救助に向かいます！」

緊迫した空気の中、凛《りん》とした若い声が響いた。皆の視線を集めると、天幕の入口にいた少年騎士は、さっと出て行く。すると、三隊長らも顔を見合わせて頷いた。

「わ、わたしの隊も彼と一緒に行きます……！」

「我が隊はリゾン隊の救助に向かいましょう！」

「じゃあ、俺んとこの隊はバロール隊の救助へ！」

各々、足早に天幕を出てゆく。ロブが呼び止める暇もなかった。

「フェリクス……！　このワシに恥をかかせやがって！」

先の少年がギュンター隊の一人と気づき、アベルは感心した。

――ふむ、なかなか見所がありそうな子だな。

「いや、テメーだ！　テメーが余計な口出しをしたせいで……！」

憤怒の形相で摑みかかってこようとしたので、アベルはさっと避けて足を引っかける。ロブは簡易テーブルに突っ込み、ひっくり返った。何故かまったく口を出してこなかった老侯爵。ちらと見ると、彼は青褪《あおざ》めて目を泳がせていた。さすがに、状況のまずさは分かっているのだろう。それでも、ロブを諌《いさ》めもしないとは……

「俺も救助に向かう。戻ったら、大隊長としての責任は取ってもらうぞ」

そう言ってアベルも天幕を出た。背後では、焦るチンピラ公子と古狸《ふるだぬき》の攻防が――

「くっ……出番だ、オルゾイ隊！　サル女を捕まえに行け！」

「ロブ殿、ここは少し冷静になった方がよろしいかと……」

「行けっつってんだろーがよ！　ジジイ！」

「ま、まずは部下に様子見をさせて……」

☆

火の海になったという谷間へ向かった〈先行隊〉。

すでに火はなく、一足先に救助に来ていたブラン隊が、焼死体を運び出すための作業をしていた。

近くの村から借りた幌付魔獣車にそれを積んでゆく。報告に来た一名を除いて、バロール隊は全滅、二十四名が死亡。

「コニー、彼から詳しい状況を聞いてくれ」

アベルの指示で、コニーは唯一の生存者から話を聞くことに。天幕で一度は報告を受けているはずなので、多分、自分を死体運びから外すための配慮なのだろう。

その青年は鎧を脱いでいたが、ひどく憔悴していた。

「――空から憑物士が飛来してきたんだ。そいつは体が球状になるまで膨らんで、手に持っていた松明《たいまつ》の火に息を吹きかけた。一瞬だった。火炎が隊の前列を襲って……」

狭い谷間の道、進路方向の上空から奇襲。身を隠す岩場もない。後退して逃げる仲間が次々と火炎放射を浴びて倒れていき、最後尾にいた彼だけが運よく谷間を抜けて鎧のまま川に飛び込み、何とか逃げ切ったのだという。

――状況から見て、可燃性のガスを吐く憑物士でしょうか。

火炎魔法であれば、攻撃魔法に耐性のある鎧が防御したはず。だが、残念なことに通常の火は防がない。盲点を突かれている。楯ならある程度は防げた？　いや、周囲にガスが満ちれば逃げられない。両脇は絶壁で狭いこの地形もうまく利用している。結界の使える魔法士でもなければ、対処が難しそうな相手だ。

近くの街へと遺体を運んだ。遺体は聖殿に預かってもらうことに。先ほどの生存者も具合が悪そうなので、コニーは肩を貸し施療院へと連れて行った。

「マルゴの出没は、意図的な罠への誘導ですよね」

疑問符をつけることなく尋ねると、アベルは頷いた。

「梟とスノウに、罠にかかったリゾン隊、ナナセド隊の様子を見てきてもらった。負傷者と遺体は現場近くの町へ連れて行ったようだが、ここと合わせると死者三十六名、負傷者十一名」

〈後続大隊〉のおよそ四分の一が欠けてしまった。

もうじき陽が暮れる。再度、ロブと話をつけるべく、アベルは〈後続大隊〉の夜営地へと向かう。

〈先行隊〉、ブラン隊とともに魔獣に乗って移動を始めた。


――シャッ――シャッ――


緩やかな山道を登っていると、遠くからかすかに聞こえる奇妙な音。コニーは小型の望遠鏡で辺りを探る。スッと梟のスレンダーな体が、視界を遮るように横についた。

「梟？」

「さっきの街、羊の新聞屋いた。ついて来てる」

コニーはマントフードを深く被り直した。

任命式では国王自ら〈王太子の行方不明〉をばらしたものの、緘口令《かんこうれい》は敷かれている。いずれはどこからか漏れて噂として広まるにしても、今は世間に広めないための時間稼ぎが必要だった。

だから、マルゴを乗せた護送車も〈先行隊〉〈後続大隊〉も、普段使われない城の北門を抜け、人気《ひとけ》の少ない貴族街の端を通り、通常は閉まっている東街門からひそかに王都を抜け出した。

「こんな所まで追ってくるなんて……」

情報を摑むのが早過ぎる。任命式に潜り込んでいたのでは、とすら疑ってしまう。

やっと辿り着いた〈後続大隊〉の夜営地。連なっていた天幕は見当たらず、誰もいない。

ブラン隊長らも驚きを隠せない。周辺を捜索するも〈後続大隊〉の足取りは摑めず。食糧や結界杭まで持ち去られていたため、ブラン隊は仕方なく暗くなり始めた道を引き返し、街へと戻った。

コニーたちはその場に残り、自前の結界杭を打って一泊することに。

機動力重視の〈先行隊〉は、天幕など持ち歩かない。コニーは街で買っておいた人数分のパンとチーズ、果物を皆に配った。人よりたくさん食べるコニーは、買い出しや食事作りも率先して行う。あとは焚火でお茶を沸かそう。

陽が落ちてからの焚火は、こちらが丸見えになっている感じで落ち着かない。真っ暗な茂みの奥から視線を感じる。食事中は襟巻きを外すから、顔を見られてしまう。先にアレを片付けておこうと、コニーは立ち上がる。しかし、腕を摑まれた。黄髪を逆立てたがさつ男コーン。パンを口いっぱいに頬張りながら何か言ってる。

「……喋るなら、食べ終わってからにしてください」

彼はお茶で口の中のものを流しこむと、ニヤリと笑った。

「アレは、おれっちの因縁の相手だ。任せろ！」

何かを確信したような顔つきで親指を立てると、結界の外へ犬のごとく猛ダッシュ。

「「ギャーッ!?」」

森から鳥が一斉に飛び立ち、逃げ去るふたつの人影が見えた。

二章　白緑鎧の騎士

1　窃盗少女

五月二十六日

夜明けとともに、コニーたちは〈後続大隊〉の行方を探す。きっとロブは、自分たちだけで手柄を得たいのだろう。出会った者に嘘の行先を告げ、情報の攪乱《かくらん》までしていた。

――アベル様に口出しされたくないのでしょうね。

正午過ぎ、小さな町が前方に見えてきたので、休憩のために向かっていた。背後から魔獣に乗った騎士が追いかけてくる。

「ギュンター隊のフェリクスと申します！　至急、クロッツェ隊長にお伝えしたいことが――」

ロブの従弟だった。誠実で気骨のありそうな曇りなき瞳の少年は、手短に内容を伝えてきた。

なんと、昨日の内にロブとオルゾイ侯爵が、マルゴを捕まえたというのだ。

ロブは大はしゃぎで、戻ってきた二つの隊も連れて移動したらしい。そして、元々、兄弟仲の悪かったフェリクスを放逐したのだとか。

「正直、捕まえた者は憑物士には見えず、それを指摘したせいなのですが……」

魔獣で駆けて三時間ほどの場所に、〈後続大隊〉は天幕を張っているという。アベルはニコラと梟を連れて案内してもらうことに。その間、コニー含む〈黒蝶〉四名は、この先にある町で待機することになった。フェリクスがここへ来る途中、旅人から『人よりも大きな猿がこちら側へ駆けてゆくのを見た』という話を聞いていた為だ。


小さな田舎町ソーニャ。どこの店も物価が高く通常の三、四倍だ。その上、治安も悪い。広場の草むらには壊れた鎧騎士の石像。町の中心地にあるなら大切なシンボルだろうに……修復もしないのか。道徳の指針となるべき聖殿や、金目の物を取り扱う質屋は、扉や窓が破壊されて無人。路上はゴミが散乱。路地裏に浮浪者、表通りはガラの悪い輩《やから》がたむろしている。

黒マントに覆面のコニーたちに、不躾な視線を向けてきた。

「オレの荷物がないいいい⁉」

「おい、嘘だろ⁉　写真機は⁉」

街路樹の下、どこかで見たような二人連れが騒いでいる。コーンが楽しそうにケケッと笑う。

「あの新聞屋ども、置き引きに遭ってんじゃねーか、ざまーみろ！」

片思い相手のミリアムにちょっかい出されたのを、いまだ根に持っているらしい。

「昨夜、覗き見していたのはダフィさんでしたか」

「藁色の知り合いか？」

コーンの問いに、コニーはちょっとだけ眉根を寄せる。

「あの前髪を結んでいる人は、リーンハルト様の従弟です。わたしが〈黒蝶〉だという噂をかぎつけて、情報の横流しを迫ってきました」

「それって要注意人物じゃん」

横で聞いていたチコリが、鼻先まで伸びた薄青の前髪をいじりながらつぶやく。

前方を歩く小柄な青年スノウが振り返り、「あそこに宿の看板がある」と教えてくれた。皆でそちらに向かっていると――コーンの脇腹に子供がぶつかって走り抜けて行った。

その後ろ姿を見たチコリが叫んだ。

「財布！　盗《と》られたんじゃ……⁉」

「えっ、あっ、ヤラレたっ！」

慌てて取り返しに走るコーン。直後、コニーたちの四方から、ワッと小さな子供たちが押し寄せてきた。とっさにスリ集団だと察したコニーは、素早く身をかわして避けた。スノウの殺気を宿す鋭い目に子供たちは怯えて避け、反応の遅れたチコリに群がり――一瞬で駆け去っていった。マントを引っ張り回されたのか、頭のフードが外れ彼は呆然と地べたに尻をついている。

コニーは声をかけた。

「チコリ、荷物は？」

「ぁ……あああ⁉　盗られたあっ！」

バッと立ち上がり、子供たちの後を追いかけてゆく。

スリをしないと生きていけない子供が、あんなにいるのか。

とりあえず、スノウと一緒に宿屋へと入った。どう見ても、民間中流のその宿は――

「宿代が相場の十倍⁉」

仰天である。何故そんなに高いのか尋ねると、〈用心棒代〉が上乗せされているからだという。

不要だからその分引いてくれと交渉するも、受けつけず。

「お客様、この町で無事過ごしたいなら代金を惜しまぬことです」

そうは言っても視界の端にいる用心棒、その辺のゴロツキにしか見えませんけど？

外に出ると、戻ってきたコーンとチコリが「安い宿を見つけた」というので、そちらに向かうことに。確かに安かった。相場の三倍だが。やたら愛想のいい従業員の男が一人出てきた。

部屋を二つ借りて二階に案内される。コニーは自分の部屋に荷物を置き、顔隠しの襟巻きを外して一息つく。それから、話し合いをするためスノウたちの部屋に集まった。

「ところで二人とも、財布と荷物は取り戻せました？」

コニーがスリ被害に遭った二人に聞くと、コーンは財布を取り戻せたようだが――チコリは手ぶらでひどく落ち込んだまま。

「財布はブーツの底に隠してたから無事だけど、荷袋には〈黒蝶〉の短剣が……」

それは主の影として認められた証。〈黒蝶〉にとっては、とても大切な物だ。

「ばっかだなー、何でいつもみたいに身に付けなかったんだ？」

軽い調子で責めるコーン。「吊下げ用のベルトが切れてて……」と悔しそうに言うチコリ。財布を持っていかれた駄犬に言われたくはないだろう。

「この町に滞在している間に探せばいいじゃないですか。質屋は潰れてましたし、きっと、まだあの子たちが持っていると思いますよ？」

コニーの慰めに、彼は暗い表情で拳を握り俯いたままつぶやく。

「絶対、取り返してやる……！」

コインを投げて、夕食の調達係を決める。コーンが行くことになった。チコリもスリの子供を探しに再度出かけて、コニーとスノゥは留守番として残った。

一人部屋を取っていたコニーは、自室の前まで戻ってきた。すると、中から物音が。バンッと開けると、十歳ぐらいの女の子が窓辺にいる。

「命が惜しけりゃ、ここから出な！」

そう言って、鎧小箱と財布を掴み窓から逃げようとした。とっさにコニーは鉤《かぎ》付き縄を出して投げつける。少女の体に巻きつけると、引っぱり戻して床に転がした。

「どういう意味です？」

問いかけると、目を白黒させていた彼女は、ハッとしたように怒鳴り返してきた。

「ここは強盗宿だ！」

そのとき、コニーの左袖口がチカリと光った。その下には腕輪の魔除け石がある。以前にも命の危機を知らせてくれた。開いたままの入口から、刃物を持った男二人が押し入ってきた。

「ホグォッ！」

「グハッ⁉」

コニーは問答無用で蹴り出し、廊下の壁にめり込ませた。スノウのいる部屋からも騒々しい音が響く。同じく廊下に叩き出された男が三人。何かそれぞれ手足の向きがおかしい。見覚えのある従業員もいた。なるほどグルか。

「寝る部屋が汚れるから殺さなかった」

廊下に出てきたスノウは平然とした様子でそう言う。室内でも覆面したままの彼に、警戒していたのだと気づく。後始末についてコニーは尋ねた。

「町の警邏《けいら》隊《たい》は機能してなさそうですよね。どうします？」

「捨てればいい」

「同感です」

コニーも頷いた。二階廊下の突き当たりにある窓から、二人はポイポイと侵入者どもを投げ落とす。それを目撃した窃盗少女は青ざめて叫んだ。

「報復されるぞ、チェッシャーに！」

手をはたきながらコニーは振り返る。

「チェッシャーとは誰です？」

「この町を牛耳る大悪党だよ！　汚い金貸し屋だ！」

「……もしかして、物の値段が異常に高いのと関係あります？」

「大アリだ！　あいつらが元凶なんだから！」

といって、彼女は縄で拘束されたまま怒濤《どとう》の勢いで語り始めた。

——四年前まで、ここは平和な田舎町だった。山向こうの領地を目指す旅人もいたので、町にも活気があった。それが一変したのは、ゴールド・チェッシャーという男が来たせいだ。

領主に依頼された未納分の税金を取り立てにきたという。その年の納税はすでに終わっており、町民からすれば寝耳に水の話。しかし、やつが連れたならず者に脅され、どの家も仕方なく金を払ったという。それからはどんどん税金が上がり、物価も上がり、労働者の雇い止めも起き、家や財産を差し押さえられる者まで出た。窃盗少女ドロシーもその一人だ。

町の人々の動きや出入口、他村からの物の仕入れすらも逐一監視され、外部への連絡も阻まれる。旅人も減り続け、今年に入ってからはほとんど来なくなった。物を売る相手が減り、住民の負担は今や限界に。

チェッシャーから金を借りた住民は、去年から気味悪い植物を育てる作業に従事させられている。空腹から一握り分の実を呑みこんだ男が、正気を失い屋根から飛び下りて亡くなった。吸い上げられた金は間違いなくあの男の懐に収まっている。町を抜け出すのに失敗した住民は、どこかに連れて行かれそのまま姿を見ない。

中心地にある宿屋で用心棒代を出し渋ると、強盗宿に誘導され身包《みぐる》み剝がされるのだ——と。

「きっと大勢で仕返しに来る！　早くこの縄を解け！　あたしを巻き添えにするな！」

バサバサに伸びきった紺色の髪、汚れた顔とがりがりの手足、ほつれたチュニックに男の子用のズボン。履き潰して穴の開いたボロ靴。まだ幼いし、同情すべき余地はある。

だが、知らぬこととはいえ、彼女が手を出したのは国宝だ。謝罪なしに解放するつもりはない。

「何故、小箱まで盗んだのですか？」

ひやりとする声音にドロシーはびくついた。

「高そうだから売ろうかと……」

コニー以外が小箱を開けることは出来ない。城を発つ時、コニーの軽装を見た〈黒蝶〉たちに心配されたので、裁定者から借りた魔法の鎧があると話した。興味津々に見せてほしいと言われたが、そのときコニー含め、誰が触っても箱は開かず。きっと、小箱についた小精霊が、他者に見せるのを許可しないのだろうと解釈。

つまり、ドロシーは美しい細工の施された木箱そのものに価値がある、と思ったのだろう。

「質屋は潰れてるでしょう。どこで換金するつもりだったんです？」

見透かされて彼女は視線を逸らした。

「その……チェッシャーの手下に……売って……」

危うく国宝が薄汚い下衆《げす》の手に渡るところだった。

悪党を嫌悪しながらも、そうすることでしか生きられない。目をつけた相手を執拗に追いかけ、宿二階にまで忍び込む。盗みの常習化。加害に心を痛めなくなればこの先は堕ちてゆくだけ。

「盗みを働いたこと、ちゃんと謝ってください」

「こっちは生活がかかってるんだ！　それに取り返したんだから、盗んだとは言わないだろ！」

開き直った。自分は悪くない、状況がそうさせた、加害の正当化。

コニーは縄で縛られたドロシーの襟元を掴んで引き寄せた。その顔を右手だけで掴む。

「一瞬でも、意図的であれば泥棒ですよ。何でわたしの部屋にいたんです？　泥棒するためでしょう？　ヒトの大事な物を売り飛ばそうとしておいて、捕まったら同情で許せ？　都合よすぎ。許すのは誠心誠意、謝罪した場合のみです！」

ドロシーはその剣幕にたじろいだ。しかし、頑なに謝らない。コニーは目を据わらせギリギリと両頬に指先を食い込ませながら、彼女の爪先が浮くようにその体を吊り上げた。

「おーい藁色～、何、ガキにマジギレしてんだ？」

パンの包みを抱えて戻ってきた黄髪の青年が茶化してくる。

「ちょっと黙っててくれます？」

「お、おぅ」

ぎろりと睨まれて彼は後ずさった。ドロシーの灰色の瞳を覗きこんで、コニーは続ける。

「あなた、自分の言動が町を搾取しているゴミ野郎と同じだって、まだ分からない？　それなら、こちらの対応も変えざるを得ないのだけど」

淡々とした言葉の中に宿る、威圧と殺気。虎だ、彼女の背後に虎が見える。捕食される鼠になったような錯覚に襲われ、ドロシーは震え上がった。

「あっ、あ、やまるから……ごめ、ん、なさいぃ！」

「善は善へ、悪は悪へ。いずれ、はね返るものです。次はありませんよ」

コニーは彼女の背中に回り縄を解くと、部屋から追い出した。

――少々、大人気なかったかもしれないが、ナメてくる子供の躾《しつけ》は最初が肝心だ。

ふと〈黒蝶〉の青年たちを見ると目が笑っている。

「何です?」

「「別に」」

☆

ドロシーは逃げるように宿を飛び出した。外には白目で転がるゴロツキたち。それを避けながら息を切らして通りを走る。地味で大人しそうに見えたから、簡単に荷を奪えると思ったのにしくじった。とんだヤバイ女だった。

「説教くれやがって、強いから好き放題言えるんだ! あたしだって、こんな生き方したいわけじゃないのに!」

――だが、きっと、あの女も明日の朝まで生きていることはないだろう。チェッシャー一味には傭兵だって大勢いる。過去、町の人が腕自慢の旅人に助けを求めたこともあったが、結果は悲惨なものだった。見せしめのように死体を広場の木に吊るされた。

町の片隅にある掘立小屋に辿《たど》り着いた。自分と同じ境遇の子供たちがここにはいる。十歳前後の子が八人。十二歳のドロシーは彼らのリーダーだ。

何日まともに食べてないだろう。今日も収穫なし。いや、チビが奪った荷袋があったな。走り過ぎてへとへとで壁にもたれかかって、背中からお尻にかけての違和感に気づく。ズボンとサスペンダーの間に何か挟まっている？　驚いてそれを引き抜いた。腕の長さほどある、パン⁉

えっ、本物？　いつの間に……

☆

空が紫に染まる頃、憔悴したチコリが戻ってきた。元が陰気なのにさらに輪をかけて暗い。大事な短剣は見つからなかったようだ。

やたら馬鹿高いふすま入りのパンと水だけ、というシンプルな夕食。もそもそと口当たりの悪いそれを食べながら、コニーは強盗宿に入るきっかけを作った元凶に問う。

「コーン、どうやってこの宿を見つけたのです？」

「通りがかりのおっさんに教えてもらった」

食事のため覆面を外した彼が、けろっとした顔で答える。この駄犬、少しはすまなそうな顔をしろ。

「にしても、ゴロツキを束ねた程度で大悪党なぁ。ま、子供の言うことだし」

「ボスも大して強そうとは思えんな。蚊柱並みに鬱陶しくはあるが」

コーンの言葉にスノウも同感と頷く。そして、ここの領主もキナ臭いと、皆が感じていた。

スノウはパンを食べ終え水を飲み干すと、荷袋から出した地図を広げて言った。

「ここら一帯の小さな町村はアブノーマン領に属する。領主館は山二つ向こうの町だ。深入りしてる暇はないぞ」

「明日には、アベル様も戻って来られるでしょうし……あまり時間はありませんね」

ここで出来る事は何かと、コニーは考える。落ち込んだままのチコリが、ぼそっと意見した。

「中途半端に片付けるのもよくないいんじゃ……？」

もちろん、下手に手を出しての事態悪化は避けなくてはならない。

「第三砦が近いですよね。そちらに〈事後処理〉を頼むのはどうです？」

地図上のハビラール砦を指差す。第三支部騎士団のある場所だ。この町は彼らの管轄領域に入る。

「けっこう距離あるけど……砦への連絡方法は？　オレたちがいる間に来てもらわないと……」

後ろ向き体質のチコリが不安を口にする。それに対してスノウが「俺が魔法で文を送る」と即答した。そんな彼を、コニーは注視する。この旅で気づいたが、彼は以前と比べてずいぶん変わった。

戦闘狂のあだ名を持ち、単独行動を好んでいたスノウ。これまでは情報共有の時ぐらいしか喋らず、コニーとは別の意味で〈黒蝶〉内で浮いていた。それが他人に関わることを避けず、むしろ積極的に協力するようになった。

――何か、心境の変化でもあったのでしょうか？

コーンが皆の顔を見回し方針の確認をしてきた。

「んじゃ、チェッシャー一味を押さえとく、ってことでいいよな！」

「「「異議なし！」」」

こちらは重大な使命があるので、あまり手間はかけられない。最善策として、金貸し一味を捕縛して、事後処理を第三砦に丸投げすることにした。

バアアアアン！

突如、一階からものすごい音が響いた。玄関の扉が壊されたらしい。

「ゴールド兄貴に楯突く命知らずはどいつだぁ!?」

「ナメくさりやがってよォォォ」

「オゥオゥ、出てきやがれえええ！」

外に捨てた強盗どものお仲間が来たようだ。吼《ほ》えている声からして三人か。思ったより少ない。

「いつ来るかと思っていましたが、わりと遅かったですね」

「この宿が裏通りにあるからじゃね？」

「まだ食事中なのに……」

「食後の運動に行ってくる」

スノウが引き受けてくれたので、コニーたちはゆっくり食事をした。

あとで階下へ様子を見に行くと、二メートル近いデカブツが三人倒れていた。

「そっちの凶悪面《きょうあくづら》のハゲ男は、ゴールド・チェッシャーの弟だと名乗っていた」

淡々と言うスノウ。だが、顔がボコボコに腫《は》れているので本当に凶悪面なのかは分からない。

先の連中は一撃で仕留めていたのに、と不思議に思っていたら。コーンが「あいつ、チビって言われるとしつこくボコるんだよなァ」と、自身の頬をさすりながら小声でつぶやく。

……背が低いのがコンプレックスなんですね。

そして、コーンもそれを言ったため、ボコられたことがあるらしい。口は災いの元だなと思う。

デカブツどもは縄で縛り、地下の貯蔵室に鍵をかけて閉じ込めておいた。外に捨てた強盗仲間は帰っていったようだ。

そのあと、第三砦への手紙は、この場で最年長のスノウ（22）が代表者として書いた。

内容は、悪党一味の排除依頼。「即日、動いてくれるかは分からない」というので、コニーはダメ元で砦の支部団長に働きかけてもらうべく、〈砦の母〉にもお願いの文を送ってもらうことにした。

一面識しかないのに図々しいかも知れませんが……

スノウは鳥形をした徽章《きしょう》を取り出す。通信用の魔道具だ。

これで二通の手紙を刺し留めて呪文を唱えると――手紙は光の鳥に変化して窓から羽ばたき、町の結界を突き抜けて空へと消えていった。

☆

贅《ぜい》を凝らした高級衣装。胸ポケットから覗く懐中時計の金鎖、武器にもなるお洒落《しゃれ》な仕込み杖。大粒の宝石をあしらった指輪を八つの指にはめている。富豪の紳士を気取る金貸し屋ゴールド・チエッシャー。宿が獲物に占拠されたと聞いて怒り心頭だ。

宿には五人の手下がいたのに、たった二人にやられたとは何事だ！　二階から落とされて骨折しただと？

「血祭りに上げてこい！」と、剛力自慢の弟ブロンズたちを差し向けた。

ソーニャの領主は王都に住み、ギャンブル依存で借金まみれだ。彼に金を貸し、その返済のためにもソーニャの税を上げることを提案した。

支払いに苦しむ町民どもにも金を貸し、後出し説明で高利をぶんどる。味をしめた領主はさらに増税、町民は終わらない借金ループにはまった。逃げる者には容赦ない制裁を与え、目論見通り、ひとつの町を手中に収めることができた。旅人が減っても抜かりない。新種の麻薬植物を育てているのだから。

加減知らずの弟が手を出せば、相手は確実に死ぬと決まっている。その報告を待って一晩が過ぎた。――何故、戻ってこない。手下に確認に行かせた。イライラしながら待つも戻らない。

太陽が中天を過ぎる頃、十五人ばかり武器を持たせて送りこんだ。

「このチェッシャーに歯向かったこと、後悔させてやれ！」

◆奇襲のち、変化に及ぶ

アベルが案内された場所に〈後続大隊〉はいなかった。

「す、すみません！　まさか、こんなに早く移動するとは思ってなくて……」

平謝りしてくる少年騎士フェリクスに、アベルは寛容な態度で答えた。

「まだ、さほど遠くには行ってないだろう。近辺の聞き込みをして追いかければいい」

手柄を奪われまいと、躍起になっているロブの姿が目に浮かぶ。それから、丸一日探し回った。

二十七日の昼前、ようやく天幕群を見つけた。そこは切り立つ崖にぐるりと囲まれた場所で、近くには小川が流れて奥に滝がある。

「サル女は捕まえたぞ！〈先行隊〉の手は借りん！とっとと失せろ！」

強気で言い放つロブ。温《ぬる》く湿った風がヤマアラシのような髪をなびかせる。後ろに控える従者の顔を、その髪がバシバシ打ちつけている。何故避けないのだろうと思いつつ、アベルはロブに問いかける。

「それはマルゴ・ボーレが敵の本拠地を吐いたということか？」

「尋問中だ！」

「尋問も拷問も効果がないから、わざと逃がして追跡する計画だったのだが？」

当然、それは〈後続大隊〉にも知らせていたことだ。

「ワシの尋問には素直に吐いたぞ！」

アベルは訝しく思いつつも尋ねる。

「確認したいことがある、彼女に会わせてもらえるか？」

「手柄を横取りする気だな!?　そうはさせるか！」

「クロッツェ隊長、こちらです！」

「フェリクス、何勝手に戻ってやがる！　出て行け！」

怒声もしれっと聞き流し、少年騎士は天幕群の奥へとアベルを案内した。

「これは……！」

檻の中にいたのは〈白いフリルエプロンをつけた山猿〉だった。大きさも五十センチない。

アベルはその精悍な顔に困惑を浮かべながら、周囲に集まってきた〈後続大隊〉の騎士たちを見る。同じく困ったような眼差しが返ってくる。

「どう見ても、その辺の山にいる猿では？」

「ぶあーかめ！　よく見ていろ！　おいサル女！　影王子のアジトはどこだ⁉」

猿は「ウキッ」と片腕を振り上げ、ロブの後ろを指した。

「ほれ、見ろ！　人間の言葉がただのサルに分かるか？　次に向かうのは西だっ」

鼻息荒くドヤ顔で両腕を組む。しかし、誰も称賛しない。それもそのはず、山猿の指した先には、携帯食の堅焼きビスケットを手にした騎士。

「アレをくれと言っているんじゃないのか？」

「ざけんな、たまたま指差す方向に食い物があっただけじゃねーか！」

アベルはその騎士にビスケットを大きく左右に振ってもらう。山猿も必死に指差してそれを追う。

――そういえば、マルゴを間近で見た者は〈後続大隊〉にはいなかった。それでも、これに疑問すら持たないのはこの男ぐらいだろうな。

「おちょくりやがって！」

赤っ恥のロブは激昂した。山猿の入った檻を八つ当たりでガンガン蹴飛ばす。

隊長らが揃っているのを見て、アベルはロブに要求を告げた。

「本題だ、〈後続大隊〉の窮地に見捨てる指示を出したお前に、大隊長は相応《ふさわ》しくない。責任をとって降りろ」

「はあ⁉　見捨てたわけじゃねぇ！　ワシはヤツらを信じて自力脱出すると思ってだな……！　大体、ワシを推したテメーらにも責任があるだろが！」

「俺は何度も斥候を放つように助言したし、指示の誤りを指摘した。聞く耳持たないくせに、今度は責任転嫁か。それに救助に向かわなかったのはギュンター隊とオルゾイ隊だけだ」

図星を指されて、憤怒で顔を真っ赤にするロブ。

「俺に賛同する者は手を——」

アベルが言い終わらない内に、ロブは叫んだ。

「うるせえッ！　テメーが変なプレッシャーかけやがるからだ！　こいつを拘束しろ！」

ギュンター隊の面々が一斉に剣を抜き、よく訓練された犬のようにアベル、ニコラ、梟を取り囲もうとしてきた。その前に割り込み、両腕を広げて止めに入るフェリクス。

「やめろよ！　自分の無能を棚に上げて、言いがかりだなんてみっともない！」

それは火に油だった。

「何だと……！」

隊長たちも慌ててロブを宥めに回る。

「ま、まあまあ、落ち着いてくださいよ！」

「そうだ、仲間割れしてる場合じゃ……」

憤慨していたのはロブだけではなかった。オルゾイ侯爵も興奮した闘牛のように額に血管を浮かべ鼻息荒く、「早く捕らえんか！」と部下をけしかけてくる。

「口ばかりの文官風情が！　騎士に交ざろうとすること自体、間違いなのだ！」

自分がヨイショする相手を皆の前で貶《けな》されたのが、猛烈に気に食わない様子。

しかし、これを機にロブに鬱憤を抱く騎士たちが声を上げ始めた。

「同志を見捨てる大隊長なぞ御免だ！」

「無策で突撃させた責任をとれ！」

乱闘騒ぎになりかけた、その時――ふいに辺りが暗くなってゆく。上空に漆黒の雲が流れてきて、崖の上に合わせたように蓋をする。辺りは夕陽が落ちる直前のような薄暗さに包まれた。まだ昼間だというのに――

「ぁぐがっ」

「ギャッ」

「うわあっ⁉」

どこからか悲鳴が聞こえた。人垣の向こうにうねる影。何が起きたかも分からず、騎士たちは散り散りに後退する。そして、見えた。四方に割けたヒトデのような頭部、その下は人の体。大きな肉厚の花びらが、騎士たちの頭をぱくりぱくりと包み込む。蕾《つぼみ》のように閉じてギュルリと回転。ばたばたもがく獲物は見る間に干からびてゆく。

「な、なんだ、あいつらは……!?」

ロブが驚愕に目を瞠《みは》る。

城を襲撃した〈ヒル人間〉。近領地の騎士たちも話には聞いていたものの、実物を見るのは初めてだ。動揺し、距離を取ろうと逃げ惑う。視界の利き難《にく》くなった薄暗がりの中、次々と現れるやつらに背後から襲われる。

「武器を取れ！　異形の頭を狙い討て！」

〈ヒル人間〉の頭部を魔獣槍で貫通させながら、アベルが叫び、騎士たちに応戦を促す。ニコラ少年と梟が彼に続いて、剣で〈ヒル人間〉を討ちはじめると、周りの騎士らも冷静さを取り戻し、同様に反撃を開始する。

真っ先に天幕群の外側へ逃げていたロブが、凄い形相でこちらへ駆け戻ってきた。手に剣を持っていないし腰の鞘にもない。逃げてる間に武器を落としたのか。迫りくる異形たち。ロブは戦う騎士らの背後に隠れながら逃げ回る。さらに、味方の使用する剣を奪おうとして揉めている。

一部始終を視界の端に捕らえていたアベルは、心の中で悪態をつく。

——あいつ、馬鹿なのか!?

混戦の中、オルゾイ侯爵が気づいて、何とかロブのもとに辿り着き予備の剣を渡していた。そこからロブはヤマアラシな髪を振り乱し、怒濤の勢いで異形を狩ってゆく。誰よりも出遅れたせいか、ヤケクソのように剣を振り回している。

――それにしても、どれだけ敵がいるのか。狩っても狩っても切り立つ岩壁の暗がりから湧き出してくる。何故、あそこだけ視界が利かないほど暗いのか。今さらだが、この地に結界は張っていなかったのか？　いや、この大所帯でそんな手抜きをするわけが――

ふと悪寒が走った。じとりと悪意に満ちた視線を感じる。

どこだ？

アベルは視線の主を探る。天幕の陰に誰かいる。影王子か、それとも――

異形を屠《ほふ》りつつ、気づかない素振りで少しずつ近づく。

「高みの見物か⁉　出て来い！」

地を蹴り天幕の陰へ一気に踏み込む。光を放つ魔獣槍の刃が、そいつの手首をボッと刎ね飛ばした。短い悲鳴。人影は大きく後ろに飛び退き、闇の奥へと消え去った。

途端に周囲にいた〈ヒル人間〉らも、ぴたりと襲撃を止《や》め、岩壁の闇に吸い込まれるように後退し消えてゆく。最後の一体がいなくなると、まぶしい日差しが周辺を照らした。黒雲が消えている。

魔獣槍の光で一瞬見えたその顔は、知っている男だった。元・第一王子騎士団団長のグロウ。元王妃と懇意にしていた彼は現在、様々な罪状を抱えて逃亡中。

まさか、影王子側についていようとは――

アベルの足元には青白い骨ばった男の左手首が残されていた。

悪魔化での分かりやすい変貌はなかったが……草むらを染める赤黒い血は、人外に堕ちたことの証。その小指には黄金の印章指輪が光っていた。それは、廃嫡されたドミニク王子のもの。

この事実を踏まえると彼の幽閉地、城塞跡地アシンドラが占拠され、敵のアジトとなった可能性が高い。

さらに、愕然とするような事実にも、アベルは気づいてしまった。

「アシンドラは国内の北東端に位置する。我々は真逆の南から南西を、無駄に大回りさせられていたことになるな。まんまとマルゴによって踊らされたギュンター大隊長の大失態とも言えるが、異論はあるか?」

指摘されて、ぐうの音も出ないロブ。

ここぞとばかりに挽回しようと異形狩りに精を出したものの、前半の情けない行動は多くの騎士らが目撃していたため、弁護しようとする者はおらず。未だ息切れを起こして座り込む老侯爵も、今はそれどころではない。

夜営地の結界を作り出す〈魔道具の杭〉が一本、壊れていたことを梟が報告してきた。結界の内側にいる者にしか犯行は不可能。ということで、始まった犯人探し。

不審なものがないか全員の荷物検査をしたところ、ロブの従者が魔力遮断袋に入った〈黒きメダル〉を所持していた。彼はロブに対し大きな不満を持っていたという。弱いもの虐《いじ》めのストレス発散、細々《こまごま》とした嫌がらせは日常茶飯事だったらしい。名前はグスタフなのにグズと呼ばれたり。

見覚えがあると思ったら、ロブのために草刈りしながら道案内していた青年だった。

従者は薪集めで結界の外に出たとき、影の子供に〈黒きメダル〉を渡されたという。悪魔憑きになる気はないが、日頃から抑圧された恨みを晴らしたくて結界を壊したのだと。

ロブの大失態により〈後続大隊〉は激減し、八隊から成る〈後続大隊〉は今や七隊。その内二隊も半数近く人員が欠けている。今回の襲撃においては、従者に対するロブのつまらない嫌がらせが招いたようなもの。死者二十三名、軽傷者四名を出した。

隊長のみを集めた天幕内で、アベルは中断されていた問題を解決することにした。

「改めて皆に問う。ギュンター大隊長の解任を望む者は挙手してくれ」

ロブとオルゾイ侯爵を除く、五名の隊長が手を上げた。

ロブに迎合の姿勢を強く見せていた二隊長の内、バロール隊長は亡くなり、ナナセド隊長も自分たちの救助に否を唱えたことを知り、考えを変えたようだ。

「俺を含め六対二だ。大隊長の座から降りてもらう。今後の位置付けは、元の隊長に戻すとする。新たな大隊長についてだが、推薦あるいは立候補する者はいるか？」

「待て！　テメーに取り仕切る権利など――」

「もちろん、わたくしが――」

往生際の悪いロブと、我こそはとオルゾイ侯爵が声を上げかけた時――隊長五名がサッと手を上げた。驚いたのはロブと老侯爵だ。今まで媚びへつらってきた連中が、何故――

「俺が大隊長をやります！」

「いいえ、わたしにやらせてください！」

「いやいや、わしにお任せくだされ！」

「このリゾンに！　仲間を失った雪辱を果たしたい！」

「オレもだ！　部下の仇《かたき》をとる為にも！」

一斉に大隊長の座を巡って主張をはじめた。

「テメーら、何を勝手に……！」

「このオルゾイを差し置いて！」

ロブたちが口を挟むも、五隊長は聞いちゃいない。自分がいかに大隊長にふさわしいかを激しく言い合う。そこで、アベルが提案を出した。

「大隊長の指名は陛下の意向を仰ぐとしよう。その方が公平だ」

話し合いは落ち着いた。老侯爵もそれならと頷く。その自信に満ちた顔から、爵位の高い自分が選ばれると確信しているようだ。

アベルは〈後続大隊〉にいた魔法士に頼み、王城へと魔法で手紙を飛ばしてもらう。

「返信が来るまで、各隊長の指示を優先。都度話し合い、連携してもらう」

異議なしということで解散。舌打ちするロブを宥めつつ、老侯爵らは天幕を出てゆく。

残された者たちはホッと肩で息をついた。

「――うまくいきましたね」

「クロッツェ隊長のおかげだな」

アベルはあの二人に主導権を渡さないよう、先んじて根回しをしておいた。つまり、先ほどの大隊長の座を巡る言い争いは芝居だ。

「これでしばらくは、ギュンターに振り回されることはないだろう。また何かやらかす可能性もあるが……此度のことはすべて陛下に報告してある。オルゾイ侯爵を指名することはないはずだ」

万が一を考えて、国王は国内三つの砦にも援軍要請を出している。おそらく、新たな大隊長はこの砦軍から任命されることになるだろう。

天幕を出たアベルは、周囲から熱烈な視線を感じた。各隊の騎士たちだ。

「アベル様、大活躍でしたから！」

ニコラが誇らしげに言う。強いリーダーシップと戦闘力の高さに、彼を支持する騎士たちが増えていたとは本人、露知らず。

これから向かう場所は、城塞跡地アシンドラ。アベルはニコラとともに北上し、梟をコニーたちのいるソーニャの町へ向かわせ、その次の町で合流を、と考えていた。しかし、何かが引っかかる。

自分たちが襲撃されたように、待機中の〈先行隊〉にも魔の手が伸びているのではないか？

不吉な胸騒ぎに、アベルはソーニャへ向かうことにした。険しい山を駆けるのが得意な立ちトカゲ。だが、東へ直線コースで駆けても、日暮れまでに着くかどうか――

☆

今日も野菜くずにすらありつけない。食堂の裏に出された生ゴミは浮浪者に取られてしまった。

あの女の荷さえ奪えていたらと思う。艶のある飴色の小箱。開けることは出来なかった。

――だけど、ドロシーには何が入っているのか〈視《み》えた〉。

不思議なことに彼女は幼い頃から〈隠された物〉を凝視することで、透かし視ることが出来たのだ。特にお金やお宝に関して。それが普通でないと知ってから、誰にも言ったことはないけれど。小箱の中には白緑に輝く小さな鎧があった。その美しさに思わず見とれた。同時にどこか既視感のようなものも感じた。

――そうだ。あれは、この町に伝わる英雄譚《たん》の……

四百八十六年前のこと。ソーニャの町を占拠した悪辣な賊を、たった一人の少女が剣を手に制圧した。高位精霊の加護を受けた〈白緑の鎧〉に身を包んで――翌年、彼女はハルビオンを建国する初代女王となった。子供の頃から憧れ、慣れ親しんだ物語だ。

町のシンボルだった鎧騎士の石像を壊したのは、チェッシャー一味だ。自分たちが賊と変わりないことを自覚しての蛮行だろう。

ふと見上げた通りの先を、藁髪の女が歩いてゆく。目を瞠った。

え、生きてたのか!?　とっくに殺されたと思っていたのに――

女はパン屋に入り、そこの女店主と何か話をしていた。そして、パンを買って出てきた。思わず、あとをこっそり追いかける。いつもの盗癖が頭の中を占める。

ぶつかってパンを奪う？　だめだ、また捕まる。じゃあ、先回りして宿にまた忍び込む？　隙をみてあの小箱を盗むとか……いや、いつチェッシャーが来るかも分からない宿に侵入するのはリスクが高い。あれ？

「ということは……まだ襲撃されてないのか……？」

つい、疑問が口をついて出た。

「いえ、来ましたよ」

「うわっ⁉」

背後に藁髪の女が立っていた。

え、さっきまで目の前にいたはずなのに⁉

混乱していると、女は淡々と「チェッシャー弟含め、偵察にきた者を拉致している」と言った。

唖然としつつも、あの冷酷で残忍な金貸しを怒らせる所業に肝が冷えた。

「いっ、命が惜しくないのかよ！　警邏隊だってやつらに買収されてるのに！」

「盗みを働く隙を狙いつつ、まだ他人の心配も出来るのですね」

「あんた、分かってない！　チェッシャーの手下は本当にたくさんいるんだ、凶悪で残酷で……」

「今日中には、第三砦の騎士が対応に来てくれますから。問題ありませんよ」

砦の騎士が来る？　本当に？　今まで外部に助けを求めてうまくいったことなんか、一度もなかったのに――

「昨日の今日でそんなこと出来るのか？　ハビラール砦だろ？　かなり遠いじゃないか。六日はかかるって聞いたことがあるぞ！」

「それは歩いての日数ですね。護送車で来ますから。速いですよ」

「何で、通りがかりのあんたがそこまでするんだ……？　何も得することなんてないのに」

何か企んでるのか、それとも安っぽい正義感？

メガネの向こうの枯草色の瞳を、ドロシーは見つめる。

「わたしたちは重要な目的のために旅をしています。邪魔する者は許さない。それだけです。ただ、時間がないので最後まで適切な処理は出来ません。ですから、第三砦に協力を求めました。南西部は彼らの管轄なので」

「……あんた何者なんだよ」

「コニー・ヴィレです」

いや、名前じゃなくて……

女は袋からはみ出していた一本の長いパンを抜いて、手渡してきた。

「大きな膿《うみ》を刈るのだから、あなたも足を洗う努力をしてくださいね」

最後にそう言って、颯爽《さっそう》と去っていった。


掘立小屋に帰ると、小さな子供たちが集まってくる。パンを一切れずつ分け合うと大喜び。

彼らの親は多額の借金を背負い、町長の邸に連れて行かれたままだ。今やそこはチェッシャーのもの。一度、塀を登って覗いたことがある。広い庭で農作業をする負債者たちがいた。

大した労働力にならないとかで十歳以下は連行されない。ドロシーは十二歳だが、痩せて小柄なため年齢を誤魔化していた。

物心ついた時、彼女は大工の父と二人暮らしだった。四年前、建設中の事故で父が死に、ドロシーは町長の邸で住み込みの下働きを始めた。三か月ほど経った頃、武器を持った男たちが邸に押し入り、身の危険を感じて逃げ出した。あとになって、町長は広場の石像を壊したことをチェッシャーに抗議したために殺されたのだと知った。

正しいことをしようとした大人は皆、殺された。死体も町の外へ捨てられた。

「タダでパンをくれるなんて、いい人だね！」

子供たちが嬉しそうにはしゃいだ。そうだ、彼女はいい人だ。盗みに対して怒っても、許してくれた。自分に何のメリットもない、大事な目的があると言っているのに、あいつらを何とかしようと動いてくれている。それなのに――また盗むことばかり考えていた自分が恥ずかしい。

これまでにも幾度か、町の人がこっそり旅人に手紙を託しているのを見たことがある。

そういえば、第三砦にも送ったことがあったはず……だけど、誰も来なかった。あれだけ堂々と言うのだから、何かツテでもあるのかも知れない。でも、あの距離を考えると来るのが遅れる可能性だってあるんじゃ……宿を見張って、危なくなったら知らせてあげる……？

「ドロシー、これ売らないの？」

少年が荷袋を持ってきた。昨日の収穫だ。おそらく彼女の仲間のもの。中には蝶の刻印がついた短剣。高価な物だと分かった。刃の先端にわずかに光る青銀色は、魔性には毒となる貴重な鉱物だと――亡き父から教わったことがある。

それでもチェッシャーの手下に渡せば、二束三文で買い叩かれる。今までなら躊躇《ちゅうちょ》なく売った。銅貨一枚ですら自分たちには必要なお金だから。それが出来なかったのは――

『あなた、自分の言動が町を搾取しているゴミ野郎と同じだって、まだ分からない？』

あいつらと同じだと認めたくなかったからだ。

砦の騎士が捕まえてくれるなら……昔のように町が元に戻るなら、こんな生き方、もうやめなきゃ。この短剣は彼女に返そう！

奪うことに執着していつもギスギスしていた心が、ふわりと軽くなった。

2　契約の鎧

五月二十七日

正午の鐘が鳴る頃、ハビラール砦から魔法による返信が届いた。

《――第三支部より騎士隊を派遣する。本日、日暮れ頃に到着予定――》

スノウたちの部屋に集まって、悪党潰しの対策を話し合った。

コニーが店で聞き込みしたところ、チェッシャー一味は総勢七十七名。すでに十九名を拉致監禁、五名負傷で戦闘不能。残るはゴールド含めて五十三名。その内まともな戦力は傭兵三十名、あとは素人なので制圧するのはさほど難しくないだろう。

「俺一人でも余裕で片付く」

スノウが何でもないことのように言う。

――確かに、彼にとっては楽勝でしょうね。

彼が〈黒蝶〉にスカウトされたのも、わずか九歳で〈傭兵百人斬り〉という異常な経歴を持っていたからだ。

「んなこと言わずにさ〜、ここはチームプレーで乗り切ろうぜ！」

そんな戦闘狂にすら気軽に異を唱えるのが、おちゃらけ者のコーン。

「効率の悪い提案だな。俺だけでやれば、お前たちは体力を温存出来るんだぞ？」

自分ペースで戦いたい様子のスノウ。しかし、コーンは珍しくまともな意見を返してくる。

「おれっちとチコリはさ〜、スノウや、藁色と組んだことねぇじゃん？　敵の本拠地に着く前に、連携のシミュレーションは必要じゃね？」

まだ短剣が見つからず鬱々としていた青年チコリも、「同感」と頷く。

スノウはコニーに視線を向けて尋ねた。

「藁色は？　この町には例の記者がいたはずだが」

「えぇと、そうですね……」

騒ぎが起きれば嗅ぎつけてくるだろう。〈黒蝶〉は情報収集時を除き、人前では黒のフードマントと襟巻きで目許以外を隠している。コニーもそうしているとはいえ、戦闘中は激しく動き回るので、マント下のワンピースが見えるかも知れない。〈先行隊〉に女性がいることは知られているし、スクープの餌食になってしまう。

これまで戦闘はなかったですし、見つかってもお世話係で誤魔化すつもりでしたからね。どうしましょうかねぇ……今から男性用の衣装を調達するにも、この町じゃいくらふんだくられるか……

他にバレない方法は……あ！

「たぶん大丈夫です」

そう言って、廊下の斜め向かいにある自分の部屋へと戻った。

背負い袋から出したのは、イバラから借りた精緻な木製の小箱。蓋を開けると輝くミニチュア鎧。

やっぱり……全身甲冑で顎下までのヴァイザー付き！

これなら顔も体型を隠せるし、小柄感は拭えないが意匠も女性っぽくない。対人外戦で使おうと思っていたが、時間と気持ちに余裕のある内に使い方を覚えておくべきだろう。

さて、ここで問題です。どうやってこれを元の大きさに戻すのでしょう？

小さな冑に指先で触れると、声が聞こえてきた。

〔――契約に従い、封印を解除する〕

小さな鎧が発するまぶしい光に包まれた。


コニーは崖の上に立っていた。周囲は横殴りの大吹雪《おおふぶき》。ハタハタとお仕着せの裾がはためく。

すぐ目の前には、拳大の光の玉が浮いていた。

〔我は白緑鎧の管理者なり〕

イバラがつけた小精霊だと察し、コニーもぺこりとお辞儀をして挨拶を返す。

「コニー・ヴィレです。お世話になります」

〔この鎧には複数の魔法が付与されている。百聞は一見にしかず。鎧の記憶を再現する〕

やや高めの落ち着いた声、どうやら少年らしい。

崖下に広がる荒野。そこに白緑鎧をまとう小柄な騎士が現れた。冑で顔は見えない。

暴走するバッファローに似た魔獣を大楯で食い止め、大剣で仕留めている。

〔まず、魔法の種類には結界、飛翔、跳躍、加速、強化がある〕

小精霊は淡々と説明をする。場面が変わった。コニーは上空に浮かんでいた。

視線を導くように、光の玉が足元へと移動する。鮮やかに紅葉した山腹に、先ほどの騎士が立っていた。そこへ地鳴りとともに、山上から押し寄せて来る憑物士の群れ。

想定外の数だったのか、明らかに騎士が動揺している。

『的確なご指示を！』

突如、聞こえてきたのは甲高い幼女の声。〔胸甲の精霊石に宿る同族だ〕と、小精霊は言う。

『あれよ、あれをお願い！　ドンバーンってなるやつ！』

叫び返す騎士も女性らしい。幼女の声も焦っていた。

『それじゃ分かりません！　敵の到達まであと十五秒！　ご自身を守って！』

『あああああ、じゃ、けっかいを……結界でまるっと私を囲んでぇ――』

輝きが球状となり騎士を包む。間に合ったものの、あっという間に敵に取り囲まれ張りつかれ、騎士の姿は見えなくなった。ややして、ドンッと垂直に飛び出した騎士。その背中には光る植物の蔓《つる》が翼のような形で生え、空高く浮かぶ。まるで鷹《たか》のような勢いで降下し、次々と大剣で敵を討ちとる。目で追い切れないほどのスピード。鎧が淡く輝く度、魔法を発しているように感じた。

少年の声が説明を続ける。

〈白緑の鎧は元々、魔力のない初代女王のために作られしもの〉

「では、あの方がそうなのですね」

光の玉は肯定するように瞬く。

〈我が役目は魔法の〈形成〉〈威力調整〉及び〈発動のトリガー〉。ゆえに契約者は魔法の種類、方向、範囲、距離等を、的確な言葉で〈指示〉することを必要とする〉

「だから、あえて指示慣れしてない頃の彼女を見せてくれたのですね」

〈否《いな》。あの御方は……常にアクシデントに弱かった〉

「なるほど……しかし、わたしも想定外のことが起きたら、頭が真っ白になるかも知れません。指示はパターン化して覚えるのが効率よさそうですね」

女王はその小柄な体軀で、白緑に輝く大剣を軽々と振りかざす。

「あの大剣は、もしや……」

〈あれは鎧と対の国宝。今は紛失している〉

当時、管理者だった小精霊（幼女）も、その大剣とともに行方知れずだと聞く。

また別の場面に変わり、城壁の上に女王はいた。国境近くの城塞のようだ。

侵攻してきた他国の軍が、いっせいに光る矢の雨を降らせてくる。それは破壊の魔法を込めた矢。

鎧の契約者となったせいなのか、今のコニーには城塞を覆う結界までもが見えた。矢が刺さった部分から、飴のように溶けて穴が広がってゆく。

「城塞の結界なのに脆過《もろす》ぎではないですか……!?」
〔この頃は国が出来たばかり、魔法の技術も他国に比べて低い〕
そう言われて周辺を見回す。過日、王都の結界を瞬時に補強した高位精霊の姿は見えない。
「イバラ様は？」
〔本格的な契約はまだ。一国の主としての資質を試されていた時期〕
砦とその背後にある街を守るべく、女王は空中に魔法の楯を縦横無尽に並べていった。広範囲に及ぶ〈結界の傘〉が完成した直後――彼女はばたりと倒れた。
光の玉は淡々と、何が起きたのかを説明する。
〔鎧の魔力は有限であり、魔法濫用で枯渇する場合もある。前兆として、鎧の強度が著《いちじる》しく低下し、小さな破損が起こる。そうなると、最低限の防御力を維持すべく〈修復作用〉が自動的に働き――魔法形成後、放出した魔力の一割程度が逆流するため、契約者は重度の魔力中《あた》りを起こす〕
魔法濫用は自分の首を絞めることになる、と。戦場で倒れたら大変なことだ。
もしかして、女王は……味方の陣地にいたから、あえて限界に挑んだのかも知れない。
〔注意すべきは広範囲、高出力、長時間、連続での魔法指定。これらで負荷は増大する。危険があれば、必ず警告は出す〕
コニーは「分かりました」と神妙に頷く。
「ところで、あなたの独断による魔法発動は可能ですか？」
〔不可なり〕

契約者の領分には勝手が出来ない、ということか。戦闘中、彼は魔法をサポートするため胸甲の精霊石に宿る。コニーが判断を誤れば、彼まで危険にさらすことになる。

……あまり無茶は出来ないってことですね。

〔他に質問は？〕

「あなたのお名前を教えてください」

〔小精霊〕

「え？」

〔小精霊と呼ぶように〕

これは教えたくないのでしょうか……女王の鎧を使うに相応しくないと思われてるとか？　イバラ様の命令なので仕方なく補佐についたとか？　でも、丁寧な対応だし、嫌われてるという感じはしない……

周囲が白く光り視界が弾けた。

目覚めたコニーは、白緑の鎧に身を包んでいた。

腰の剣帯には愛用の双刀が吊るされ、左籠手《ひだりこて》の上には、乳白色の魔除け石で作った腕輪がはまっている。石は〈砦の母〉からの頂き物。どちらも危機管理には手放せない大事なものだ。

こうした気遣いを見る限り、やはり、嫌われているわけではなさそうだ。名乗らないのも何か理由があるのだろう。それよりも、今すごく気になることがある。

ふよふよと浮遊する光の玉を、じっと見つめる。

「どうやって、わたしの着替えをされたのでしょう?」

〔普通に……〕

「普通に?」

〔お仕着せを鎧下と取り替え、足元から鎧のパーツを順次装着。七秒あれば完了〕

魔法ではないと言うが、それほど早ければ魔法と変わらないのではないか。素っ裸にされたわけでもないと分かり、安堵する。

「そういえば、お仕着せとメガネはどこに?」

〔魔法の小箱に収納済み〕

汚れたお仕着せを、国宝の専用箱に入れたのか……

「出来れば、わたしの背負い袋に仕舞ってもらえませんか?」

〔否、管理に非効率〕

その理由が白緑鎧は目立ち過ぎるため、〔速やかに外さなくてはならない場面もある〕のだと。

コニーの脳裏にハイエナ記者のちゃらい顔がよぎる。納得した。

「――了解です」

午後三時の鐘が鳴る。さて、例の金貸し屋は小分けで部下を送り込むばかりだが……本人が来るのはいつだろう。まだ時間はあるかな?

「小精霊様。早速ですが、魔法の練習をしたいです!」

今のうちに慣れておきたい。それに、〈正しく〉指示出しをしないと、小精霊も困るだろう。

光の玉は強く光って、スッと胸甲部にある精霊石に吸い込まれた。

〔基本の結界から始めるべし。自在に変形可能のため、まずは小楯をイメージ――〕

コニーはうきうきしていた。一生、無縁と思っていた魔法を自らの意思で使えるのだ。

要は、イメージをはっきりした言葉で伝えればよいのだと知る。結界で光の楯を作ったり、天井につくまでジャンプしたり、光る蔓植物の翼でふわふわ宙を舞ったり――

鎧の重さも全然感じないし、めちゃくちゃ楽しいです！

☆

「一体どうなってる⁉　何故、誰一人として戻らんのだ⁉」

金貸し屋ゴールドは苛立ちを抑えきれず、杖を振り回し叫んでいた。

若い頃、格闘家だった彼は四十代後半となっても血の気が多い。

エア国出身のゴールドは気に入らないやつを殺しまくって、二十年ほど牢獄にぶちこまれたことがある。あるとき、エア王家の祝祭で、重犯罪者らはみな恩赦を受けた。だが、野に放たれた途端に次々と討たれ――悪運強いゴールドだけが何とか追手を撒《ま》きハルビオン国へと逃げこんだのだ。

それからは、方々で悪のカリスマを見せつけ手下を増やし、この田舎町を支配下に置いた。

町民は我が懐を潤す働きアリ！　旅人は絶好のカモ！

強盗宿にいる旅人は四人だと聞いた。ゴロツキ十五人でも敵わないというなら、そいつらは手練《てだ》れの傭兵か暗殺者なのだろう。

ゴールドには野望があった。昨今、新種の麻薬を改良を重ねながら育てている。この実を呑んだ者は強い興奮作用で恐怖を忘れる。これで死を恐れぬ兵を作ることが出来るのだ。

難点は持続時間が短いこと。繰り返しの使用等で廃人になるリスクはあるが、買い手はいくらでもいる。高値がつき金貨が降り注ぐこと間違いなし！　待ち侘びた収穫まで、あと一月だ。

「ここは我がテリトリー、何人たりと勝手なマネはさせせんぞ！」

残る手下を呼び集め、件《くだん》の宿へと向かった。

☆

日暮れ時、宿の前に団体客がぞろぞろとやってきた。

コニーは二階の窓の端からこっそりと見る。いかにもなガラの悪い連中ばかり。安っぽい革鎧をつけているのは傭兵だろう。先頭にいる紳士風の男が頭領か。

白緑鎧に身を包んだ彼女は、応戦すべく部屋を出ようとした。ちかり、光る腕輪の魔除け石。それは命を脅かすものの接近を知らせる。

あの連中？　それとも別口の……

〈――上空に〈高位悪魔憑き〉を発見〉

小精霊の発する警告に、ぎょっとする。

〈攻撃魔法を展開中！　当宿は射程距離内、早急なる指示を！〉

廊下から階段へと向かう複数の足音。コニーは部屋を飛び出した。

〈攻撃の到達予測は四十秒後――〉

「そこを動かないで！」

階段を下りた〈黒蝶〉たちを呼び止める。彼らは足を止め、こちらを振り仰いだ。覆面から覗く目を見開き、「えっ」「だれ？」「藁色か？」と問い返す。

早く結界の指示を出さないと！　範囲は、形状は――

とっさに彼女が思い浮かべたのは、初代女王が魔法の楯で街を守った場面。

階段を跳び下りながら、小精霊に指示を出す。

「大楯！　一階天井を傘のように覆って！」

ヴォン――という音とともに、天井に光の大楯が円を描くようにいくつも並んで傘を形成してゆく。そこへ裏口に続く廊下から窃盗少女が駆け込んできた。

「大変だ！　チェッシャーが総出で来た、ぞ……っ⁉」

まぶしい光が織りなす美しい幾何学模様の光景と、鎧姿のコニーに目を見開き唖然とする。

驚いたのはコニーの方もだ。

「あなた、何しにここに――」

「まっ、まだ砦の騎士が来てないだろ！　裏口なら人いないから！　早く逃げ――」

空から耳をつんざく破裂音――直後、巨大な何かが天井を突き破った。

☆

影王子は言った。ネモフィラに憑《つ》いたのは高位悪魔であり――王都を襲撃したあの巨大な〈不浄喰らい〉と同クラスの魔力があると。

だが、人の体内にいること、人の魂があることで魔力には二重の制限がかかっている。

それでも、他の憑物士を従わせるのはたやすかった。山ひとつ吹き飛ばすことも簡単だ。

問題は、その代償として悪魔化が進むということ。ネモフィラの背中からは皮膜状の黒い翼が生え、爬虫類《はちゅうるい》の尾も生えて、青い髪も少しずつ黒く染まった。

完全な悪魔化により、自我は消滅する。これは一般的には知られていないことだが、魔法使いの間では常識で……ネモフィラは〈黒蝶〉に入った時に、揚羽隊長から教えられていた。

「アレ、怖イノ？　覚悟ノ上ダト、思ッタノニ」

〈黒きメダル〉を通して体内に召喚された悪魔は、自分によく似ていた。

異形とは思えぬ蠱惑的な美貌、性格、嗜好、考え方さえも――眠りに落ちた時に意識の底で出会う〈彼女〉は、静かにこちらの想いに同調し、常に肯定してくれる。嫌悪感などありはしない。まるで、生き別れた双子の片割れであるかのように親しみさえある。

――それでも、自身を失うことに恐怖がなくなるわけではない。

悪魔化に歯止めをかけようと、ネモフィラは魔力を揮《ふる》うのをやめた。

配下の憑物士を使って、〈黒蝶〉を始末させようとしたが――逃げられた。

「ふがいない奴《やつ》らめ！　このままでは、ジュリアン様が手に入らないじゃないの！」

〈黒蝶〉潰しが、影王子とかわした絶対条件なのだから。

「そうだわ、まとめて殲滅すればいい。小出しの魔力であれば、さほど悪魔化は進まないはず……」

先の襲撃で負傷し施療院にいたガーネットとスモークを、建物ごと押し潰した。二匹片付いた。


数日後、影王子からの報せで、南西部の山間にある田舎町に四匹いることを知った。

結界越しに居場所を突き止める。折よくやつらは宿に集結していた。

夕暮れに染まる空。黒い光の魔法陣を描き、巨大な氷塊を作り上げてから撃った。田舎町の結界など、王都ほど堅牢ではない。一瞬で弾け飛び、宿は瓦礫《がれき》の山と化す。

そこにいたのは藁色、スノウ、コーン、チコリだ。残るは梟だけ。

「あと少し……ふふ、ふふふふふ……あーっはははははははははは！」

あの女の潰れた死体が見たい。配下に「引きずり出せ！」と命じる。

突如、瓦礫がはじけ、中から光の塊が飛び出した。

「なっ、何なの⁉」

鎧をまとった騎士が、一直線にこちらに向かってくる。ぶわりと鳥肌が立つほどに嫌な波動。

精霊の波動だ。白緑の魔力の色。精霊は悪魔とは逆で、銀や白に近いほど魔力が高い。どこかで見た鎧。どこで……城にある絵画だ。初代女王がまとう鎧！　高位精霊が与えたという――

白緑の騎士は双刀を手に、鋭く斬り込んできた。

3　黒蝶潰しを覆す

瓦礫の下で、光の大楯を連ねたような傘状の結界が空間を作っていた。

屋根から直撃してきたのは、巨大な氷塊。結界の上で止まっている。

黒覆面の青年三名と、ドロシーの無事を確かめると、コニーはホッと安堵した。

チコリとコーンが、興奮した様子で詰め寄ってくる。

「藁色、それって……裁定者から借りたっていう魔法の鎧？」

「結界も出せんのか！　すげー！　かっけえ！」

いつもはクールなスノウも興味が抑えられないらしく、コニーの前へ後ろへと回りながら全身をチェックしてくる。

「――これは国宝級の魔道具だろう。使いこなせるのか？」

そんなことまで分かるのか。胸甲にぽつんと輝く精霊石を指して答える。

「大丈夫です。ここに魔法をサポートしてくれる小精霊様がいますので」

「目色が変わってるのは何故だ？」

スノウの疑問。とっさに彼らを呼び止めるのに顔を見せたため、知られてしまった。

いつもはメガネで枯草色に見せていたのだが、今は蛍光ペリドット。

「自前です。見ての通り目立つので、口外無用でお願いしますね」

ドロシーは状態が吞み込めないのか、天井とコニーの間で何度も視線を往復させている。

駄犬コーンが無茶ぶりで攻めてきた。

「なああっ、おれっちの鎧と交換してくれよ〜！」

「しません」

「高性能な魔法の鎧は、自在に変形すると聞いたことがある。つまり誰でも着用可能……」

余計な事を言うスノウ。彼は魔道具に関心が高い。戦闘に有利に使えそうなものは特に……

口には出さないが眼光の鋭さが増している。非常に凶悪な目つきになっているが……あれは羨ましいのか。

「これは女性専用です。どうしても借りたいなら、裁定者に交渉してください」

彼らは、裁定者が伝説の〈緑の佳人〉だと知っている。だが、名前も姿も知らない。

一度、〈黒蝶〉内で情報共有したことがあったが、本人たちの記憶には残らなかった。つまり、彼らに裁定者を見つけることは不可能なのだ。

「藁色、性格わりぃ」

「わたしの好《よ》さが、駄犬二号に分かるはずもありませんね」

「だーかーらーそういうとこだぞっ！」

つっかかってくる彼を無視して、コニーは小精霊が〈高位悪魔憑き〉を発見し、攻撃魔法を放ったことを皆に話した。

「またまた～冗談だよな？」

「そんなのと、どうやって戦えって……無理無理！」

「蟻《あり》みたいにプチッと潰されるのがオチだ！」と青褪めるコーンとチコリに反して、スノウは冷静に意見を述べた。

「対抗出来るのは、高位精霊の鎧をつけた藁色だけ――ということになるな」

さすがの戦闘狂でも果敢に挑む気はないようだ。自身の力を過信しない。早々と白旗を上げつつ、こちらの顔色を窺っている。「最大限、善処します」とコニーは口角を上げた。

そして、先ほどから言葉もなく呆然としているドロシーに視線を向ける。

「危険だと分かってて、何故ここに来たんです？」

「あ、あの……パンをくれたから……何か助けになりたくて。あと、これも返そうと……」

背負っていた荷袋を外して差し出してきた。チコリが「オレの！」と飛びつく。中から〈黒蝶〉の短剣を取り出し、嬉しそうにぎゅうと両手で握りしめる。

ドロシーは両手と頭を床につけ、チコリに向けて口早に謝罪した。

「盗んだのは仲間なんだけど……小さい子たちだし、あたしが盗みを教えたから、代わりに謝る！ごめんなさい！　気が済むまであたしのこと殴ってもいいから！　あの子たちには手を出さないで！」

昨日とは百八十度、態度が違う。黙っておけば、スリの仲間だと分かからなかったのに。

「わたしのお説教が効いたのでしょうか……？」

「アレは説教じゃなくて脅しだろ」

コーンに突っ込まれる。「正しくはムチとアメだ」と言うスノウ。

「……返してくれたなら、別に……そこまでするつもりはないし……」

町中を駆けずり回って探していたのに、チコリは困ったように覆面の下でもごもご答える。

「だそうです。立って」

コニーに言われて、ドロシーはそろそろと立ち上がる。

「外の状況を知るためにも、覗けそうな場所がないか探しましょう」

皆で手分けして、結界越しに瓦礫の隙間を探し始めた。

壊れた天井の間からわずかに見える空、そこに小さな黒点を発見したコニー。よく見ようと、テーブルと椅子を積み上げて天井近くまで登った。小精霊に頼んで、お仕着せとともに収納された小型の望遠鏡を出してもらう。

黒点の正体は、蝙蝠《こうもり》の翼で宙に浮かぶ女だった。長い黒髪と青いドレスが風に揺れている。

「あれは……ネモフィラ……？」

え、黒髪？　見間違い？

目をこらしつつ、もう一度覗く。頬に羽毛が当たるような感触に、バッと振り向く。すぐ傍にスノウの顔。当たっていたのは彼のふわふわした新雪色の髪だった。コニーのつぶやきが気になって登ってきたようだが、天井を見上げたことで黒マントのフードが外れたらしい。あと、近寄り過ぎ。

無言で手を出し催促する彼に、望遠鏡を貸す。

それで上空を覗いたスノウは息を呑んだ。

「前に見た時は灰髪だったのに……」

フェンブルグ領での調査帰り、彼は悪魔化したネモフィラに襲撃された。そのときの事らしい。

ネモフィラの髪色は元は青。その変質は悪魔化が進んでいる証拠だ。悪魔や魔獣は毛色が黒に近いほど、魔力高く凶暴で――混じりのない黒は〈高位悪魔〉の象徴だと云《い》われる。

以前、イバラに警告されたことをコニーは思い出した。

『〈不浄喰らい〉と同等の手駒を、敵はまだ持っているかも知れぬ』

今さらながら気づいた。鎧を貸してくれたのも、その可能性を見越してだと。

「おーい、そっち何か見えたかぁ？」

コーンに聞かれ、上空に〈高位悪魔〉となった裏切者がいることを教えると、「マジかよ」と息を呑む。影王子に与《くみ》したネモフィラが、〈黒蝶〉潰しを担うのは自然なこと。

主に近しい者すべてに嫉妬する、病んだ女だから。

「こっち、すごく小さい穴だけど宿の正面が見えるよ！」

ドロシーが呼ぶ。スノウは望遠鏡をコニーに返して、先に床へ飛び下りた。直後、膝をつきばたっと横に倒れる。足首でも捻ったのかと思いきや――チコリ、コーン、ドロシーまで次々と床に突っ伏した。

「どうしました⁉」

異変を察し、コニーも床へと飛び下りる。

「――身体がっ……」

「うぅ、うごか、ねぇ！」

「来るぞ……！」

「こわ、……こわ、いよぉ！」

四人は顔を上げることも出来ないらしく、そう訴える。ドロシーは強い恐怖を感じているのか、涙と鼻水で顔がぐしゃぐしゃに。腕輪の魔除け石が明滅する。強い殺意が近づく証《あかし》。

――ネモフィラが？

彼らの様子から見て、高位悪魔の魔力にあてられたのかも知れないと思う。コニーが何も感じないのは、鎧の防御力のおかげか。ハッとして、宿正面にある隙間から外を見ると、金貸し一味も地面に倒れて動けないようだ。

――あれ？　先頭にいたはずの頭領がいない。

そこへ、憑物士の集団が現れた。氷塊の攻撃魔法により、町の結界が破壊されたせいだ。

半人半獣の異形どもが剣や鉈《なた》を振り回し、倒れたゴロツキどもの首をザクザクと刈ってゆく。

小悪を淘汰する真の悪は、命乞いの暇《いとま》さえ与えない。

その後、やつらは尋常ならざる腕力で瓦礫を取り除き始めた。

――〈黒蝶〉の死体を確認するつもりだ！

傘の結界内にいる以上、コニーたちは安全だ。だが、腹いせに町民が被害に遭うだろう。

わたしが出来るのは、一番の脅威をここから引き離すこと！

床で動けない〈黒蝶〉らに外の状況を説明し、打開策を一方的に告げる。

「わたしがネモフィラを町から引き離しますので、動けるようになったら、憑物士の駆除をお願いします！　ドロシーは絶対、ここから動かないで！」

コニーは胸甲にある精霊石に向かって指示を出した。

「この結界は、脅威が去るまで維持して。前方右斜め上、出口を作ってください」

天井を指差すと、光る楯のひとつが扉のようにぱかりと開く。冑のヴァイザーを下ろして、双刀を抜き両手に握る。続けて指示を出した。

「ネモフィラまで一直線に飛翔！」

鎧はまばゆく輝いた。その背中に光る蔓草の植物が広がり、キラキラと美しい翼が形成されてゆく。四人は瞠目し、思わず声を上げた。

「え⁉　ちょ、待てや」

「まさか、高位悪魔に――」

「突っ込む気か⁉」

「は、はやまら、ないで！」

次の瞬間、ドン！　と瓦礫を突き上げ、コニーは空高く跳ぶ。目の前に迫るのは、驚愕の表情を浮かべるネモフィラ。コニーは双刀で鋭く斬りこんだ。紙一重でかわされる。だが、肩の露出した青いドレスの裾は切り裂かれ、爬虫類の太い尻尾が現れた。

「しばらく見ぬ間に愉快な姿になりましたね」

「その声……！　まさか、藁色!?」

殺したと思った相手が元気に飛び出してきたせいか、それとも、この鎧に何か感じ取っているのか。可笑《おか》しいほどに狼狽している。

「さすがにもう、花の名で呼ぶのもアレですよね。トカゲ女とでも呼びましょうか？」

棘を含むからかいに、彼女は柳眉を吊り上げる。

「何ですって？」

「その姿、ジュリアン様はご存じなんですか？」

問われた女は、くっと口角を下げた。分かりやすい。

「まだなら、止《や》めておいた方がいいですよ。異形の女なんて、視界に入ることすら厭《いと》わしい。ますます嫌われてしまいますよ？」

みるみる憤怒の形相へと変わってゆく。その様子を眺めながら、さらに挑発した。

「重そうな尻尾！　そんなモノがついてて戦えるのですか？　わたしの速度についてて来れます？」

素早くネモフィラの周りを、くるりと一周する。

「こ、このコバエが……！　調子に乗るなあぁ！」

イラつきを爆発させると、腰ベルトに下げた黒い鞭を取り、ギュンと凄い勢いで打ってきた。ひらりとかわし、コニーは爆速でその場を離れる。町の外へと誘導開始。しかし――

「お前たち！　瓦礫の中にいる人間どもを殺せ！」

頭に血が上ってるようでも、冷静さはあった。地上にいる配下に命じて、ネモフィラは追いかけてくる。黒い皮膜の翼でぐんぐんと距離を縮めてくる。

「このまま飛翔続行、空中戦を行います。中型の楯をひとつ用意してください」

次の指示を出して、片方の刀を鞘に戻す。空いた左手に凧型の楯が光を描いて現れたので、裏側にある二つのベルトに腕を通してしっかり掴む。

人のいない山野まで来ると、様子見で刃を合わせることにした。速度を落として中空で停まり、敵の到着を待つ。

コニーの愛刀は、悪魔が忌避するフィア銀で全面加工を施した業物《わざもの》。追いついたネモフィラは手にある鞭から、細身の長剣へと武器を替えた。その剣身からはどす黒い〈気〉が噴出し、その中に無数の髑髏《どくろ》が浮いては消える。瘴気《しょうき》なのか怨念なのか分からないが、生身の時に斬りつけられたら、一発アウトのやばさを感じた。

動いたのは同時、両者が空を切りぶつかる。鋭い音を立てて刃を打ち合わせる。変則的でありながら威力あるそれを、コニーは愛刀と楯を用いて難なくさばいた。

ネモフィラの身体能力や剣の技量は、人間だった時とは比較にならないほど上がっていた。もはや別人レベル。だが、それでもコニーの技量を超えるほどではない。

――とても、あの〈不浄喰らい〉と同レベルの〈脅威〉は感じませんね。

宿を破壊するほどの攻撃魔法も撃ってこない。焦りは見えるが、どこか気が散漫のようにも見える。動きにキレがない。どこか躊躇《ためら》いがあるような？

いずれにせよ、今が勝機。真の悪魔が目覚める前に潰さなくては——

魔力ある人外の心臓は〈心核〉と呼ばれ複数ある。大きさはアーモンドぐらい。〈黒きメダル〉で召喚されるのは、殆どが下位から中位の悪魔まで。これらの〈心核〉の上限は二つ。高位悪魔ならさらに多いだろう。

悪魔の〈心核〉と〈黒きメダル〉の位置は、修練により掴むことが可能。コニーも集中して相手を見れば大体分かる。視認できるわけではない。〈心核〉は非常に高密度の魔力が集約されたもの。悪魔の場合は、これに瘴気も含まれるため、〈嫌な感じがする箇所〉という勘でほぼ当たる。

ネモフィラを楯で殴り飛ばして距離をとり、その全身をじっくり注視した。

——これもこの鎧の性能なのでしょうか。

真っ黒なアーモンド型の点がはっきりと見えた。たくさん集中しているのは左膝。あとは頭、腕、足首、臀部、尾にもパラパラと。三十ぐらいか？　胸から腹部にかけては見つからない。

あれ……？

奇妙なことに気がついた。〈黒きメダル〉が、どこにもない……？

「うおのれえええええ！」

殴られて激昂したネモフィラが剣を真横に振るう。噴き出した黒い〈気〉が大きな髑髏となって襲ってくる。楯でそいつを弾こうとするも、楯の上部に食らいついてきた。

怨霊の飛び道具ですか！

しかも楯がそこから溶け始めている。剣を掲げたネモフィラが一瞬で、右斜め上から飛び込んできた。とっさに小精霊に指示を出す。

「楯を二倍強化！」

直後に、白緑の光を強く発した楯。黒い髑髏が押し返され霧散する。同時にコニーは楯でぶつかってゆき、怯《ひる》んだ相手にすかさず愛刀で斬りつける。左膝を。彼女は跳ぶように後退した。

赤い血……？

意外だと思う。あれだけ見た目が変貌しているのに……悪魔化が進行すれば、少しずつ血は黒く濁ってゆくもの。彼女は俯き微動だにせず、流血する自身の左膝をじっと見下ろしていた。そこにあった〈心核〉は確実に消えている。

――え？

ネモフィラの表情が、フッと人形のように抜け落ちる。ざわざわと、彼女の頬を光る鱗が覆ってゆく。ぞっと悪寒が走った。コニーはすばやく距離を取る。

「ゴゥオオオオオォ――」

野太い声で獣のようにネモフィラは吼えた。そして、剣圧だけで足下の丘陵を割る。無数の土塊が宙に撥ね、コニーはそれらを飛びながら避けた。

手負いの獣の反撃……？　いや、威嚇で近寄らせないようにしている。今なら、畳みかければ他の〈心核〉も斬れるはず。

自身の直感を信じ、こちらから仕掛けようと楯を消して、愛刀を二本両手に持つ。突撃体勢が整った時――ネモフィラが静かになった。右腕をスッと真上に向ける。右拳を中心に黒い魔力の波紋が広がる。黒い魔法陣が描かれ、その上に二十メートルはある巨大な氷塊が形成されてゆく。

いつもの見下した顔で彼女は嗤った。

「言い忘れていたわ……ガーネットとスモークは一足先にあの世に逝《い》ったわよ。コレでね」

〈黒蝶〉二名の死を告げ、視線を別方向へ逸らした。

まずい！

意図を察した直後、氷塊はソーニャの町がある方向へ飛ばされた。コニーは阻止すべく追う。

「飛翔を加速！」

まったく追いつかない。

「飛翔を加速！　加速！　加速！」

そう叫んでやっと追い抜かし、町の直前で結界の壁を作って阻んだ。町の数十メートル手前で、氷塊は無数の鏃《やじり》に分かれて凶器の氷雨《ひさめ》と化したが——すべて結界に阻まれ消滅した。

その後、ネモフィラを探すも見つからず。どうやら逃げてしまったらしい。

それにしても、あの戦い方は何だったのか。悪魔化したものの、その先にある自己喪失を恐れての躊躇い？　あの狂愛と執念を考えれば、「自我を失ってでもジュリアン様を得たい！」とはならないだろうし。

影王子に少し手を貸して美味《おい》しい思いをしようとしたら、計画が狂い後戻り出来なくなった——

ただ、それだけかも知れない。

4　ゴールドを確保

コニーは飛翔魔法で町へ戻ると、高い屋根に下り立った。

強盗宿を潰した氷塊は消え失せ、その周辺には夥《おびただ》しい死体が転がり、集まってきた町民らが遠巻きにそれらを見ている。

憑物士の掃討を終えた〈黒蝶〉たちは、すでにその場から撤退しているようだ。

結んだ前髪を揺らしながら人混みの中、何かを探している男が目に留まる。新聞記者ダフィだ。

騒ぎがあれば来るとは思っていたが……

建物間の狭い路地に黒覆面たち。コニーは路地裏に舞い下りると、翼を消してそちらに向かう。

途中、すれ違う人々の会話が耳に入った。

「チェッシャー一味が死んでるって！」

「憑物士の死骸も山のように」

「町の結界が壊れて――」

「やばいじゃないか」

「白緑鎧の騎士が」

「黒衣の男たちが異形を狩って」

「やっと町に平和が」

「見たんだ！　空を飛んでた！」

「黒い異形を町の外へ誘導して」

「伝説の――よ！」

「あいつら全員死んだのか？」

「いや、まだ分からんだろ」

「あの屑野郎はどこに」

「だから、――の英雄が！」

何か、自分のことも話題に入っているような……？

スノウ、コーン、チコリのいる狭い路地に辿り着くと、小声で尋ねた。

「ドロシーは？」

「オレらが憑物士を片付けたあと、結界の穴から出て行った」

チコリがそう答える。

「そうでしたか。ところで、金貸し頭領の死体はありましたか？　四十代、成金紳士といった風貌でお洒落な杖を持っています」

彼らは顔を見合わせた。「そんな死体はなかった」と答える。

「宿が壊れる直前に姿を見ましたから……危険を察して自分だけ逃げた、ということですね」

「結構、時間が経ってるな。四人で探す間に逃げられる確率は高い」

スノウが眉間に皺を寄せる。

町の人に頼めば喜んで協力してくれそうだが……チェッシャー一味のことを調べた時に、この男は元格闘家だと聞いた。危険に巻き込む可能性が高い。効率よく探す方法。「それなら」とコニーが言いかけたとき、人々のいる方からワッと声が上がった。建物の角から覗くと、騎士隊が殺戮現場に踏み込んでいる。第三砦からの応援が到着したようだ。ナイスタイミング！

「わたしが空から探しますので。彼らへの説明と、地上での捜索をお願いします」

頷く〈黒蝶〉たち。そこへ駆けてくる男がいた。

「いたいた！　そこの白っぽい鎧の人～！　ちょおっと、話を聞かせてくれないかなあっ！」

獲物を見つけ満面の笑みを浮かべるダフィ。もしやの鎧で悪目立ちか。

「あいつ、性懲りもなく……また痛い目に遭いてぇんだな？」

険しい目つきでコーンがボキボキと自分の指を鳴らす。スノウたちが「行け」とこちらに目配せ。

コニーは路地の奥へと猛ダッシュ。角を曲がってから小精霊に飛翔魔法を指示。輝く植物の翼が広がり、タンと地を蹴ると軽やかに空へと舞い上がった。

上空からぐるりと見て回る。町の出入口となる門は、南東と北西のふたつ。町の中央で金貸し頭領は見つからなかったので、町を囲む塀に沿って旋回する。しばらく飛んでいると、西側にある塀の外に複数の人影を見つけた。

近づくと、子供たちが両手を上げて何か叫んでいる。その中にドロシーもいた。何事かと降り立つと、つい先ほど大きな豚に乗ったゴールドが、ドロシーの仲間の子を攫って逃げたのだという。砦騎士に気づいて人質に取ったと思われる。

「豚のような魔獣ですか……？」

「ううん、ただのブタだと思う。鱗なかったから……肉屋から奪ったやつかも。チェッシャーは売り物もよく強奪するんだ」

逃亡阻止のため、町中の魔獣を砦騎士が押さえたせいか。

塀には人が楽に潜《くぐ》れるほどの大穴が空いていた。それは、チェッシャー一味がこの町を占拠した頃、死体を外に捨てるために壊したものだとか。

「ここから逃走したのですね」

目の前には急勾配の砂岩の斜面。滑りやすそうだ。転げ落ちたら無事では済まないだろう。

一番下は木々で見えない。そこに死体が山とあるということか。あの犯罪者は捕まるまいと、死に物狂いでこの傾斜に挑んだと思われる。重荷になる人質まで連れて……

「必ず助け出しますから」

コニーはドロシーたちにそう告げ、西へと向かい飛翔する。斜面下はこんもりとした森に遮断されて何も見えない。しかし、ほどなく土煙を立てながら山中を爆走する巨大豚を発見。その背にエセ紳士が必死にしがみついている。豚尻に括りつけられた大きな麻袋――子供はあの中か。

小精霊に鉤付きの細縄を出してもらう。それをくるくると回して投げつけた。うまく豚ごと男をからめとる。そのまま細縄を手繰《たぐ》り寄せて引き転がし、地面に下りたコニーは豚が逃げないよう踏みつけて、その尻から麻袋を取り外した。

「金なら好きなだけくれてやる！　この縄をほどけ！」

「ブウブウッ！　ブビイイイィ！」

「この手にある指輪、全部でどうだ！　一生贅沢出来るぞ！」

「ブウブウッ！　ブビイイイィ！」

「何ならわしの右腕にしてやってもいい！」

「ブウブウッ！　ブビイイイィ！」

ガタガタ喚いてうるさい男と一匹。蹴り飛ばして木にぶつけ、気絶させた。麻袋からぐったりした四歳ほどの女の子を救出していると、魔獣が駆けてくる音。立ちトカゲ魔獣が三頭、近づくのが見えた。手を振って声をかける。

「アベル様！　お帰りなさいませ！」

従者ニコラと梟も一緒だ。

「コニー？　その格好は？　一体何が……」

アベルは白緑鎧のコニーと、豚と一緒に括られた男を交互に見る。

そういえば、鎧があるということは〈黒蝶〉以外に話してなかった。

「イバラ様からお借りしたのです。それと、この男は――」

町への道を辿りながら、これまでの経緯を伝えた。町を支配する金貸し一味とその襲撃。それらを巻き込んでの、さらなる人外の奇襲。

「――ネモフィラの悪魔化はさほど進んでなかったと思われます。かなりの数の〈心核〉を斬りダメージを負わせたので、逃げて行きましたが……」

梟に女の子を預けて、コニーは低空飛行しながら彼らを先導する。その手に摑んだ縄の先では、一括りにされた豚と男が引きずられている。

真実は不明だが、〈黒蝶〉二名が殺害されたらしいことも伝えておく。

高位悪魔憑きとやり合ったと知り、どこか困惑した様子のアベル。

「貴女が最善を選んだという事は分かる……怪我がなくて何より……」

「はい、これもイバラ様の鎧のおかげです！」

「それでも、過信は禁物だ。今後は一人で無茶な真似はしないように」

「分かりました」

そう笑顔を返しながらも、ネモフィラの狂愛ぶりを再度目の当たりにしたことで、「アレは必ず、主の未来に深い影を落とす」と確信。次こそは必ず仕留めなければ——と思うコニーだった。


町の入口に到着。ゴールドの連行をアベルに頼んで、コニーは誘拐された子を届けに行った。駆け寄ってきたドロシーたちは、互いが抱き合い無事を喜んだ。

ドロシーが感極まったように頬を紅潮させて礼を言う。

「ありがとう、ありがとうございます！　やっぱり、あなたは英雄騎士様だったんだね！」

彼女の仲間の子たちも、同じように礼を口にする。

「「「「ありがとうございます！　英雄騎士様！」」」」

「……英雄……騎士様とは、何です？」

その言葉に面食らいつつ意味を問う。

昔々、この町で賊を掃討した騎士のことだと、彼女は興奮気味で話した。

「のちに初代女王となられた尊いお方で、白緑の鎧を身にまとっていて……！」

もしや、それは広場にあったあの壊れた石像のことか。

ドロシーはさっと両膝を地につき、両手の指を組んで見上げてくる。

「これまでの数々のご無礼を心からお詫びします！　もう悪いことは絶対しません、約束します！」

他の子たちも同じように膝をつき「ぼくも」「わたしも」「悪いことはもうしません！」と誓い始める。そのポーズは聖なる儀式での祈りの形、唯一無二の尊い御仁に捧げるものだ。国王とか聖殿の聖人像とか。ちょっとやめてほしい。

「それは、よい心がけだと思います。が、土がつくので皆、立って……」

「今後はあなた様のお役に立ちたい……！　あたしを従者として使ってください！」

前のめりで強烈なお願いを放ってきた。「ぼくも！」「わたしも！」と続く子供たち。

「従者は必要としません。気持ちだけいただいておきますね。では、わたしはやるべきことが残ってますので」

コニーはダッシュでその場を駆け去った。

このまま人の多い場所に戻るのはまずいと思い、茂みの裏に飛び込んで小精霊に鎧を解除してもらう。お仕着せのワンピースとフード付きマントの姿に戻った。

第三砦の騎士たちは、瓦礫の撤去作業を始めていた。壊れた宿の地下室に閉じ込められた、チェッシャー一味の生き残りを引きずり出すためだ。すでにゴールドは護送車に詰め込まれたと聞く。

町長邸に〈先行隊〉と騎士数名が踏み込んだというので、コニーもそちらに向かった。

奴隷生活を強いられていた者たちを解放。ドロシーから聞いた通り、彼らは借金が返せず麻薬畑の世話をさせられていたようだ。彼らが脱走しないよう見張り役をしていた男らも捕縛する。同じ町民でありながら、ゴールドにすり寄りおこぼれに与《あずか》っていた者たちだ。

麻薬畑は燃やされ、暮れた夜空に赤々とした炎が昇る。倉庫には町から搾取した食材や酒がたっぷりあり、一部は手をつけることもなく腐らせていた。

「とりあえず、金の亡者たちには半月ぐらい絶食させて、食のありがたみを思い知らせるべきだと思います」

コニーの率直な意見にアベルも同意する。

「そうだな。砦の騎士隊長にも伝えておこう」

敷地内にある魔獣舎にて、見覚えのある立ちトカゲ魔獣を四頭見つけた。鞍には〈黒蝶〉の焼き印。強盗宿の裏庭に繋いでいたはずだが――いつの間にか盗まれていたらしい。腹立たしいのは確かだが、宿崩壊の巻き添えにならずに済んで良かった。

ソーニャを統《す》べるアブノーマン領主と、金貸し屋との癒着疑惑については、第三砦が調査を引き継ぐことになった。壊れた結界の魔道具も急ぎ調達してくれるとのこと。四年もの間、町から不当に金銭や商品を搾取していたことから、裁判を待たずして、ゴールドの財産はすべて町の経済立て直しのために使われるようだ。

「ひとまずは一件落着ですね」

悪党どもが全員捕縛されたあとのこと。倉庫にあった日持ちしない食材で、砦の騎士たちによる炊き出しが行われた。アベルが買い取った例の巨大豚も提供されて、ミネストローネの具となり、苦境にあった多くの人々に振る舞われたのである。

翌朝、陽が昇るより早く、護送車は南西のハビラール砦へ向けて出発した。

それを見送って、コニーたちは北の城塞跡地アシンドラを目指して町を出る。

嵐のように、町にはびこる〈悪〉だけ滅ぼし去った一行。特に、黒の悪魔憑きを撃退し、ゴールドを捕まえた白緑鎧の騎士については『初代女王の再来のようであった』と。

後々、この町で語り継がれることを、彼女はまだ知らない。

◆城塞跡地にて

その美しい顔と腕の半分ほどに、蝶貝のような爬虫類の鱗が輝く。

悪魔化が進むのを恐れるあまり敗北した。まさか、魔力を使わないにもかかわらず、自我喪失するような感覚に襲われるとは思わなかった。これ以上、魔力を使うのも戦うのも危険だ。身の内の悪魔に魂を喰われてしまう。ネモフィラは頭を抱えて懊悩《おうのう》する。

唯一つの願いはジュリアンを自分のものにし、誰にも邪魔されることなく愛《め》でること。自身の心が消えたら叶《かな》わない。

かなりの数の〈心核〉を失ったことで魔力も減った。フィア銀の毒が傷口を蝕《むしば》んで、じくじくと火傷《やけど》のように痛む——残された時間は少ない。

配下から〈黒蝶〉狩りに失敗したことを知らされた。

「この役立たずどもが！」

細身の剣を一太刀振るう。噴き出した黒い〈気〉が髑髏となり、配下の脇腹に食らいついてごっそり溶かす。倒れた骸《むくろ》をブーツの踵で何度も踏みつけながら、彼女は悪態をついた。

「どいつもこいつも邪魔ばかりして……！」

高位精霊の鎧をまとっていたあの女。〈黒蝶〉でも下っ端だった女が、どうやってアレを手にしたのか。きっとジュリアンに取り入ったように、口先だけで鎧の持ち主を丸め込んだに違いない。

自分より戦闘力が高いのは、あの鎧のせいだ。厄介なことになった。どうしたら……

「あちゃ～ぁ、影王子様の兵を勝手に潰しちゃって。困りますよ～、せっかく蘇生させたヤツなのに……」

ペタペタと歩く音が近づいてくる。寸胴でモノクロの大きな鳥の異形が現れた。身の丈は百三〇センチほど、飛べそうにない短い手羽。非常に目つきが悪く、ベレー帽を被り研究者が着るような白衣を着ている。彼は影王子の第一配下であり、魔道具職人のランチャー。

ベレー帽から生えた白くて細い腕、蛙のような指が盆を頭上で掲げ持っている。自前の手羽では摑めないからだろうが、いつ見てもシュールだ。盆の上の小瓶を見て、ネモフィラは舌打ち。射殺しそうな目で睨みつける。

「うるさいわね、使えないモノなんて必要ないのよ！　それより、お前の持ってくるフィア銀毒の中和薬、全然効かないじゃない！」

「継続して飲まないと効果は出ないんすよ～」

「丸一日経つのにまったく効果なしってどうなの！」

不快な痛みでイライラして仕方ないというのに、この寸胴鳥は謝罪どころか目を細めて小馬鹿にしたように言い返してくる。

「フィア銀ってのは、悪魔憑きにとって猛毒っすよ。中和薬だって三日は絶対安静でないと、効かないのも当然っす」

彼はくるりと室内を見回す。贅を尽くした姫君仕様のネモフィラの部屋は、嵐でも通ったかのように半壊散乱していた。八つ当たりで暴れたあとだ。

「フン！　これから休むところよ！」

彼女は口角を下げて、盆から薬瓶をぶんどる。

「大体、これは本来アッシの仕事じゃないんですがね～。影王子様のご要望で仕方な～く作ってるんすよ？　天才奇才のアッシなればこそ作れるんすよ？　そのへんの有象無象な薬師《くすし》どもじゃ、そもそも作れないんすよ？　感謝されこそすれ、文句言われる筋合いはないんすけどねぇ――」

ぶちぶちと文句を垂れる。小瓶を唇にあて、中和薬をぐいと飲み干したネモフィラは、「とっとと出ていきなさいよ」と手で追い払う。寸胴鳥は「そうそう」と手羽をポンと打った。

「影王子様から伝言っす。次の作戦で〈憑物士を全軍指揮するように〉と」

それは、王太子救出軍との決戦に相違なく。

「――何？　もうこの場所をばらしたの？　早過ぎじゃない？」

彼女が戻ってきたのは城塞跡地アシンドラ。聞けば、グロウがヘマをしたらしい。元第一王子の印章指輪を奪って自分の指にはめていたら、手首ごと敵に持って行かれたと。

あの馬鹿男！　もっと蕖女たちを振り回してやりたかったのに！

「敵の到着まであと四日程かかるっすね。それまでに万全のコンディションで頼むっすよ――〈氷晶の指揮官〉殿」

☆

石壁に囲まれひんやりとした地下室。硬い石造りの寝台。テーブルの上で仄《ほの》かに灯る燭台。隅に置かれた木箱の中には細い蠟燭《ろうそく》が山ほどある。おかげで、ずっと明かりを灯すことはできた。

肩までの結った黒髪に、物憂げな琥珀《こはく》の双眸。柔和な美貌と物腰で知られた王太子ジュリアン。その面差しはひどく窶《やつ》れている。

この地下室へ来た初日、時間を計るものがなかったので、蠟燭一本分の消費時間を大まかに計算した。まず、新しい蠟燭に爪で上から五ミリ間隔の傷をつける。火をつけて六百数える。蠟燭の元の長さは十三・五センチ。十分の燃焼量が七・五ミリ。全体の十八分の一。つまり、一本分で三時間もつ。一日に消費するのは八本。その燃えさしを数えて、監禁された日数を知る。

今日で二十九日目だから……五月二十八日か。

ベルトポーチだけでなく、マントのポケットにも携帯食を入れておいてよかった。高滋養の乾《ほ》した実や、友好国が軍食として開発した栄養価の高い丸薬と、メイプルシロップで固めたビスケット。

――僕の仔猫がよく食べる子で助かった。

彼女へのお土産《みやげ》だったから、多めに買っておいたのだ。これがあるせいか、敵からの食事の差し入れは一切なかった。むしろ、変な物を盛られずに済んだと言える。飲み水は石壁から滲みだす地下水。ハンカチを湿らせて口に含んでいた。

影王子が訪ねて来なくなってずいぶんと経つ。

城攻めの計画を話してきたのが、三週間ほど前。すでに人外を潜入させる仕込みは済んだ、とも言っていた。彼が最後にここへ来たのは十日前。

もう結果は出ているのではないか？　成功したなら喜々として教えに来るだろう。そうでないなら、失敗したか、あるいは思ったより計画が手間取りまだ決行はしていないか。どちらかだ。

部屋の扉は鉄製で鍵がかかっている。気配もないことから見張りがいる様子もない。

軽くなったベルトポーチの底に残った、もう一人へのお土産。その小さな包みを上着のポケットの中に移した。

――仔猫が連れてきた僕の妃。敵の目を逃れ、たった一人で娘を育てている。城が落とされたら、僕がここで死んでしまったら、彼女たちは最後のハルビオン王族として命尽きるまで敵に追われるだろう。屈するわけにはいかない。敵の懐でしか出来ないことはある。隙を窺え、必ずチャンスはやってくる――！

「アレ、随分ト、険シイ顔ダネ」

唐突に、影王子が部屋のど真ん中に現れた。七、八歳ほどの子供の影は、何度見ても立体的な厚みがあり奇妙だった。

彼は淡々と、城の攻め落としは失敗に終わった旨を告げてくる。ジュリアンは片眉を上げた。残念とも悔しいとも――そんな感情の片鱗すら感じないのが引っかかった。いつ決行したのかと尋ねると、今月の十七日だという。

は？

「その翌日、僕に会ったはずだけど。何故そのとき言わなかったのかな？」

「ン？　最後ニ来タノハ、決行ノ前日ダヨ」

黒い影は首をこてんと傾げて、すっとぼける。見えないはずのその口許が嗤っている気がした。

――結果を言わないことで、こちらの不安を煽りたかったのか。同時に、嘘を吐《つ》くもうひとつの理由に気づいた。

「〈賭け〉は僕の勝ちだね。早速、君が自慢していた〈憑物士を仮死・蘇生させる魔道具〉の見学と、〈魔道具職人〉に会わせてもらうおうかな」

きっと、城落としが成功すると思っていた彼にとって、これも想定外のことのはず。魔道具工房にあった見せたくないものを、どこかに隠していたのかも知れない。

「ツイテ来ルトイイ」

感情の汲み取れない、平坦な声が返ってきた。

地下室の重い鉄扉が、悲鳴のような軋《きし》みを上げて開いた。するりと出てゆく影王子のあとをついてゆく。薄暗い廊下には誰もいなかった。壁の穴に設置されたランプ。炎の揺らぎがないことから、魔道具だと気づく。等間隔に設置されていて、歩くのに不自由はない。何故、地下室の光源が蠟燭だったのだろうと疑問に思いかけて——すぐに答えは出た。

木箱に入った蠟燭は、一本で三時間しか持たない。次の蠟燭に火を移すのは燃え尽きる直前。そのタイミングもあるから、完全な熟睡はできなかった。火が消えれば暗闇に閉ざされる。それが長期間続けば視力が弱り、陽の当たる地上への逃走も困難になる。要は嫌がらせだ。

冷たい空気が漂う石造りの廊下はあちこちで分岐して、まるで迷路のようだった。三十分以上は歩いてる気がする。

さっきから右側の道ばかり選んでるな……左の道には明かりがない……

行かない方の道に視線を向けると、奥の壁に何かある。思わず足を止めて注視した。レリーフのようだ。壁も崩れて土が剝き出しになっている。これまで通ってきた道にはそうした装飾はなかったので、違和感を覚えた。影王子が振り向いて言った。

「ソッチハ、落盤デ、奥ガ塞ガッテル」

何度か階段を上がることもあったが、地上に出ることはなかった。

ようやく辿り着いた魔道具工房は、とてつもなく広く天井も高かった。ローラーのついた長い作業台がいくつもあり、魔道具の部品らしきものが載って流れてゆく。あちこち乱雑に積まれた箱で通路は塞がれている。

たくさんの白い小生物たちが働いていた。二十センチほどの大きさで、羽毛のない真ん丸な鳥のように見える。両脇から手のような翼のようなものが伸びて、金属を熱して熔《と》かし切ったりくっつけたり、そうして出来た部品の数々を箱に詰めて、高く跳びはねながら運んでいる。通路が渋滞していても問題はないようだ。無駄のない作業の動きに思わず目を奪われていると、影王子が言った。

「アレハ、造ラレシモノ。単純作業ヲコナス」

「へぇ……」

ぺたぺたと足音を立てながら、疑似生物の親分らしき大きな鳥がやってきた。ジュリアンはそれを本で見た覚えがあった。

――遥《はる》か南の島に棲息するという〈ペンギン〉に似ているな。あの帽子は換毛期の抜け毛？　大陸中部のハルビオン国で見るのは珍し――

「これはこれは影王子様！　客人の案内っすか？」

――喋った。まさかのペンギン型の異形か。

「どうもー、魔道具職人ランチャーっす」

しかも軽い。職人？　どう見ても鳥だろう。近づくとその目付きは荒《すさ》んでいて、口調とのギャップを感じる。

「例ノ魔道具ヲ」

影王子がランチャーに命令すると、先に立って工房の案内をした。

ジュリアンが見たいと言った〈憑物士を仮死・蘇生させる魔道具〉。それは、工房の奥にある扉を出て、長い廊下を抜けた先の広間にあった。

床から天井まで縦横に、びっしりと並ぶ金属の棺。蓋の上部が硝子なので、眠る半人半獣たちの姿が見える。目視出来るだけで棺は数百。ここと同じ広間が複数あると聞き、震撼する。

千体？　それとも一万体？　本拠地であろうこの場所にいる影王子の配下が、少なくとも数千体に及ぶと知る。

「初めてだよ、これほど圧倒される大型魔道具を見たのは！　これを君ひとりで発明して管理しているのかい？　凄いな！」

大仰におだてると、ランチャーは機嫌よく自身の作った魔道具について自慢しはじめた。そこへ頭がウツボ、肩から下が人間という槍を持った兵士がやってきた。影王子に何事か囁《ささや》く。

「チョット、野暮用ガ出来タ。席ヲ外スヨ」

彼が広間を出ていくと、ジュリアンは異形のペンギンに尋ねる。

「ところで――他にも凄い魔道具はあるのかな？　影王子を支えるのは奇才である君の存在あってこそ、だと思うのだけど」

「当然っす！　アッシは影王子様の第一の部下！　影王子様の能力を何百倍にも増やす〈能力拡張の魔道具〉を作ったんすから！」

手羽を腰にあてて、鼻息も荒くドヤ顔。影王子が通常の〈惑わしの影〉と違う理由を、いとも簡単に答えてくれた。ジュリアンはにこりと微笑《ほほえ》む。

「そうなんだ。片腕ってことだね？」

ペンギンはフフンと、体を大きくのけぞらせながら豪語する。

「もはや、アッシなくして影王子様の復讐劇は始まらないっすから！」

だが、この口の軽さは影王子とて知っているだろう。それでも、ランチャーに監視をつけないということは、よほど自分をここから逃がさない自信がある――ということか。

「もっと君の素晴らしい作品を見せてもらえないかな？」

そう言われて、まんざらでもなさそうに答える。

「しょうがないっすね、見学はここだけって話でしたが……それじゃ、あっちの魔道具をちょこっとだけ――」

ペンギンがこちらに背を向けペタペタと歩き出す。ジュリアンはマントの下で剣柄に手を添えながら、斬りかかるタイミングを計っていたが――四、五メートルほど乱雑に積み上がった箱の間、狭い通路へと入って誘導し始めたので、そっと離れた。気づいてない。えいっと、重い箱の塔をいくつかランチャーに向けて押し出す。盛大な音を立てて崩れた。その隙にジュリアンは逃走する。

影王子が出た扉とは逆方向の、奥に続く扉を開けた。

仮死状態で眠る憑物士の棺が、高い天井まで整然と並ぶ。さらに奥にある扉を見つけて入ると、また同じような空間が――それを幾度も繰り返して何とか廊下に出た。

走りながらざっと数えた棺は五千近くあった。つまり、まだ蘇生されてない憑物士が五千体近くいるということだ。蘇生不能にしてやりたいが、すべての生命維持を制御している部分を壊さないといけない。探している暇はない。今しなくてはならないのは——

「あっ、お前は——!?」

鉢合わせした憑物士を剣で斬る。〈心核〉を狙ったので叫ぶ間もなく事切れた。

肩で息をついていると、何か白くて丸いモノが廊下をころころと転がる。先の工房で見た働く擬似生物。羽毛のないつるりとした丸い鳥。手なのか翼なのか分からないものが、へにょりと力なく垂れて小刻みに震えている。頭のあたりに歯形がついて緑色の液体が滲み出していた。憑物士に食われかけていたらしい。

……造られたものだと言っていたが、怯えているように見える。

単純作業が出来るのなら、いくらかこちらの言葉を理解するのだろうか?

「地上への出口を知らないかな?」

傷口にハンカチを巻いてあげたが、出口を教えてくれるという事はなく、丸い擬似鳥はジュリアンが出てきた広間へと転がり去っていった。

しばらく廊下を進むと二又《ふたまた》の道。片方は明かりがない。この奥は落盤か……

「いや、アレの言葉を鵜呑《うの》みにする必要はない」

あえて、ああ言ったのかも知れないし。壁穴にあるランプを取り外して、暗い方へと進む。石畳は途中で切れて土が剝き出しになっている。どんどん進むと壁に壊れたレリーフを見つけた。じっくり見ると、古い時代のものだと分かる。城壁の上に立つ鎧をまとう髪の長い女性。頭上を覆う複数の楯を片手で示す。降り注ぐ矢の雨を防いで——

「これは建国時代の女王を描いた遺跡では……？」

ハルビオンで国王になった女性は初代だけだ。それで、ようやくここがどこか分かった。城塞跡地アシンドラだ。彼女が敵国の侵略を阻んで活躍した城塞でもある。

地下遺跡があることは知っていたが、思い出さなかったのには理由がある。二百年前の大地震で入口が土砂で埋まり、中もいつ落盤するか分からず危険だということで、調査すら断念された場所だからだ。つまり、そこを修復……というか改造工事をしたのか。

この真上には、愚兄が幽閉された塔がある。愚兄と元王妃まで捕まえて痛めつけていると、魔道具の鏡を使って見せてきたことがあった。

あれはいつだった？　すでに虫の息のようだったけど……

遠くからワーワーという声が微《かす》かに届いてくる。後方からだ。逃走に気づかれた。ずっと監禁されていたから体力も落ちている。再度、ジュリアンは駆け出した。遺跡の奥へ。古い石の階段が現れた。駆けて駆けて駆けて――八方向に柱が立つ空間へ出た。

――石畳が新しい⁉

疲れて壁に手をつくと、ギッと軋んでぱかっと開く。窓だった。危うく落ちそうになり窓枠を掴む。その向こうに広がる光景に息を呑んだ。例えて言うなら、それは蓋をされた巨大な井戸の中。内壁に作られた無数の窓から漏れる明かりで、とんでもなく深い階層になっているのが分かる。窓の向こうに螺旋階段《らせんかいだん》が見えた。そこへの入口を見つけて階段の一番上まで行くも、地上には出られず。今度は階段をくるくると下りてゆく。

その後、憤慨するペンギンに捕まった。だが、折よくそこが魔道具工房だったことで地下十三階だと分かった。そう簡単に抜け出せるとは思っていなかったので、捕まるのは想定内。

ジュリアンの狙いは、影王子の強力なサポートを担う工房の位置把握と、その脅威を生み出す者の姿を知ることだったから。

――救助の軍が来たら、真っ先に工房とペンギンを制圧してやる！

「まったく！　油断も隙もないっすネ！」

彼の指示か、ジュリアンは首だけ出した状態で擬似鳥たちに埋め尽くされ、身動き取れない状態だ。そこへ、優雅な足取りでのんびりとやってきた影王子。

「散歩ハ楽シカッタカイ？」

「まぁね」

「タマニハ、イイヨネ。ズット地下室ジャ、退屈ダロウシ」

「……」

薄い笑みを貼りつけていると、見透かした影王子から、地下フロアは侵入者に対し〈変動〉するし、ランチャーの姿は仮のモノだと告げられた。

「なかなか手強いね。敵であるのが惜しいぐらいだ」

「ソレハ、コッチノ台詞《せりふ》。ドレダケ食料、持ッテルノ？」

「さぁね」

マントの内ポケットにある携帯食は残りわずかだ。

「ソウイエバ、何デ、ランチャーヲ、殺サナカッタ?」

「あれだけの魔道具を作れる者が、自己防御してない……なんてことはないだろう?」

一瞬、ペンギンの表情が下種っぽく変化した。嗤ったのか、アレ。

三日後、ジュリアンは地下室から地上にある塔の中階へと、監禁場所を移された。

三章　霧山の魔女と災難

1　魔女の棲《す》み家

五月二十八日

「おぉーい……おぉーい……！」

「どこですかー……！」

　午後四時。霧の山中を行く三名の姿があった。

〈先行隊〉リーダーであるアベル、その従者ニコラ、そして、コニー。

　一度は麓《ふもと》まで出たものの、後尾にいたはずのコーンとチコリがいなくなったため、探しに戻ったのだ。〈後続大隊〉の動きも把握しておかなくてはならず、梟とスノウには情報収集のためにも先に町へ行き待機してもらっている。

　さして複雑な道でもないのに、なかなか見つからない。あの二人は〈黒蝶〉に入る前からの友人同士で、仕事の時はいつもペアで行動する。後先考えず突っ走るコーンに、慎重なチコリがストッパーとなるからだが……

女中服に黒マント姿のコニーは、呼びかけのためにも口許を覆う襟巻きを外していた。

「それにしても、霧で視界が悪いですね」

立ちトカゲ魔獣に乗って山道を進む。視界は半径五メートルほど、何とか見えている状態だ。

アベルも周囲に目を配りながら推測を口にする。

「たまに濃霧が流れてくるから、その時に獣道に逸れたのかも知れないな」

しばらくすると、背後から駆けてくる足音。

「——ゆー……きし……さーまー……！　えいゆー、騎士様ーっ！　英雄騎士様あああ！」

霧の向こうから小柄で痩せた女の子が飛び出してきた。ドロシーだ。

「やっと追いついたあぁ！　お供させて！　誠心誠意、お仕えっ、しますのでっ！」

必死の形相で息を切らせながら追いかけてくる。紺の髪を両側で結んで、衣装もシンプルな水色のワンピースと革靴に変わっていた。こざっぱりした印象。

コニーは手綱を引いて魔獣の脚を止めた。

「従者は不要と言ったはずですよ。ソーニャには、あなたを頼りにする子たちがいるでしょう?」

「仲間はみな、家族のもとへ帰っ……りました」

麻薬畑で働く大人たちが解放されたので、スリの子たちは親元に戻れたのだという。

「あなたの家族は?」

「あたしは天涯孤独なのでっ！」

それで懐かれてもなぁ、と思う。彼女に諦めてもらうために、今一度、自分たちには大事な目的があること——そして、旅の最終地点が戦場であることを大まかに話した。

「戦場⁉」

驚きとともにお荷物になることを察したようで、彼女はしゅんと俯く。

アベルが声をかけてきた。

「じき陽も暮れる。捜索は中断して麓に戻ろう」

「はい」

コニーはドロシーの手を引っ張り上げ、自身が乗る魔獣の後部へと乗せた。

「誰か探していた……んですか？」

「えぇ、二人ほどこの霧ではぐれてしまって……あと、言葉使いも気にしなくていいんですよ」

「英雄騎士様に恐れ多い、ですっ！」

白緑鎧のインパクトのせいなのか。その純粋な憧憬の眼差しにたじろぐ。

「その呼び方も止《や》めてくださいね？　周囲に知られると困るので……」

ドロシーは、はっとしたように大きく目を瞠った。

「正体は秘密なん、ですね？　分かっ……りました！　この秘密は墓場まで持って、行きます！

じゃあ、えっと……コニー・ヴィレ様と！」

「様は止《や》めてください」

「えぇえ？　でも、気安く呼ぶなんて——」

いやいや、呼ばれるこっちは恥ずかしいですからね？

霧が深くなりアベルたちが見えなくなった。

「コニー、もう少し近くに。固まって移動しよう」

「はい」

アベルに促され、声がした方向に魔獣を進める。霧の中に横並びで揺れる立ちトカゲの尾がふたつ見えた。それを目印に移動する。辺りがだんだんと暗くなってきた。下り道なのに、同じ所をぐるぐる回っているような気がする。

「変ですね、もう麓に出てもおかしくないのに……」

まさか道に迷った？　そのとき、上の方に小さな明かりが見えた。

「アベル様！　右手方向、明かりが見えます！」

「山小屋の灯かも知れないな、行ってみよう。ニコラも――」

しんとした静寂。従者少年からの返事がない。コニーは視界にあるトカゲの尾がひとつしかないことに気づいた。あれ？　いつの間に⁉

大声でニコラの名を呼ぶも返事はなく。完全にはぐれたようだ。

もしかしたら、わたしが無意識にアベル様の方のトカゲの尾ばかり見ていたのかも……

さあっと血の気が引く。彼は超方向音痴なのだ。これはマズイ！

「と……とにかく、あの明かりを目指しましょう！　わたしが先導させていただきますので！」

そう言いながら彼の魔獣の前へと出る。いや、これだけではダメだ。

「はぐれてはいけませんから、アベル様、わたしと会話を続けてくださいね！」

「分かった。ここから斜面を登るから、足元に気を付けるように」

「了解です、気を付けます！」

緩やかな斜面を登るため、濡れた草を分け入りながら進む。

「頭上の枝にも注意だ、獣道だからゆっくり進んだ方がいい」

「ゆっくりですね！　ご忠告ありがとうございます！」

「……にかけ……だな……もっと……」

急に声が聞こえ難くなった。離れていってるのではと、コニーは振り向く。霧で全く見えない。

「アベル様！　すみません、少し聞き取りにくいです！」

「あぁ、すまない。何を話そうかと考えてて……」

出来るだけ喋ってほしい、と簡単な質問をする。

「他愛のないことでも全然いいんですよー、アベル様のお好きな食べ物はなんですか？　わたしは美味しいものなら何でも」

「――アーモンドの焼き菓子」

偶然にも、それは主の好きなお菓子のひとつだ。

「美味しいですよね、わたしもよく作るんですよ。ジュリアン様のご要望で差し入れしていたので」

「では、この旅が終わったら……」

魔獣が草を踏む音がする。少し間があったので、コニーは問い返す。

「旅が終わったら？」

「俺のために……作ってもらえるだろうか？」

「もちろん、いいですよ！」

「楽しみにしている」

そんなふうに会話のやりとりをしていると、霧の中に高い鉄柵の塀と、アーチ型の黒い門が見えてくる。その上部に灯るランタン。門の奥には、木々に埋もれて重苦しい雰囲気を醸《かも》し出す古館。

コニーは後ろからマントを引っ張られた。青い顔のドロシーと目が合う。

「あの……旅人から聞いた話を……思い出して。ソーニャから北北西にある霧山に、人喰い婆《ばばあ》が棲む廃墟があるって……」

アシンドラへ向かうため、確かに進路は北寄りに取ってはいるが……

「廃墟ではないと思いますよ？　ほら、門にも玄関にも明かりがついてますし」

それを聞いたアベルが、「これに聞いてみるか？」と魔獣槍を取り出す。

「そういえば、最近ずっと静かでしたね」

魔獣の魂魄《こんぱく》が宿る魔獣槍。初対面でコニーにつっかかってきたのだが、旅の道中やけに大人しかった。きっと主人に連れ回してもらえることに満足しているのだろう、と思っていたのだが。

よくよく見ると御札が貼り付けてある。

「あまりにうるさいから黙らせておいた」

彼は魔獣槍からペリッと御札を剝がした。とたんに、ぶつぶつと怨みがましい声が漏れてくる。

「……まったくもって酷いのでござる、主殿の御為にちょっとばかし意見しただけで、魔除け札直貼りなどという鬼畜な仕打ち……人間ならば鈍器で殴り気絶させるに等しい行為なのに……」

「槍からおっさんの声が……！」

ドロシーが気味悪そうに引いている。

「この場所に何か感じるものはあるか？」

主人の問いかけに、魔獣槍はムッツリと黙った。

「余計な事しか言わない役立たずは、もう一度眠らせるか？」

一体何を言って、温厚な彼をここまで怒らせたのか、とコニーは思う。

「それでは主殿の危機に、拙者の実力が発揮できぬではござらぬか！　そもそも拙者はおかしなことなど言ってはおらぬ！　おなごなど隊長権限で除隊すべし！」

ん？

んん？

「おなごを同行させるなど、不和と不幸の元！」

もしや、彼らの喧嘩の発端は自分か。以前にも魔獣槍から『戦場におなごが来るなど論外！』と言われたことがある。今の言葉からも〈先行隊〉にコニーがいることが不満らしい。しかし、アベルが能力主義のため、反感を買ったのだろう。

反省の色のない魔獣槍に、アベルは溜息まじりに告げた。

「いっそここに捨てておくか。長剣があるから別に俺は困らない」

要らないと言われて、ショックを受けた魔獣槍。怒りか嘆きか、小刻みに身を震わせる。

「もう一度聞く。この場所に何か感じるか？　十数える内に答えろ、さもなくば――」

アベルがカウントを始めると――ぴたりと動きを止め、淡々と先の質問について応じた。

「――この霧は精霊の仕業である。あの古館を、現世より包み隠しておるようだ。隠れ里の類かと思われる」

「そこへ迷い込んだということか」

「こうした領域に招かれざる者は入れぬはず。意図的な誘い込みを感じるでござる。よって深入りは勧めぬ！　回避するには、明かりと真逆の方向へまっすぐ進めばよいのである」

コニーとアベルは顔を見合わせた。

「高確率で遭難者があそこにいるということですね」

「訪ねてみよう」

アベルが黒い門を押すと難なく開いた。さらっと忠告を無視された魔獣槍は焦る。

「な、ならば、最大限の警戒をすべきである！」

「そんなことは分かっている。俺が話しかけるまで、お前は黙ってろ」

「ぐぬ……承知」と渋々答える魔獣槍。

「ええええええっ！　行くの？　ほんとに⁉」

「ドロシー、騒がないで」

古館に着き玄関ノッカーを叩くと、現れたのは匂い立つような美女だった。二十代後半だろうか。濡れ木色の長い髪を下ろし、長い睫毛《まつげ》に切れ長の双眸、ほっそりした体を包むシンプルな臙脂色《えんじいろ》のドレス。肩にかけたストールを前で寄せて「どなた?」と優雅に微笑んだ。

「夜分に失礼する。旅の道中、迷ってしまって——」

アベルがはぐれた仲間が来ていないかと尋ねると、彼女は「存じませんわ」と答えた。

「夜霧を歩くのは難儀なこと。どうぞ今宵はお泊まりになって。我が名はルアンジュ」

「それはかたじけない。俺の名はセスだ。彼女たちは——」

「わたしはコニーです」

「あ、あたしはドロシー」

有名な辺境伯家の子息であるアベルはミドルネームで名乗り、コニーたちは普通に名乗った。

通された館内はやはり古かった。歩く度にぎしぎしと軋む床、まとわりつく湿気。玄関ホールから右側の階段へと向かう。明かりは先導するルアンジュが持つ燭台のみ。周囲が見えにくい。

ドロシーはびくつきながら、コニーの後ろをくっつくように歩く。どこからか独特な香りが漂ってきた。

城の薬師局を訪ねた時と似ていますね。様々な種類の薬草を混ぜたような……

二階の廊下に出ると、ぱしゃり、足元で水が撥ねる音。

「水……?」

思わずコニーはつぶやく。廊下のあちこちに水溜まりがある。ルアンジュが説明した。

「先日、大雨が降ったせいで雨漏りがひどくて」

「そうでしたか」

暗い窓にぼんやり当たる燭台の光。何気なく見たそこに、背の低い男の子が映っていた。反対の壁際を見るが誰もいない。再度振り返った窓にもいない。気のせい？

「ご家族の方はいらっしゃるのですか？」

「一人暮らしの未亡人よ」

案内した部屋でルアンジュがオイルランプに火を灯す。

「久しぶりのお客様。ゆっくりしていらしてね。よろしければ、お食事のご用意をしましょう」

「ありがたい申し出だが、食事は済ませてきたので——」

アベルはその誘いを丁寧に断った。山に入る前の村で、〈先行隊〉は確かに遅い昼食をとっている。

——怪しい精霊領域に住む人の手料理は、辞退するのが無難ですからね。

ドロシーを見ると、分かりやすくがっかりした顔をしていた。

コニーとドロシーは階段に近い部屋。アベルは廊下奥にある部屋を使うことになった。

室内をぐるりと見回す。磨かれた古い調度品、床には塵《ちり》一つなく、きれいにシーツの張られた寝台がふたつ。久しぶりの客、と言っていた割に整えられている。

背負い袋から、携帯食の入った小袋と水筒を出した。

「ドロシー、お腹空《なか》いてるでしょう」

傍に近寄り小声で渡す。彼女は痩せた頬に明るい笑みを浮かべた。

「ありがとうございます！　たくさん歩いたから、お腹空いてて……」

コニーはさらに小声で注意をしておいた。

「危険を回避するためにも、行動を共にする間はわたしたちの指示に従ってくださいね」

「はい！　姉御に従います！」

ドロシーは寝台の端に腰かけ、ナッツ入りビスケットを頬張る。

「姉御？」

「本当は姉様と呼びたいけど、様はだめって言われたから……」

「……別にいいですけど」

どうせ下山すればお別れするのだし、と妥協すると、彼女は嬉しそうに笑った。

あっという間に食べ終わったドロシーが、水筒と小袋を返してくる。それを受け取ったコニーは、扉へと向かった。

「それじゃ、ちょっと出てきますね」

館内の偵察だ。水筒を持っていれば水を貰おうとして迷子になった、と言い訳できる。

「待って！　あたし、姉御に言わなきゃいけない事が……！」

ノックの音が響いた。びくっとしたようにドロシーは肩を竦める。コニーが扉を開けると、ルアンジュがいた。

「冷えますでしょう、温かいお茶をどうぞ」

優雅に微笑むその手には、盆に載せた紅茶とジャムを添えた小さなスコーンの皿。

「……ありがとうございます」

お礼を言ってコニーはそれを受け取った。足音もなく静かに去る彼女を見送って、扉を閉める。断ったはずの飲食物を提供。コニーは紅茶と菓子の香りを嗅ぐ。どちらからも同じ甘い香りがかすかにする。不快ではないが甘味料でないのは確かだ。

窓を開けると、霧の中へとカップと皿の中身を投げ捨てた。

ドロシーを一人にするのは危険かも知れない。とりあえず、アベルの部屋に連れて行こう。

コニーは自分の荷袋を背負うと、二人で移動する。廊下の奥で人影が見えた。思わずサッと壁に身を寄せて、後ろのドロシーにも隠れるようにと指示する。

燭台を手にしたルアンジュの後に、アベルがついて部屋を出て行くところだった。かすかに聞こえた会話から、三階の書斎へ何やら手伝いをしに行くらしい。

これは、館内捜索するチャンスですね！

奥にも階段があるようで二人の姿がそこに消えると、ドロシーが小声で言った。

「あの……さっき言いそびれた事だけど……」

「何です？」

「姉御の秘密を知ったからには、あたしの秘密も告白しようかと……」

「そういうことは、無理に言わなくていいんですよ？」

「いいえ、きっと、これは姉御のお役に立てると思うから……！」

☆

獲物は生け捕りにするものだ。殺さぬ方が価値がある。

何年か前に逃げ出した獲物が噂をまいたせいで、やってくる獲物が減ってしまった。

今日は久々に大漁だ。夕方までに三人捕らえた。陽が暮れてからも三人やってきた。

いつものように眠り薬を盛るべく食事に誘ったが、断られてしまった。

それならと、まずは女たちに甘い物を運んだ。食事を済ませたとはいえ、これは別腹のはず。

「窓カラ、ポイサレタ」

監視につけた愛し子がそう報告してきた。

何故？　警戒されるようなことはまだ何もしてないのに……もしや、あの男が自分に興味を持ったせいか。ルアンジュはその考えに納得する。この館を訪れた男たちは、必ずルアンジュの虜《とりこ》となるからだ。ならば、先に男の方を落とすかと部屋を訪ねた。

「少しお願いしてもよろしいかしら？」

書斎の梯子《はしご》が壊れてしまったので、書架の最上段にある本を全て下ろしてほしいと頼んだ。麗しき未亡人のお願いに、男は難なく了承した。誘い出せたのはいいが――

何故、魔気をまとう物騒な槍まで持ってくるのか？

「あのぅ、そちらは部屋に置いていかれても……」

「それは出来ない」

「本や書架に傷がついては……」

「大事な相棒だ。心配しなくとも〈有事〉以外に振り回したりはしない」

やんわり置いていけ、と言うも断られた。あまり強要すると不審に思われる。

書斎に入ると、書架から本を下ろしてもらいながら、未亡人たることの寂しさを語った。

「――もう、長らく心にぽっかりと穴が空いてますのよ」

これで、心の隙間を埋めようと男の方からも近づきやすくなる。本を渡してくる男の右手に、そっと自分の両手を重ねた。潤んだ瞳で見上げる。

「あなたのような素敵な方に出会えるなんて、とても幸運だわ――」

「最上段の本は下ろした。部屋に戻ってもいいか？」

微塵も揺らがぬ表情。こちらの手をすり抜け、用は済んだとばかりに去ろうとする。

「待って！　向こうの棚もお願いするわ！」

その作業の間、つけこむために男の素性を聞き出そうとするも適当に濁され、女の色香をアピールし続けるも――期待したような下心は引き出せず。

おかしい。この熟《う》れた美貌に心動かさないなんて！　見つめてもガン無視ってある？　女に興味がないの？

「槍の使い手だなんて格好良いですわ。その凜々《りり》しいお顔立ちといい、ストイックな体つきといい、どんな女性も放っておかないでしょう」

自尊心をくすぐってみるも反応はなかった。むしろ、冷ややかな眼差しが返ってくる。

「終わった。部屋に帰らせてもらう」

ほんともう、何なのこの男！　ムカつくわね！　これまで落とせぬ男などいなかったのに！

「お待ちになって！　お礼にとっておきの葡萄酒《ぶどうしゅ》をお出しするわ！」

「いや、結構。飲みたい気分ではない」

がしっと両腕で男の引き締まった二の腕を捕まえ、ルアンジュは鼻息も荒く誘う。

「淑女のお礼を蹴るなんて失礼ですわよ！　さあさあさあっ、こちらの席にお座りになって！」

この堅物め、何が何でも眠り薬を盛ってやるわ！　いや、痺れ薬にしてやる！　悶絶するがいい！

男はぴたりと動きを止め、こちらを凝視してきた。

強引さが功を奏したのかと思いきや――

「それ、は……？」

言い淀む問いかけと、驚愕の表情。ルアンジュはハッとする。慌てて顔を背け両手で覆った。頬が弛《たる》んでる。まずい、皺が……！〈美貌を保つ薬〉が切れたことに気づいた。

「そこでお待ちになって、すぐに葡萄酒をお持ちしますわ！」

身をひるがえして書斎を飛び出した。

2　続・魔女の棲み家

一階と二階をつなぐ階段の踊り場にある絵画、それを外すと壁に四角い空間があった。中から出てきたのはチコリ、コーン、ニコラの荷袋。見つけたのはドロシーだ。

コニーはオイルランプを片手に、チコリの荷袋を確認した。〈黒蝶〉の短剣が入っている。

ドロシーが告白した秘密は〈隠されたお金やお宝〉が透視できる、というものだった。魔力があるのか尋ねると、彼女は「分からない」と答えた。

半信半疑だったけど……泥棒生活で開花した能力でしょうか？

「姉御のお役に立ちましたか⁉」

「もちろんです。ありがとう」

しかし、これで彼らがいるという確証は摑めた。ルアンジュが何者かは知らないが、刺激は禁物。アベルが気を引いてくれている間に彼らを見つけたい。ドロシーが「荷物持ちはあたしに任せてください！」と言って、先の三人分の荷袋をささっと担ぐ。

「そこまで気を使わなくても……」

「貴重な食糧を分けていただいたお礼、ですっ」

と譲らないので苦笑しつつも頼むことにした。それから一階まで下りた。食堂に入ると、ドロシーがその中央で足を止め、じっと自身の足下を見つめている。

「さっきと同じ短剣が、この床のずっと下の方に――視え、ます」

おそらくそれは、コーンが身に付けている〈黒蝶〉の短剣だ。

「地下室があるのかも知れませんね。入口を探しましょう」

「はいっ！」

廊下に戻って、周囲の異変に気づく。廊下の先が見えないぐらい長く延びていた。背後を振り返るも同様に、無限廊下。

次の扉を開けてみる。厨房だった。奥まで踏み込んで仕切られた小部屋を覗く。壁際に吊るされた大小様々な種類の包丁。上部に張り出すのは肉を吊るすための鉄製の棘。研磨された石板の作業台。食肉解体処理室だ。その一角には無造作に、白いカケラが山積みされている。

「ほねっ、骨があんなにっ！　やっぱり人喰い婆の棲み家――っ⁉」

「落ち着いて、ドロシー。これは動物の骨ですよ。鹿や猪でしょう」

人とは異なる頭蓋骨を指差す。「なんだ」と言いつつ逃げ腰のドロシー。「この下の方に人骨が埋まってるってことは……」と怪しんでいる。

また廊下に戻り、次々と扉を開いて覗いた。応接室、サロン、遊戯室、トイレ……まで行くとまた同じ食堂、厨房が出てくる。玄関、階段、裏口が見当たらない。

「あの、姉御、トイレに行ってもいい……？」

コニーが頷くと彼女は限界だったのか、荷物を持ったままトイレに飛び込んでゆく。

扉の前で待つこと約五分。少し遅い気がしてノックするも返事がない。

「ドロシー？」

室内に彼女はいなかった。奥に扉がある。間違えてあっちから出たのか。確かめようとすると、ぐいっと後ろから背負い袋を引っ張られた。

「あぶな……っ」

てっきりドロシーかと思い、注意しようと振り向いた。小さな男の子がいる。八、九歳ほどの、窓に映っていたあの子――え、実体？　彼は虚ろな目でこちらを見上げながら、ぐいぐいと背負い袋を引っ張ってくる。

「見セテ、キラキラ、光」

光るもの？　まさか、白緑鎧のこと？

袋の中には、鎧を収納した魔法の小箱がある。魔力は封じられているので、光が漏れることはないはずだが。

「見セテ、見セテ、見ーセーテー！」

だんだん声高に要求してくる。子供とは思えない怪力に、持って行かれないよう踏ん張る。

「見タイヨー、見セテエェ！　見セテ欲シイー欲シイイィィー！」

背負い袋に両手両足で猿のようにしがみつき、興奮したように叫び出す。

「見セテェクレクレクレクレクレクレクレクレクレクレ」

コニーは愛刀を抜くと、峰打ちで背後のそいつを殴った。衝撃で吹っ飛び転がってゆく。人外であれば有効なフィア銀で全面加工しているので、峰打ちでも相当のダメージがある。

男の子は脇腹を抱えてうずくまり、ブルブルと震えた。

「ゥアアアアアアアアア……！」

顔や手足の肌が溶けて崩れてゆく。それらが床にボタボタと落ちると、色のない水溜まりに変化した。コニーは呆気にとられる。人の皮がなくなると、子供の形を模した〈水の塊〉が衣装を着ている――という奇妙な姿に。

――何これ、液体人間？

「……ヒドイ、何デ怒ル？　見タカッタダケ、ナノニ……」

「人様の物を強奪しようとして被害者ヅラするんじゃないですよ」

つかつかと歩み寄り、今度は愛刀の刃先を突きつけながら問う。

「今日、この館を訪れた者たちはどこにいるんです？」

「教エナーイ！」

バッ！　と水が飛び散る。跡形もなく彼は消えた。床に残ったのは濡れた子供服だけ。

どこからともなく濃い霧が流れてきた。瞬く間に周囲は真っ白になり視界を塞ぐ。子供の笑い声が遠ざかってゆく。

知らない、ではなく教えない、か。水から霧状になったということは、アレが霧を発生させる精霊だろう。声の方向へ追いかけるも見失う。

すると、霧の向こうからくねくねと大蛇のように大きくのたうつ影。水は変幻自在だ。目を凝らすと、腰から下は蛇のように一本化し、上半身はあの液体人間。天井につくほどのムキムキの大男になって、こちらを見下ろしていた。斬りかかっても水なので飛散し避けられてしまう。

「ブアッハッハーッ」と野太く笑う声が辺りに響く。

子供ですらないんですか!?

「コニー！」

「あっ、アベル様⁉」

濃霧の中で液体マッチョを追い回していたら、アベルにぶつかった。

彼は先ほどまでルアンジュの頼みで書斎に行き、本を片付けていたのだという。

「魔獣槍に、彼女の能力を探らせるよい機会だと思ってな」

「まぁ、そんなことも出来るのですか？」

「拙者は有能なのである！」

ただし、間接的にでも相手に触れる必要があるらしく――アベルが魔獣槍を小脇に挟んだ状態で、ルアンジュが手を握ってきたときに魔獣槍が探ったのだという。

「アレは人間の女である。魔力量はまあまあ。いくらか魔法も使えよう。精霊と契約しておる。異常なまでの薬漬けの肉体である。おそらく、自身の体で調薬を試しておるのだろう」

精霊を使役する魔法使いで、調薬をやりこんでいるとは……かなり面倒臭そうな人ですね？

アベルが納得したように言った。

「いきなり老婆に変わったのも、そのせいか」

「老婆に……？」

「指摘すると顔を隠して逃げたが、あっちが素ということだろう」

コニーも仲間の荷袋があったこと、ドロシーがトイレで消えたことや、霧の発生源である精霊を見つけたことを伝えた。

「人の子供に化けていました。刀で殴ったダメージで化けの皮が剝がれましたが」

「何の為に旅人を捕らえているか……だな」

「この霧が出る前は無限に廊下が続いていていました。一階からは出られないんですよ。コーンたちが地下室にいることは分かったのに、行くことが出来ません」

「魔法による幻覚か……?」

この霧を払い、幻覚を突破する必要がある。だが、霧の中をいくら進んでもどこにも行きあたらない。壁も扉もない。無限廊下はいつのまにか、無限の霧空間になっていた。刻々と時間だけが過ぎてゆく。

――わたしたちを一階に閉じ込めてどうしたいのか。液体野郎は逃げたままだし。こちらの武器に警戒しているのかも……もしかして、行き倒れるのを待つつもりとか?

自身の腕輪に目を留める。殺意に反応するものだが、館に来てから一度も光ってない。

コニーはアベルに「ちょっとお耳を」と屈んでもらい、小声で囁いた。

「白旗を上げるフリして、隙を突くのはどうですか? わたしが先に捕まって四人の居場所を突き止め、白緑鎧を使い結界で彼らを保護します。合図を出すのでアベル様は彼女を――」

彼は驚いたように菫《すみれ》の瞳を瞬いた。フッと小さく笑う。

「それなら、一緒に捕まればいい」

「相手は魔法を使うんですよ?」

「だが、幻覚で閉じ込めるだけで攻撃もしてこない。無傷で捕らえようとしている」

確かにそうだが、隊長である彼まで、危険に晒《さら》したくないのだ。物事には優先順位がある。

「リスクは最小限にしたいのです」

「二人で事に当たる方が、リスクは少ない」

コニーの左手の上に大きな手が重なる。精悍なイケメンなのにその微笑みは、癒し効果のある森の熊さん。落ち着く。コニーは自分が考え過ぎていたような気がしてきた。

化けの皮が剝《は》げて逃げるような女である。影王子のような頭のキレる敵を相手にしていたせいで、過剰に警戒していたのかも……

「おなご！　不謹慎である！　そのように主殿にくっつくでない！」

床に置かれた魔獣槍が騒ぐ。すっと、コニーはアベルから離れた。

「変な誤解しないでください。ただの作戦会議です」

「主殿の気を引こうとしても無駄だ！　拙者の目が黒い内は――」

横から小さな舌打ちが聞こえた。

え、今のアベル様？

凍てつきそうな眼差しで魔獣槍を摑む。

「いい加減にしろ、へし折って捨てるぞ」

「ご無体なッ！　拙者は主殿を思って――」

ふいに、霧が引き始めた。床が見えてくる。

「アベル様、霧が……」

言いかけて前方に気配を感じた。美女が怒りの形相で宙に浮かんでいる。その腕には気絶したドロシーを抱えて――ナイフを首に突きつけていた。

近くの窓がガタガタと軋みながら開き、外から液体マッチョが逆さになって覗く。両目と口の部分だけ陰りがあり、不気味でシュールな表情をしていた。

「ガキの命が惜しいなら、窓から武器を捨てな！」

ルアンジュの脅しに、コニーたちはさっと視線をかわす。アベルは魔獣槍と腰に下げた長剣を、コニーは二本の愛刀を窓の外に投げた。「主殿おおお――!?」魔獣槍の悲鳴が遠ざかる。

ガタン！

途端に、床が消えて二人は落下。ぼすっと藁山に突っ込んだ。続けてドロシーが落ちてきた。

頭上で大きな音がする。天井の穴は閉ざされたようだ。

「ここは……」

目の前を囲む鉄格子。背後は石壁。藁山のおかげで無事だったが……檻の中へ招待されようとは。

目覚めたドロシーは、二人が武器を捨てた経緯を知り這いつくばって謝った。

「ごめんなさい！　姉御！　隊長！　あたしのせいでえええええ！」

「想定内ですから、大丈夫ですよ。それよりドロシー」

彼女の耳元で囁く。コーンが所持する〈黒蝶〉の短剣が見えないか。「正面の壁の向こう側に」とドロシーは答えた。

しばらくして、扉が開きルアンジュが入ってきた。

「ずいぶんと手こずらせてくれたわね。居心地はどう？」

檻の中を覗き込み、満足そうな笑みを浮かべる。その顔には小皺ひとつない。どうやって姿から戻ったのだろう。遅れて来た液体男が、奪った武器とチコリたちの荷物を抱えている。よく落とさないなと見ていると、奥にある頑丈な箱にそれらをしまい鍵をかけた。

「お前の目的は何だ？」

アベルが険しい顔つきで問うと、彼女は目を三日月のように細めた。

「知りたい？　いいわよ。特別にね。だって、あなたとあなたたちの武器、とぉっても高く売れそうだし。これまでで一番の収穫だもの！」

売る……？

濡木色の長い髪を指先でいじりながら、後ろにいる液体男をちらと見た。

「これは我が子――生まれた時には普通の人間の赤子だったのよ」

ただ奇妙な力があった。彼が泣けば雨が降り、ぐずれば霧が出た。九つのお祝いの日に息子の体は突如、〈水〉に変化してしまった。訳も分からぬまま周囲からも迫害されて、この山に隠れ住むようになった。

「奇病か呪いかと原因を探して、辿り着いた答えが〈人外の先祖返り〉よ」

元々薬師だったルアンジュは、彼を人の姿に戻そうと魔法薬の研究に没頭した。ただの薬師では出来ないが、魔力を扱う資質があれば可能なことで――ルアンジュには幸いにもそれがあった。自らの体を使って繰り返し試し、奇跡的に〈肉体を若返らせる薬〉は出来た。だが、その効果は一時的なものだ。維持するのは殊の外難しい。

「膨大な研究費は、旅人を捕まえて〈黒曜市〉に売って捻出してきたわ」

違法市のことだろうか。諜報部隊〈黒蝶〉は裏社会の情報にも精通するが――コニーは聞いたことがない。アベルから視線を送られて、首を横に振る。彼はルアンジュに尋ねた。

「〈黒曜市〉とは？　聞いたことはないが」

「当然よ、禁忌を犯すやばい魔法使いしか知らない場所だからね」

自分がやばいって自覚があるんですね。

「背徳の市、骨肉市とも呼ばれるわ。器量好しなら奴隷として高値がつく。それ以外は健康であればバラして売れる。各部位がグラム単位でね。もちろん鮮度がよいほどいい値がつく。そのためにも生かして連れていく必要があるのよ。稀少性の高い武器なら、そこの競《せ》りで破格の値がつくわ」

ルアンジュはニヤニヤと唇を歪めて笑う。せっかく美人に若返っても、老成した狡猾さや暴利を貪《むさぼ》る醜さは、顔全体から腐った油のように滲み出るものだな、とコニーは思った。

「少しよろしいでしょうか？」

片手を軽く挙げて問いかける。

「命乞いならもう遅いわ！　息子を殴った相応の報いは――」

コニーは真顔で尋ねた。

「あなたがやばい魔法使いなら、この檻もやばい魔法付きですか？」

「……は？　たかが魔力なしにそんな労力かけると思って？」

鼻を鳴らして、ルアンジュは小馬鹿にしたように言い返す。

「いえね、気になることがあって。ここ、見てもらえます？　明らかに変ですよね？」

檻の鍵部分を指差す。彼女は怪訝そうな顔をしながらも、檻の扉に近づいた。

ガアン！

コニーの重く鋭い蹴りが、扉ごとルアンジュを吹っ飛ばした。顔面に鉄格子の洗礼を受けて、一瞬で老婆に変化する。素早く檻を脱したコニーは、飛びかかる液体男を身を捻って避けた。

檻を飛び出したアベルが叫んだ。

「戻れ、魔獣槍！」

ボンッ！

武器入りの箱が内から爆発、蓋を弾く。それは起き上がりかけたルアンジュにぶち当たった。速やかに、主の手に戻った魔獣槍。キラキラ輝きを放つのは、呼ばれて嬉しいからなのか。アベルは液体男めがけて魔獣槍を投擲《とうてき》。見事、仕留める。強い光が稲妻のように弾け、液体男は叫んで飛び散った。

「何て事をおおおおおおお！」

婆は悲鳴を上げ、無我夢中で飛び散った水を雑巾でふきとり、バケツに集める。しかし、前と違って人型には戻れないようだ。愛刀を取り戻したコニーは、婆の背後を取ると鞘で殴って失神させ、アベルが持っていた魔道具の鎖を用いて拘束した。

その後、地下室を探ると雑然とした研究室があった。怪しげな三つの大箱を開けると、中には拘束されたコーン、チコリ、ニコラが詰め込まれていた。コニーが〈黒蝶〉の短剣で猿轡《さるぐつわ》と縄を切る。

昏倒しても、すぐに覚醒する不滅の婆。逃亡されぬよう連れてきたが、コニーの持つ短剣を見て何か言いたげな顔をしている。婆の正体を知ったコーンが叫んだ。

「ババアに騙された！」

美女の姿で誘惑されて、その気になっていたらしい。手玉に取られたことがよほど悔しいのか、その辺に積み上がるいろいろな物を両腕でなぎ倒して大暴れ。すると、連鎖反応で本の山が崩れ、箱が倒れ、棚から硝子器具や瓶が次々と落ち、部屋全体で——

バタバタバタ　ガシャンガチャン　バサーッ　ドオン！　バーン！

盛大な音が鳴り渡る。最後に、何らかの拍子で飛んできた乳鉢が大壺にヒットし派手に割る。その直前にコニーは突き飛ばされた。その場にいたコーン、チコリ、アベルが避けきれずに、虹色の液体をかぶった。婆がまたもや金切声を上げる。

「半生かけた血と汗と涙の結晶があああああ！」

三名はみるみる縮んで変化した。チコリとコーンは幼児に。アベルは十歳ほどに。

その姿にコニーは愕然とし、思わず叫んだ。

「貴重な戦力があぁ——！」

その後、婆を問い質し、かぶった液体が例の〈一時的に肉体を若返らせる薬〉だと知った。

薬の効果は、ルアンジュ親子が使うと一時間。ただし、これは幾度も使用しているため効き難くなっているとのこと。アベルたちの効果が切れるには、丸一日はかかると言われる。

身体は退行しても、現在の記憶まで消えるわけではない。だが、精神は未熟な頃に戻る、とも。

それって……中身も子供ということですよね？

婆の説明中、そわそわと落ち着きのないコーンとチコリに比べて、アベルは真剣な顔で聞き入っていた。戸惑いつつも、コニーはアベルに声をかける。

「アベル様、先ほどはありがとうございます……」

とっさに突き飛ばしてくれたのが彼だと気づき、申し訳ない気持ちいっぱいで礼を言う。

「貴女に被害が及ばなくてよかった」

引きずるマントを外したアベルは、小さくなった手でその内ポケットを探る。コニーに魔除け札の束を渡してきた。

「魔道具の鎖だけでは心許ない。これでルアンジュの魔力を二重に封じよう」

「ご用意がいいですね」

精神の未熟さなど感じられないほど、しっかりしている。

「うるさい檜を黙らせるのに必要だからな」

子供特有の高めのトーン。ぶかぶかになった袖や裾を折り返しながら、彼は溜息をついた。

「すまない、隊長でありながらこんな情けないことに……」

「アベル様は何も悪くありません！　悪いのはコーン……いえ、頭の黄色い駄犬ですから！」

「わざわざ、いいなおすなっ！」

大人用の黒シャツのみになったコーンが、長い袖を振り回しながら抗議する。

街の警邏隊に連絡して処理してもらうまで、この親子が逃げ出せないようにしておく事になった。

ニコラ少年は、ドロシーに協力してもらいながらも手際よく、光る鎖で拘束した婆を木箱に詰め、魔除け札できっちり隙間を封じた。その間、アベルは幼児二人を捕まえて廊下へと連れ出す。ケージ内の奇形化した鼠を、興味津々で触ろうとしていたからだ。

コニーはバケツに入った液体男を壺に移した。魔獣槍によるダメージが大きいようで、ただの水にしか見えない。婆の推定年齢と〈半生〉という言葉から察するに、彼は――

「あなた、とっくに成人しているのでしょう？」

壺の中で波紋が現れた。続けて辛辣な言葉を投げかける。

「いつまで親に頼りながら生きていくつもり？　もし、彼女がいなくなったらどうするんです？　自分の足で生きていくことを考えたら？」

波紋がふるえて波立つ。コニーは壺の中を見つめて淡々と告げた。

「彼女を犯罪者にしているのはあなたであり、すべての可能性を潰しているのもあなたです」

そして、蓋をしてこちらも魔除け札できっちり封じた。

3　魔女の家をあとにして

五月二十九日

山館を出ると霧は晴れて、白々とした空が広がっていた。

「もう、夜が明けていたんですね……」

幻覚に惑わされたせいか、時間の感覚が全くなかった。気が高ぶっていたのか眠気すらない。

庭木に繋いでおいたはずの魔獣がいないので手分けして探すと、山館の裏手にある小屋の中に五頭いた。きっと、これも売るつもりだったのだろう。

「ドロシー、一人で魔獣に乗れますか？」

「えっ、無理ですよぉ！」

目を離した隙に、立ちトカゲの背によじ登る黄髪の三歳児コーンと、その尻をえいえいと両手で押し上げている薄青髪の五歳児チコリ。引きずるシャツで無謀なチャレンジ精神。

「何やってるんですか⁉　危ないから勝手に登らないで！」

コニーは二人の襟首を摑んで、立ちトカゲから引き離す。背後から焦ったニコラの声。

「いけません、アベル様！」

「大丈夫だ。これには乗り慣れている」

アベルが立ちトカゲの背中にぶら下がるようにして、よじ登っている。ニコラは主人を強制的に引きずり下ろすことは出来ないらしく、あわあわと説得している。コニーはチビたちを両脇に抱えたまま、彼らのもとに走る。

「今のアベル様では軽過ぎて危険です！　振り落とされてしまいますよ！」

「走らせなければいい。二人一組で移動しよう。俺が一番小さいコーンと乗り、ニコラがチコリと、コニーがドロシーと乗る」

「一番手のかかる駄犬がアベル様と相乗りだなんて、絶対ダメです！」

「ダケンじゃねえっつーの！　はなせええっ」

「わらいろがジャマするぅー！　しくしくしくしく……」

両脇で騒ぐチビたち。残った魔獣二頭も置き去りにするわけにはいかない。軍事用に育てられた魔獣だし、戦場に突っ込むための大事な脚だ。

六人と五頭が無理なく移動出来る、何かいい方法はないか……

「姉御ーっ！　こっちに魔獣車がありますー！」

小屋の裏側に行ってたドロシーが、細い腕を振りながら呼ぶ。

見に行くと、それは都市間を定期的に往復する旅客車だった。シンプルな外観で十二人分の席があり、屋根に荷物を載せるスペースがある。四頭立て仕様だ。これは通常、決められた舗装道のみを走るものだが……何か理由あって、近道でもしようとこの山を通ったのか。だとしたら、乗っていた人と魔獣は、魔女に捕まって売られたと思われる。

「立ちトカゲを四頭、繋ぐことが出来ますね」

御者はニコラとアベルが交替しながら行い、残る立ちトカゲにまたがったコニーが、先導を務めることにした。しばらく覆面は不要だなと思いつつ——

「さあ、出発しますよ、遅れを取り戻さないと！」

下山したものの、誤って西側の麓に出てしまった。

北東方面の町で待つ梟たちには、朝になったら先へ進むようにと伝えてある。すでに移動しているはず。コニーたちは山裾を迂回《うかい》し、アシンドラへの直線コースとなる北東を目指すことにした。

正午、賑《にぎ》やかな街シトリンに到着。まずは警邏隊の詰め所に行き、〈霧山の魔女〉のことを話した。以前からよくない噂があったためか、人手を集めてすぐ捕縛に向かってくれるという。

それから食料を購入、広場の共用井戸で水筒に水を詰める。

古着屋に寄って幼児組の子供服をあつらえた。アベルはニコラの着替えを借りていたので、「必要はない」という。アベルが十歳にしては背が高めで、ニコラが十四歳にしては小柄であることから、衣装も多少ゆったりしているという程度だ。

……何というか、この歳のアベル様って剣を握っているよりも、文学少年ってイメージですね。物静かで知的好奇心が旺盛で図書館通いしてそう、というか……お顔も凜々しさと可愛さが三対七の割合。薄桃色の唇に、ぱっちりした菫の瞳、短く揃えた黒髪も光の輪が出るほどにさらさら。良い所のお坊ちゃんだと一目で分かりますね。

それはさて置き、そろそろドロシーを安全な場所に置いていかないといけない。

「この街に残ってもらっていいですか？」

コニーが声をかけるとドロシーは拒否した。

「こっ、ここはだめ、です！　ソーニャからそんなに離れてないし……」

「あまり離れると帰るのが大変では？」

理由を聞いたところ、「英雄騎士様の従者になる」と言ったら、スリ仲間の親たちが衣装とか靴とか、お餞別にくれたらしい。

「せめてソーニャを救ってくれた姉御に、ご恩返ししてからでないと……戦場まで行きたいなんて言わないから！　もう少しだけ、ご一緒させて！」

切々と懇願してくる。従者を断られたから戻り難い、ということか。

「山館では十分助けてもらいましたよ」

「魔女に捕まって足を引っ張ったから、差し引きゼロです！　挽回させて！」

「旅の道中も危険がありますからねぇ……」

「子守りは得意だから！　お願いします！」

――確かにドロシーが抜けると、移動中はアベルにチビたちを見てもらうことになる。

アベルに相談すると「次の町までなら」と許可をくれたので、それをドロシーに伝えた。

「やった！　ありがとうございます！」

広場近くの車停めに置いた魔獣車へと、戻ってきた。車内で昼食をとったあとは、作戦会議。

霧山での一夜滞在に加えて、魔獣車での移動は単騎よりも遅く、かなり時間ロスをしている。

〈後続大隊〉はとっくに先へ進んでいるはず。早く追いつかなくては――また、勝手をするに違いない、ロブと狸侯爵に出し抜かれてしまう。

アベルが地図を見ながら言った。

「強行軍で進もう。休憩時間は最小限、日没までにはベネット村に着きたい」

コニーには護衛の役割があるため、御者は出来ない。

「アベル様とニコラが交替しても、御者の負担が大きいですよ」

すでに午前中だけで六時間、魔獣車は走っている。チビ二人とドロシーは車内で睡眠をとることが出来たが、アベルとニコラはろくに寝ておらず。コニーに至ってはまったく寝ていない。

「一番負荷がかかっているのは貴女の方だ、すまない」

「大人と子供では体力が違いますから。わたしは一晩ぐらい寝てなくても平気ですよ」

「魔女の薬は一日で切れると言っていた。なら、明朝に俺たちは元の姿に戻るはずだ。その時には魔獣車も不要になり、通常行軍に戻れるはず……」

だが、必ずしも魔女の言葉通りになるとは限らない。しかし、当事者としては、〈元に戻らない可能性〉など考えたくもないのだろう。

「万が一の備えは必要ですね」

そこで、ドロシーにも御者の代行が出来るよう、ニコラの隣で習ってもらうことにした。

彼女は緊張した面持ちで手綱を握りしめる。

「やったことないけど、姉御のためなら頑張る……！」

通りがかりの男たちがチラチラと見る。旅客車が珍しいのか、それとも乗っているのが女子供だけ、というのが気になるのか。

コニーは魔獣車の裏側へ行き、隠れて白緑鎧を装着した。午前中は人の多い安全な街道を通ってきたが、この先は山林と広大な森を通る。油断は禁物だ。

立ちトカゲに乗った白緑の騎士は、魔獣車を先導して街を出た。

森にさしかかると、賊が魔獣に乗って追いかけてきた。九名ほど。ニコラがドロシーから手綱を受け取り、魔獣車の速度を限界まで上げる。コニーがその後尾につき、中楯の魔法を並べた障壁を地面に沿って作り出す。賊は次々と魔獣の脚をひっかけ転倒。巻き添えにならなかった三名がそれを避けて追ってくる。窓から身を乗り出したアベルが、弓で矢を射掛けて片付けた。

日没とともにベネット村の門が閉まる。その直前に一行は滑り込んだ。

感じのよい女将《おかみ》のいる宿にも泊まることが出来た。昨日からのドタバタでさすがに疲れ切った面々は、食事もそこそこに、ひとつ部屋で眠りにつく。夜番を交替でしなくては、と言っていたアベルとニコラさえも。寝台はふたつ。ひとつに先の二人、もうひとつにドロシーとチビ二人。長椅子をコニーが使うようにと配慮された。

徹夜明けからの長時間に及ぶ御者は、子供の体力では大変だっただろう。賊との追いかけっこもあったし。無防備な彼らを前に、このメンバーで最年長となったコニーは、ひとつの結論を出す。一人で一晩中の見張りは無理だ。鎧の解除はしないでおこう、と。何故なら、迫る危険を小精霊が教えてくれるからだ。防御の楯も秒で打ち出せるし、と。そのまま壁にもたれて目を閉じる。

その夜は何事も起こらず、思いのほかよく眠れた。

☆

霧山の魔女ルアンジュは、魔法の鎖に縛られ御札付きの箱の中にいた。

鎖だけならすぐに壊せた。だが、御札は強力で破れない。しかし、館は魔女の領域だ。

箱の中と外で魔女の力が呼応し、若干ゆるまった封じの隙間から声を響かせるぐらいは出来た。

霧が晴れたせいだろう、折よく館内に忍び込んできた青年二人。若い女の声色で「助けて～」と呼び寄せる。そして、御札を剝がすよう仕向けた。

そいつらをとっ捕まえて売り飛ばす算段をしていると、警邏隊がやってきた。

また面倒な……

幻覚の魔法が解けたことで、館は本来の廃墟に戻っている。されど、食用に捌《さば》いた大量の獣骨を不審に思われたようで――

「徹底的に捜索しろ！」

警邏隊長が強い口調で、部下らに命じる。

「人を違法市に売り飛ばす、邪悪な魔女が関わっていると聞いた。逃がすわけにはいかん！　第三砦にも急ぎ連絡が必要だ！」

――第三砦だって？　〈あの女〉がいる場所じゃないか！

同じ魔女と呼ばれながらも、ルアンジュなど足元にも及ばぬ存在。桁違いの魔力、高度な魔法を操る〈赫《あか》の魔女〉――二年前、〈黒曜市〉で背徳の限りを尽くす男が、〈赫の魔女〉の逆鱗に触れて骨も残さず消されたと聞いた。アレが第三砦にいる――その情報を知った者もすべて抹殺された。ルアンジュは運が良かった。知人の知人から又聞きしただけだったから、存在を気づかれることはなかったのだ。

敵と認識した相手を殲滅するまで追うその執念深さは、狡猾なルアンジュですら恐怖する。自身の悪行が明るみに出れば、地の果てまで追ってくるだろう。あの女は悪徳を決して許さない。この場所を捨て、遠い北山にでも移るか――

もう一つ、気になることがあった。

小娘が縄を切るのに使っていた〈黒蝶〉印の短剣。若者二人も持っていた。

ハルビオン国、王太子の影たる集団の象徴。元王妃による自演の暗殺劇の中で使われた。常より、使い魔の鳥を飛ばして情報収集をしていたため、知っていたことだ。巷《ちまた》では、その短剣の模造品も出回っていたから、本物だとは思わなかったが……。

数日前、消えた王太子を捜索する隊が、王都より旅立ったらしい――との噂もある。

「まさか、あいつらは王太子の捜索隊？　そんなものに手を出したなんて知れたら、城の魔法士軍まで山狩りに来ちまう！　よし、逃げよう！　引っ越しだ！　研究室の中身だけでも持ち出さねば」

ひとまず、警邏隊を追い出して、息子の霧で館を隔離しなくては。

御札を剝がしても、息子は壺から出てこない。きっと小娘の心無い言葉に傷ついているのだ。

女は慰めた。

「気にするんじゃないよ。この母がいなくちゃ生きていけないのは、当然なんだ」

「――当然、違ウ」

「え」

「――旅ニ出タイ」

「何だって？」

「旅ニ出テ、世界ヲ見テミタイ」

「化け物だと罵られてもいいって言うのかい⁉」

「自分ノ生キ方ヲ……見ツケタイヨ。母サマニ頼ラズ」

遅くに出来た子だった。宝物だった。身体が液状化して夫は気味悪がり、家の恥だと追い出された。息子が頼れるのは自分だけ。この二十年間、人目を恐れて、決して家から出ようとはしなかったのに……

「ダカラ、母サマ。オレノ真名《まな》ヲ、返シテ」

異形となったあの日から、息子の存在を支配する真の名がある。彼を守るためにもルアンジュが預かっていた。

息子が自立しようとしている。絶対無理だと思っていたのに、こんな日が来るなんて……！

「本気なんだね……？」

戸惑いと寂しさと不安、それらと同時に嬉しさがこみあげた。

四章　災い転じて結束を固める

1　追いかける者たちのエゴと願い

五月三十日

午前四時半。薄青の世界がまぶしい朝焼けに変わる中、コニーたちはベネット村を出発した。

魔獣車の御者はニコラ、その隣にドロシーが座る。

車内では少年アベルと幼児のコーンとチコリが、懐中時計を食い入るように見つめていた。鎧姿のコニーは魔獣に乗って先導しつつ、気になるので時々後ろを振り返る。

「あと三十分……」

五時になり、五分過ぎ十分過ぎ……三時間過ぎても彼らの姿が大人に戻ることはなかった。

「だあああっ、なんでだあああ!?」

「まじょのうそつきーっ！」

「……一日とは二十四時間のことではないのか……!?」

小休憩のために停めた魔獣車の中。騒ぐ幼児らとは反対に、がっくりと両手を膝について項垂れるアベル。

「もう少し様子を見ましょう。持続性がないのは間違いないのですから」

上官の可愛いつむじを見ながら、コニーは慰める。アベルも小さく頷いて気持ちを切り替えた。

「今日も、移動に十時間以上を費やす。休憩も最小限となるが、不調のある者はいないか？」

彼は一人一人の体調を確認してゆく。皆、昨晩はしっかり睡眠を取れたので体力も回復していた。

「コニーは？」

「はい。万全ですよ」

「本当に？　体の節々が痛くはないか？」

コニーが鎧を着たまま朝を迎えたと知り、罪悪感があるようだ。朝一で、寝落ちしたことを謝ってきた。小精霊が警告を発することもなかったので、いつもよりよく眠れたのだが。

「全然平気ですよ。この鎧、着心地が快適なんです」

と言っても信じられないのか「今夜は俺とニコラが夜番するから、貴女はしっかり休むように」と言われてしまった。

地図を広げたアベルが、次の目的地を決める。

「今夜はチェルシー湖で夜営だ。日没までには到着するように進めよう」

午後三時。まだ、ちびっ子三名に変化は見られず。

森の近くで三十分ほど休憩を取る。魔獣車が停まると、元気よく外へ飛び出してゆくコーンとチコリ。子守りのドロシーが慌てて追いかける。コニーは籠を手に森の中へと入った。

朝食は、宿の女将が持たせてくれたお弁当を美味しくいただいた。拳大のジューシーな肉団子が詰まった丸いパンと、ミニキュウリのピクルス。『お姉ちゃん、若いのに大変だねぇ』と、子供たちを率いての旅に同情されたようで。あんなに朝早くに用意してくれるなんて感謝しかない。

昼食は、昨日買っておいたライ麦パンをスライスして、苺の蜂蜜漬けをかけて食べた。シンプルだが皆に好評だった。夕食は手作りになるので、今の内に食材の採取を――

草の間に不気味な茸を見つけた。でこぼこ網模様の傘をもつアミガサ茸だ。形はアレだが、王都では乾燥させたものが高級食材として売られている。嬉しくなっていそいそと摘む。それを見ていたコーンが恐ろしげに言った。

「わらいろ、そいつはドクだ……！」

「美味しい茸ですよ」

あっちには、鮮やかな黄緑の群生がある。ひょろっとした細長い茎に緑の穂。野生のアスパラだ。ポキポキと折って摘み籠に入れる。背後に来たチコリが青褪めて言った。

「おれたちがジャマだから、コロスきか……！」

「とんだ嫌疑をふっかけてきますね」

何事も後ろ向きな青年だと思ってはいたが、幼少期からか。

そういえば、とコニーは思い出す。

「あなたたち……いつぞやの夜営の時、スープの具の野菜を全部残していましたね」

そう、コニーが食事作りを担当した時に。いい大人が好き嫌いして、と呆れたものだ。

「きのこ、ブニブニきもちわりぃ～　ニクがいい！」

「くさ、いらない！　パンがいい！」

二人は頬を膨らませて、突き出した小さな両手を振る。

「一つ二つならともかく、野菜がすべて苦手というのは何故です？」

不思議に思い尋ねると、二人は孤児で道端の雑草を食べていたらしく、よくお腹を壊していたのだとか。つまり食わず嫌いか。

「茸や山菜には食用と毒性のものがあります。食べられるものを教えますから、自分の食い扶持分ぐらいは採ってきてください」

「だーかーらー、いーらーなあああいっ」

短い足で地団太を踏み、キンキン声で反抗する。

冑のヴァイザーを上げて、コニーは冷ややかに微笑んだ。

「怠け者にはパンも肉もありませんよ？　まずは、この茸と山菜。同じものを採ってきて」

「わらいろー、ようしゃない……」

「生では食べられませんから、ふざけて口に入れないように！」

二人は仕方なく見本を受け取り、短い足でぽてぽてと森の中を探しに行く。

――彼らを躾し直すよい機会かも知れませんね。

ドロシーもチビたちと一緒に茸摘みをはじめた。アベルとニコラは川からバケツで水を運び、魔獣たちに飲ませている。

〈先行隊〉はコニーを含めて七名。隊長アベル、ニコラ、梟、スノウ、コーン、チコリ。王太子を救出する要《かなめ》の精鋭隊だ。ここで三人も失うわけにはいかない。

ネモフィラのせいで〈黒蝶〉は大幅に減った。五名が殺害され、一名が除隊、捕まった揚羽隊長も含めて三名が生死不明……これでコーンとチコリがいなくなったら〈黒蝶〉はたったの三名しか残らない。尊敬すべき上官はもちろんのこと――

彼らが大人に戻るまで、わたしが最大限のフォローをしなくては！

ガラガラガラガラ……

幌付魔獣車がやってくる。牽《ひ》いているのは背中に小さな翼をつけた牛の魔獣。麦わら帽子のおじさんが手綱をとる。森の前を通り過ぎる直前に、荷台から人が飛び下りてきた。

――ゴシップ記者だ！

コニーはサッとヴァイザーを下ろすと、回れ右で森の奥へと走る。後ろから追いかけてくる声。

「ちょっと待ってよ、そこのキミィ～！」

最初は、顔バレ防止のために鎧装着はよい考えだと思ったが、ソーニャの町で派手に動いたことで人目を引いてしまった。目をつけられるだろうな、と思ってはいたが……ここまで追ってくるとは思わなかった。

緑の中、木漏れ日に白緑鎧が反射する。悪目立ち。飛んで逃げるか？　だが、今度はアベルたちに絡むだろう。そう思い足を止めた。

彼は結んだ前髪を揺らしながら話しかけてくる。

「なぁ、キミだろ？　黒の悪魔憑きとやりあったスゲェ騎士って！　取材させてくれるかな？　あ、オレは〈うたかた羊新聞〉の記者で、ダフィ・エル・ブランドン」

コニーは近寄らせないよう右手でストップをかけ、首を横に振って取材拒否。しかし、そんなことはお構いなしと、彼は詰め寄る。

「まず、名前は？　ずいぶん小柄だけど何歳？　出身地は？　あぁ、それと……〈先行隊〉の黒覆面たちと一緒にいたけど、キミも彼らの仲間ってことでいい？」

ブンブンと首を横に振り、拒絶アンド否定。

見た目だけなら爽やかな好青年なのに――人のことを根掘り葉掘りする様は、まさにハイエナ。

「ん～、口が固いなぁ……よく考えてみなよ！　キミの行動はまさに救世主！　悪徳金貸し屋を捕まえ、城の魔法士ですら手が出せない恐ろしい高位の悪魔憑きを退けた！　これは全世界から称賛されるべき偉業だよ！　そのためにも、新聞で人々に知らせるべきで――」

金貸し頭領を捕まえたのは自分だが、あの一味を壊滅させたのは〈黒蝶〉と第三砦の騎士、そして、戻ってきたアベルたちの協力あってこそ。それに、何色だろうが悪魔憑きを追い払ったぐらいで偉業になるわけがない。必ずやつはリターンしてくるのだから。

大仰なゴマすりに白々とした視線を送るも、気づいてないようで……

「ソーニャじゃ、遠目でうまく写真撮れなかったからさぁ、ちょっと撮らせて！」

その要求にもコニーは両腕を交差させ、バツを示す。

「何でダメ？　顔出しマズイの？　冑つけてるんだからさ、別にイイっしょ～」

と軽いノリで言いながら、筒がついた銀色の小箱──〈写真機〉を両手に構えて迫ってくる。

コニーはジリ、と後ずさった。筒の先で小さな光の魔法陣が発生した。

パシャッ、パシャッ、パシャッ！　と軽妙な連続音。こちらの姿を記録した音か。

あれはハルビオン国では滅多にない珍しい魔道具だ。貴族しか手に出来ないような超高額品。壊したら損害賠償を請求されそう、と思ったが──

でも、正体バレなきゃ請求しようがありませんよね？

話題となる白緑の騎士を撮れて大満足なのだろう、ホクホク顔のダフィ。さらに彼は冑越しに覗き込んできた。その目にはギラギラと野心が光る。

「誰にも言わないからさぁ、ちょっとだけ！　素顔を拝ませてくれないかなぁ？」

──調子に乗り過ぎです。

コニーは光の速さで〈写真機〉を奪い、両手でギュッと潰して丸めるとその鉄屑を投げ捨てた。

「えええええええぇ!?　ちょっ、何す──」

抗議するダフィの背後を取り、彼が背負う荷物を掴むとそのままぐるっと一回転。ダフィごと空へとぶん投げた。頭上の緑を突き抜け、真昼の星となって彼は消えた。蹴らなかったのは、義兄の親族であることへの配慮だ。感謝しろ。

ドロシーたちのもとに戻ってゆくと、何やら様子がおかしい。

「どうしました？」

「コーンがいないよ！」

「ちょっと目を離した隙に見えなくなって」

チコリが泣きそうな声で訴え、ドロシーはおろおろしながら探し回る。

アベルたちのいる魔獣車へ行ったのではと、コニーたちは向かう。

「ここには来ていないが……」

車内に乗ってないか確認するもいない。ニコラが、ハッとしたように言った。

「まさか、川に行ったのでは……!?」

全員で川の岸辺を探すと、そのまさかだった。川中から突き出した岩に、必死にしがみついている黄髪の幼児。すぐさま飛び込もうとするアベルの腕を、コニーは摑んだ。

「川の流れが速すぎます、わたしが行きます！」

「だが、鎧では……！」

「小精霊様、鎧を解除して！　メガネと双刀は預かって！」

女中のお仕着せに戻ったコニーは、水に飛び込んだ。足がつかない、けっこう深い！

川を横切るようにして泳ぎ、何とかコーンのいる岩へ。左手で小さな体を引き寄せる。川底の藻が足に絡まった。右手で岩を摑んでいるので、脚のベルトに装着した短剣を抜くことが出来ない。

脚力だけで藻を千切ろうとしていると——突如、噴き上げた水によって、コニーたちの体は空中に押し上げられた。そのまま川べりの茂みへと落下する。

何が起きたか分からず、しばし呆然としていると——光の玉が過《よ》ぎり、膝上にメガネが現れた。小精霊が返してくれたらしい。それで、はっと我に返った。

コーンに怪我がないかと確かめる。彼は魚を取ろうとして足を滑らせ、川に落ちたのだという。駆けつけたアベルたちにも心配された。

——それにしても、さっきの噴水は一体……

コニーは近くにある水溜まりを見つめた。風もないのに広がる波紋。そこから、十センチほどの水で出来た人型が這い出してきた。

魔女の家にいた液体男？　魔道具の〈鎖〉と〈御札〉の二重封じを解いたとは、侮《あなど》れない魔女です。状況的にも、彼が助けてくれたのでしょうか……？

どんな思惑があってか分からない。とりあえず声をかけてみた。

「何しに来たのですか？」

「マズ、謝ル。母ト、オレノシタ事」

思いがけない言葉に「え？」と目を見開く。水の小人は両手を胸にあて、深々と腰を曲げた。

「オ詫ビ。ゴメン。申シ訳ナイ」

顔がないのに、どこから声を出しているのか不思議だ。彼は追ってきた理由をしゃべり始めた。

「母ヲ犯罪者ニシテイル、ト言ワレテ、目ガ醒メタ」「コレカラハ、自分ノ力デ、生キタイ」「シカシ、山ヲ下リタ事ハ、一度モナク、ドウスレバイイカ、分カラナイ」「オ詫ビモ兼ネテ、オ手伝イスル。世間ノコト、勉強シタイ。一行ニ、加エテホシイ」

王太子の救出隊ということも知っているようだ。

「そうは言われても……それが、魔女の腹いせの罠とも限らないですし」

びしょ濡れのワンピースの裾を絞りながら、コニーは懸念を口にする。

「母サマハ、ソンナ事シナイ！　襲ッタノハ、下心アル者、イタカラ！」

コーンとチコリが魔女の入った浴室を覗こうとしたり、ドロシーが邸で金目のものがないか探っていたことを話す。

「何やってるんですか……」

「ぎそーおっぱいにだまされた！」

「おれはっ、こーんをとめようとした！」

「姉御、誤解ですっ！　トイレ出たら怪しい部屋に出て！　出口を探ってただけで……誓って、悪い事はしてません！」

各々が慌てて弁明する。

「同行、オ願イ！　白緑鎧ノ人！」

「姉御に絡むな！　図々しい！　あと、あたしに謝れ！」

あらぬ嫌疑をかけられたドロシーが憤慨のあまり、素に戻って罵倒する。

「ナンデ？　本当ノ事言ッタ」

「本当じゃねーよ！　水溜まりのくせに人を盗人呼ばわりすんな！」

チコリとコーンも魔女に関していい思い出はなく「「どうこーは、ない」」と言い、コニーとニコラは、アベルに視線を向けて判断を仰ぐ。彼は水の小人にきっぱりと告げた。

「同行は断る」

☆

――コニーには負担を強いている。

この二日間に起きたことを思い返して、アベルは溜息をついた。

子供だけが乗る魔獣車は、倫理観のない連中にとって格好の的だった。移動中は、単騎で動きやすいコニーに護衛を背負わせる形となり、アベルが出来たのは弓矢による援護射撃だけ。山野での賊による襲撃は三回。

憑物士からの襲撃がなかったことは、幸いだったともいえる。

川にコーンが落ちた時もそうだ。とっさに助けようとして彼女に止められたが――同時に思い出した。十歳の頃は泳ぎが不得手だったことを。後に克服したものの、現時点でまともに泳げるかは分からず――躊躇している間に彼女が川に飛び込んだ。

危機意識の高い彼女は、夜間もすぐ動けるようにと甲冑を着こんだまま寝ていた。

今、アベルは森の中にいる。夕食に使う獲物を狩りに来たが、なかなか捕まらない。

筋肉のない細い腕。魔獣槍も体に合わせてサイズダウン、威力も大人の時ほどは出ない。

やっと仕留めたのは、兎《うさぎ》二匹だけ。また溜息がこぼれる。

――せめて、彼女にはお腹一杯食べてもらいたかったのに……

だが、もう夜営地に戻らなくては。日が暮れ始めている。

☆

チェルシー湖に到着した〈先行隊〉。落陽までは、まだ一時間以上ある。

魔道具の杭を用いて、ニコラが夜営地に結界を張ってくれた。起動に〈精霊言語〉を必要とするが、ある程度は習得しているのだという。若いのに優秀な従者だ。アベルは狩りをしてくると言って、近くの森へと出かけた。ドロシーは薪拾いへ。

コニーは幼児二人に手伝わせ、夕食の準備にとりかかる。鎧姿であるが、支障はない。

手元にある食材は、道中の農家で買った芋、春キャベツ、赤玉ねぎ。採取した野生アスパラに茸。

アベル様がお肉を調達してくれるなら、豪華になりますね。

でこぼこ網模様の不気味な茸を手に取り、コーンたちに説明した。

「実はこれ、毒があります」

「「やっぱり！」」

「ですが、しっかり火を通せば食べられます。採取した人が切ってください」

小ナイフを持たせて傍について指導する。それが済んだら野生アスパラを五センチ程に折ったり、春キャベツを食べやすい大きさにむしってもらう。

コニーが高速で芋と赤玉ねぎのカットをしていると、薪を抱えたドロシーが足早に戻って来た。

結界のすぐ外に、いつの間にか不自然な水溜まりがあるという。水の異形がついて来たらしい。

半異形も結界内に入ることは出来ないので放っておくように、と伝える。

夕陽が湖面を染める頃、アベルが兎を二匹狩ってきてくれた。

「小物しか獲れなかった」

しょんぼり気味に言う彼に、コニーは笑顔でそれを受け取った。

「助かります。早速、夕食に使わせてもらいますね」

慣れた手つきで素早く肉を捌き、一口大にカット。アスパラ以外の食材を鍋に入れる。水と塩、乾燥ハーブを少し加える。焚火の上に鍋を吊るして蓋をする。コトコト煮込んでいる内に辺りはすっかり暗くなった。焚火が闇を照らす。具材に火が通ったら、再度の塩と粗挽き胡椒《こしょう》で味を調える。

最後に細めのアスパラを入れて緑が鮮やかになったら完成！

「出来ました、兎の塩ポトフです」

器に盛って皆に配る。春野菜に新鮮な兎肉、旅の道中なのに贅沢。

チコリとコーンを見ると、頬をいっぱいにして笑顔で食べている。

「「けっこう、うまいっ」」

やはり、自分が手掛けたものは美味しく感じるのだろう。

「姉御は料理の天才です！」

「ほっぺが落ちそうです。ねっ、アベル様」

ドロシーがべた褒めし、ニコラが隣に座るアベルにも意見を求めた。

「あぁ、本当に美味しいな」

さっきまで元気のなかったアベルも、頬を緩めて頷く。満足してもらえたようでよかった。

食事が済んだあとは、魔獣車内で眠ることになった。

夜の見張りはアベルが出ている。あとで交替すると言っていたニコラは、車内で仮眠中。今夜は免除されたコニーだが、やはりフォローすべきと鎧は装着したままだ。

これなら、何かあっても小精霊が警告を……

〔あれは戦力として役に立つ〕

うとうとしていると、落ち着いた少年の声がした。ばっと起き上がる。

〔半端者だが、水の精霊の力を持ってる〕

警告、ではない？

まだ寝ぼけた頭で、言葉の意味を考える。半端な精霊とは――

「えっと……子供のフリをするオッサンにはちょっと抵抗がありまして……」

〔精霊の寿命は人より長く、精神発達も遅い。六十年未満ならまだ若年。母親の悪影響による歪みもあるが、自身の意志で離れたことにより矯正可能。先祖返りならば、元々の性質は穏やか〕

……あのクレクレは強欲な魔女の影響、だと？

〔真名を預かり主従契約を結べば、味方に害を及ぼすこともない。この契約において、魔力を求められるが――鎧に宿る魔力で補うことは可能〕

ん？

コニーは小首をかしげる。

「それって、わたしが契約をするのが前提……の話ですか？」

〈対人外戦には、こちらの手札を増やすべき。ぜひ検討を〉

どうやら、同じ精霊として使えるのだと助言したかったらしい。

普段、余計なことは一切言わない〈鎧の管理者〉。その彼が、こうも熱心に口出しするとは……もしやの逸材？　しかし、〈先行隊〉に加えるなら一人で決めるわけにはいかない。

2　その企みは阻止される

五月三十一日

今朝も、日の出前に起きた。でないと、一日に進むべき行程を消化できないからだ。

子供化した三名に変化は見られず。皆が集まったところで、コニーは小精霊からの話を伝えた。

黙って聞いていたアベルは眉間にしわを寄せ、可愛い顔を険しくしている。それでも、国の守護精霊が遣わした眷属の助言なので、無下にすることはなく——

「何が出来るか聞いてから、受け入れの判断をしよう」

夜営地の結界を解くと、水溜まりが地面を滑りながら近づいてきた。アベルが先の問いを投げかけると、水溜まりから出てきた小人は、声を弾ませて猛アピール。

「水ヲ介シテ、敵ノ偵察、デキマス！　敵ヲ水ニ引キ込ンデ、始末モ！」

間者レベルの技能があるという。さらには、局地的な雨や霧を発生させたり、川を逆流させたり、水を操ることならいろいろ出来るのだという。

「白緑鎧ノ人ニ、主従ノ契約ヲ、求ム！」

本日も鎧を着けっぱなしのコニーに、懇願してきた。両腕を組んだアベルが、冷ややかな眼差しでそれを一蹴。

「成人過ぎの男を女性の傍につけるわけにはいかない」

どうやら、コニーにつけるのは最初から反対のようだ。水の小人から「エ？」と疑問の声。

「白緑鎧ノ、精霊様ハ？」

「お前は元人間だろうが。女性への配慮も忘れたのか？　他の者にしろ」

男性陣を顎で示す。菫の双眸に只ならぬ威圧が宿る。彼はたじたじとしながらも、「ハイ」と応えた。しかし、すぐに困惑の声で呟く。

「魔力ナイ……ダメ……」

アベル、ニコラ、チコリ、コーンに魔力はないので、当然そうなる。もちろん、契約をしなくても、彼は自身の魔力だけでも魔法を揮《ふる》えるだろう。召喚された精霊とは違うのだから、そもそも契約の必要はないはず。だが、こちらとしては信用のない相手を〈先行隊〉に入れるわけにいかない。

だから、足枷となる契約が必要となるわけで……

コニーは妥協点を考えた。いきなり仲間に加えるのでなく――

「期間を限定する、というのはどうです？　試しに三日間ほど。実際、彼がどれほどの戦力になるか分からないし。見極めのためにも、わたしが契約しましょう」

「三日も……」

唸るようにつぶやくアベル。心配は有り難いが、コニーとしては使えるものなら使いたい。

「今日中には次の町に着きます。ドロシーが去れば、幼児組の危機管理も難しくなりますから」

その言葉にアベルは渋々承諾した。水の小人は両手を上げてキラキラと輝きを放ち、嬉しそうに小躍りしている。睨みつけるドロシーの視線も何のその。

「ドウゾ、コチラへ、白緑鎧ノ人！」

近づくコニーに、水の小人が契約の言葉を紡ぎはじめる。シュルリ、地面から水が噴き上がり、コニーを取り巻いて螺旋《らせん》のように旋回する。

「――我ガ忠実ナル、従ノ証ヲ、受ケ取リタマヘ」

水の流れが白く光り始める。コニーの右籠手を、がしっと摑む手があった。一気に体を後ろに引かれる。水螺旋の内側に飛び込むドロシーと、立ち位置が変わった。

ドロシーの額に光の陣が弾ける。アクアマリンに輝く睡蓮の紋様が刻まれて――

バシャン！

水が重力で地面に落ちて飛び散った。しんと辺りは静まり返る。

「ごめんなさい、姉御！　ぐるぐる回る水を見てたら気分悪くなっちゃって、うっかり突っ込んでしまいましたー」

瞳をうるうるさせながら、ドロシーが謝ってくる。コニーは状況を確認した。

「これは、ドロシーが契約者になった、ということですか？」

「……取リ消シ方、分カラナイ……」

呆然とする水の小人が四肢をつき、項垂れている。

しかし、契約が可能ということは、ドロシーに魔力があったということになる。

本人は魔力の有無は分からない、と言っていたから、契約者になるつもりはなくて――ただ、わたしとの契約を中断させたくて〈わざと〉飛び込んだのでしょうね。

そう思いつつ、コニーはドロシーに釘を刺した。

「次の町での予定は変わりませんよ？」

「えぇ、ほんとに残念です……あたしと一緒のこいつとも、お別れですね」

「……そうなりますね」

「女性……配慮、ドウナル？」

目鼻すらない顔を上げ、恐る恐る尋ねてくる水の小人。ドロシーがにっこり笑って答えた。

「あたしまだ、子供なんで。配慮は要《い》らないから！」

結局、三日過ぎるまでそのまま放置、という事になった。アベルはコニーに尋ねる。

「では、この件についてはもういいだろうか？」

「どうしようもないので、もういいです」

その後、魔獣車の御者台にアベルが座り、ニコラが幼児たちを乗せる。ドロシーは革の水筒に水小人を詰めてから乗り込んだ。ニコラが思い出したように、彼女に言った。

「ドロシーさん、これを……町の門にある結界で異形は弾かれますから」

親切心から、水筒の蓋に魔除け札を貼りつける。

「そうなん……ですね。ありがとうございます」

彼女は頰を引きつらせつつ礼を述べた。

その様子を見ながら、コニーはふと思った。小精霊が推す相手ではあったが、縁があったのはドロシーの方かも知れない、と。水筒を睨みつけているので、すぐ捨ててしまいそうな予感はするけれど。

「それでは、出発しますよー」

立ちトカゲを駆って魔獣車を先導しながら、コニーは次の町を目指した。


午後六時の鐘が鳴る。

コニーたちがやってきたのは、木工職人の街ぺぺ。芸術性の高い家具や時計を作る工房が多い。

街門を抜けると、木材を運ぶ荷車があちこちにあるせいか、木の香りがする。

黒ずくめの覆面男が近づいてきた。すらりとした細身と姿勢のよさから、梟だと分かる。向こうもコニーの白緑鎧に気づいたらしい。

彼から、この街に〈後続大隊〉がいると聞いた。追いつけたのはよかったが、アベルたちの変貌をバレないようにしなくてはいけない。〈先行隊〉が役目を果たせないと判断されては困る。

梟は後ろの魔獣車に目を留めた。御者台で手綱を握るニコラと、その隣に座る従者風の黒髪少年。車内の窓から手を振る平民らしき幼児二人と、痩せた少女。

「クロッツェ隊長、どこにいる？」

そう尋ねながらも、黒髪の少年が気になる様子。

「詳しい話はあとで。宿は取ってます？」

梟の案内で宿屋へと向かう。その途中、コニーは屋台の匂いに釣られて暴走するコーンを捕まえ、小脇に抱えて行く。子供だらけの来訪に、宿で待機していた青年スノウも困惑を隠せない。

「藁色、こんな時にベビーシッターか……？」

「違いますから」

「遅くなってすまない。俺から二人に話そう」

アベルが霧山での遭難から、自身を含めチコリとコーンが幼くなった経緯を話した。

「もともと持続性のない薬効ということだが、思った以上に長引いている」

滅多に感情を表に出さない梟とスノウも、目を瞠り動揺から言葉が出てこない様子。そんな彼らにアベルは言った。

「心配しなくても俺は戦える」

責任を果たそうとする姿勢は素晴らしい。だが、魔獣槍が彼に合わせて縮んでいることや、体力が子供並みであることを考えると——

不安しかないですね。すでにこの状態が三日続いてますし……

「アシンドラに着くぎりぎりまで、待つしかないな……」

溜息混じりにつぶやくスノウ。彼の言う通りである。

ドロシーについては、宿で一泊してのち、明日の出発時に別れることになった。彼女もそれについては承諾してくれた。

精霊の先祖返りだというアレについても、戦力になると小精霊は言ったが、元引きこもりの彼が戦場でうまく立ち回れるとは思えない。人生の悪路から抜け出したという点では、ドロシーとも似た者同士。契約終了までの残り二日、うまく乗り切ってもらいたいのだが――

彼女の体に紐で斜め掛けされた革水筒、その蓋には御札が貼られたままだ。

「ドロシー、たまには彼に社会見学をさせてあげては？」

「時々出してあげてますよ。でも、粗相をするから戻したんです」

「粗相？」

「心配しないでください。姉御のお手は煩わせないし、ご迷惑はかけません！　ええ、絶対に！」

この短期間で、丁寧な物言いが板についてきた。元々、物覚えのよい子なのだろう。自分やニコラの話し方を真似ている気がする――それはともかく、その笑みと前のめりな発言に違和感。

「何か困ったことがあるなら……」

「いえいえ大丈夫です！　あっ、ご飯は部屋で食べますよね？　皆さんの分ももらってきます！」

ニコラに声をかけて、一緒に部屋を出て行ってしまった。

陽が落ちると、宿の屋根に上って見張りをする。

鎧では目立つので、いつものお仕着せと、薄手の黒いストールで頭部をくるりと巻いて目だけ出し、黒マントを羽織った。闇に紛れて屋根から屋根へと跳んで移動。宿の周辺を警戒する。

——ネモフィラの襲撃があったのは四日前。あれ以来、憑物士の襲撃はない。次に会うのはきっと、アシンドラ。あと一日ほどで辿り着く。

今、警戒をしているのは人間の方だ。〈後続大隊〉が泊まる宿には、スノウが偵察に行っている。この街でギュンター隊の姿を見ない、というのも引っかかる。

深夜、梟が見張りの交替に来てくれた。

「異状なしです」

そう言って屋根から下りようとした時、ちかりと小さな光が視界に入る。

足下に矢が飛んできた。警笛を吹き鳴らして敵襲を知らせる。腕輪の石の点滅が止まらない。

梟とともに射手を追いかける。いくつもの屋根を跳んで下りた先の路地裏で、剣を抜く男たちに囲まれた。頭には逆さにした麻袋を被り、目の部分だけくり抜いている。即席のザツな覆面。この奇襲も急な思いつきなんだろう。

「狙いは〈先行隊〉ですね」

どの辺で宿バレしたのか？　梟かスノウがマークされていたのか、それとも、見張りに立ったことで偶然？

「ギュンターがいる」

袋被りどもの後ろで、一人だけ道化の仮面をつけてるやつがいた。後方へなびく特徴的なヤマアラシのような髪。何故、バレないと思うのか？

梟と同時に動いたコニーが、敵の目を引きつけるように双刀で斬りつけ、蹴りつけ、殺さない程度に派手に暴れる。梟は敵を最小限の動きで蹴散らしながらロブに辿り着き、あっという間に捕まえた。引き倒した拍子に弾け飛んだ道化の仮面が、カランと地面をはねる。ロブの背中を踏みつけ、その首に剣を当て――

「下がれ！　武器を捨てろ！」

梟は袋被りらを牽制し、武器を捨てさせた。コニーは彼のもとに素早く移動。

「見えなくなるまで、下がれ」

挙動不審な男を見つけたコニーはさっと屈み、ロブの髪を掴んで一房刈り取った。

「次、妙な動きすれば、首を刈る」

梟がさらに脅しをかける。男たちは建物の曲がり角まで下がってゆき、視界から消えた。

コニーは手持ちの細縄で、ロブを後ろ手に縛る。結構な距離を誘導された。嫌な予感がする、早く、宿に戻らなければ――手の合図で撤退を梟に促す。彼は頷くと、やつの首から剣を引いた。

「ククク……」

いきなり肩を揺らして嗤いはじめるロブ。拘束されたまま半身を起こすと、人を馬鹿にしたような顔でピアス付きの舌を出す。

「ざぁ～んねんだなぁ！　どうせ、戻ったところでテメーらの隊はもうねぇぞ？」

がしっ！　コニーはロブの背後から襟首を掴んだ。

「何しやが――――ああああああああ⁉」

ロブの間抜けな顔がぶれる。コニーはそのまま飛ぶように駆けた。ロブの悲鳴か罵声か、よく分からない叫びが路地裏に響く。アパートの外階段を三階まで駆け上った。梟も遅れずついてくる。

暗い夜空を染める赤い炎が見えた。梟が叫ぶ。

「十時の方向、射手！」

四階の屋根から狙ってくる射手に向け、コニーはロブを豪速でぶん投げてヒットさせた。

そして、近くの屋根へ跳び移り、屋根伝いにコニーたちは駆ける。必死に追いかけてくる男たちを撒いて、宿の近辺まで辿り着いた。しかし、通りは人々で埋まりなかなか進めない。宿は猛火に包まれていた。

「すみません、通して！」

必死に人混みをかき分けて進んでいると、呼び止められる。

「コニー！」

振り向くとチコリを抱えたアベルがいた。彼はホッとした表情で駆け寄ってくる。コニーも安堵の笑みを浮かべた。

「アベル様、よかった、皆も……！」

傍にはニコラとドロシー、スノウがいた。怪我をしてる様子もなく……って、一人足りない⁉

「また、あのチビ駄犬ですかっ！」

宿に突入しようとするコニーを、アベルが手を摑んで引き留める。

「待ってくれ、救助は入っている！」

それから、火災が起きた時のことを手短に話してくれた。

部屋は三つ取っていたが、子供組の安全のためにも、結界魔道具を作動させた一室に全員がまとまっていた。警笛に気づいたアベルが、皆を叩き起こした直後――廊下で数度にわたる爆発音。火の海になった廊下を、例の水の異形が消火しながら進み、逃げ遅れた宿泊客を拾いながら外へと脱出したのだという。その時いなくなったコーンに気づいて、彼が探しに戻ったと。

二階の窓からゴオッと火が噴き出す。黒い煙を吐き出す入口から、小さな男の子が転がるように飛び出してきた。コーンだ。震えながらも興奮した様子で言った。

「トイレからでたら、ひのうみで、マジびびった！」

ドロシーが真っ青な顔でつぶやく。

「どうしよう出てこない……あたしが、アスに火を消せって命令したから……」

「アス？　あの水の異形の名ですか？」

彼女はこくんと頷く。小一時間ほどして、ようやく火が収まってゆく。

宿に踏み込むと、蠢《うごめ》く大きな水の壁が火を包み消しているところだった。消火を終えると、しゅるしゅると十センチまで縮んで顔のない水の小人になり、四肢を黒ずんだ床につけてふるえた。

「フゥ……コンナ大火、消シタコトナイヨ。疲レタ、休ミタイ……」

ドロシーが水筒を差し出すと、ちゃぽんと音を立てて中に入った。

宿内を調べたところ、厨房裏口の鍵が開いていた。特に損壊がひどいのは一階から二階への階段と、〈先行隊〉が借りた二階の部屋前。誰かが故意に火の通り道を作ったようだ。

コーンがトイレに行く時見たという、廊下端に沿ってたまった大量の木屑。不自然なそれは、火災の火種を隠していたのだろう。魔道具的な小型の爆発物と思われる。

「照明弾ではないか？」

スノウが推測した。通常は空に投げて使用するものだが、高熱の光を発するため木屑ならすぐに引火する。木造の宿なら火災の広がりも速い。

「あれって、作動から四秒で爆発するものですよね？」

コニーの問いに、スノウは羽毛みたいな新雪色の髪を揺らした。少し、煤《すす》がついている。

「そうだが……魔道具に少し詳しければ、時間設定ぐらいはいじれる」

ごく短時間で仕掛けたと思われる。外部侵入なら裏口の鍵を壊すはずだから、犯人は宿泊客にまぎれていたということか。

手分けをして、発火原因となった魔道具の残骸を探した。金属が使われていると聞いたアスが、再度、水筒から出ると一気に膨張し、大きな水クラゲとなって燃えカスの中を波打ちながら這い回り、十分ほどで見つけてきた。

「思った以上に役に立ちますね」

コニーの賛辞を聞いた水クラゲが、嬉しそうに小躍りしている。

ロブとギュンター隊。奴らの悪事をこのままにはしておけない。しかし、〈後続大隊〉に乗り込んで暴露したくとも、リスクは冒せない。縮んだアベルらに、視線が集まるような真似は出来ないからだ。

襲撃の物証は二つ手に入れた。発火元の魔道具らしき金属片は、専門的な検証を必要とするため時間がかかる。コニーが刈り取った〈ロブの髪〉だけでは、他人の物だと言い逃れするだろう。

現時点での捕縛は無理ということになる。

それなら、とアベルは言った。

「〈後続大隊〉からギュンター隊を締め出そう」

☆

その後、梟とスノウがいつもの覆面スタイルで、〈後続大隊〉のいる宿に出向いた。

〈緊急要件〉だと告げ、六名の隊長に集まってもらう。見張りの〈黒蝶〉がロブたちに襲撃され、そのあと宿で爆発と火災が起きたことを伝えた。

「クロッツェ隊長のいた部屋も、跡形なく全焼した」

愕然とした顔で、隊長らが言葉を吐く。

「まさか……！」

「クロッツェ殿が⁉」

「それは本当なのか⁉」

オルゾイ侯爵が、己の髭をなでながら重々しい口調で言った。

「なんと気の毒な〈事故〉だ。しかし、〈黒蝶〉が襲撃された件については、まこと、ギュンター隊の仕業であろうか？　甚《はなは》だ疑わしいところだ」

「侯爵殿？　彼らは襲撃者の中にロブ殿を見たと言いましたが……？」

ひとりの隊長がそう言うと、老侯爵はフンと鼻先で嗤った。

「クロッツェ殿は何かとロブ殿を敵視し、邪魔しておった！　あの成り上がりを囲む〈黒蝶〉とて、信用に値せん！」

五名の隊長が目を瞠って彼を見る。〈後続大隊〉を敵の罠に突撃させ、味方を激減させたのはロブなのに。それを止めたクロッツェを未だなじるとは――

「えっ、逆じゃないか！」

思わず、彼らの気持ちを代弁したのは少年騎士フェリクスだった。彼はロブに疎まれギュンター隊を追い出されたが、今では救助活動を共に行ったレオニール隊に身を寄せている。

老侯爵はギロリと睨みつけてきた。

「情けない！　ロブ殿の身内が彼を信じぬとは！　だから放逐《ほうちく》されるのだ！　恥を知れ！　貴公らもだ！　近領地の騎士であるならば、もっとロブ殿を敬い後押しせぬか！　それに――」

ぎゃんぎゃん騒ぎ始める老害に、黙り込む隊長たち。貴族である彼らは爵位による序列に弱い。

この場では、公爵家ギュンターが一番上で、次に侯爵家オルゾイ。国王に絶対の信頼を寄せられているクロッツェがいないと、彼らは強気に出ることも難しい。

睨まれたくないのが本音だが――このままでは二家の無茶ぶりで、敵地に着く前に己の隊が壊滅してしまう。そんな不安と恐怖が常にある。

フェリクスも黙ったものの、その瞳には反抗的な色が浮かぶ。

好きなだけ喚き散らした爺は、黒装束の青年らを睨み挑発した。

「ロブ殿を陥れるなら、確実な物証でも出すのだな！」

その上、ふんぞり返って居丈高に指図してきた。

「〈先行隊〉はこちらで新たに組む！　もちろん、ロブ殿のご意見を踏まえてな！　下民は帰って葬儀の手配でもしているがいい」

「――老いぼれ。人の話、最後まで聞け」

「〈先行隊〉は一人も欠けることなく無事だ」

呆れた視線を隠すこともない梟とスノウ。

「なん……、さっきクロッツェ殿は火事で亡くなったと――!?」

「部屋は燃えたが、死んだとは言ってない」

引っかけられたと気づいて、老侯爵は憤怒で顔を染める。フェリクスや他の隊長らは、ホッとした表情で胸をなで下ろした。スノウたちは冷ややかに告げる。

「確実に〈先行隊〉のみを狙った放火だ、その物証は現場で掴んでいる」

「おれたち襲撃した、首謀者の物証も」

「襲撃と火事。二件の事件のタイミングから、〈先行隊〉の排除を企てたものとみている。むしろ、これは分けてみる方が不自然だ」

驚愕に目を瞠るオルゾイに、スノウは射殺せそうなほどの凶悪な目つきで警告した。

「この暴挙は王命に反する。すでに陛下へも魔法の文で報せた。近く沙汰は下るだろう。ここにいないギュンター隊を擁護し、匿《かくま》う者も同罪となることを覚えておけ」

こちらが有利であることを匂わせた脅しにより、〈後続大隊〉は必ず保身に回る。降りかかる火の粉を避けるために——

3　残るは不安の一日

暁星暦五一五年　六月一日

いつになったら元に戻るのか。〈霧山の魔女〉の災難から四日目、突入。

タイムリミットは明日の夜明けまでだ。このままでは、お子様組は戦闘から外れてもらうことになる。アベルは可愛い顔できりりと「戦える、大丈夫だ」と言ってはいるが、十歳の子供を四方八方から敵が押し寄せる戦場に放り込むなど、出来るはずもない。

いつもは姑息な魔獣槍ですら宥めに回っている。

「主殿に合わせて、拙者もパワーダウンせざるを得ぬので……ご無理は禁物でござるよ」

日の出とともに、ぺぺの街門が開くと出発した。

「コニー、なぜ鎧つけてる？」

梟に怪訝そうに問われた。〈黒蝶〉でも戦闘力のずば抜けた二人が合流したので、コニーが重装備する必要はないのだが――子供だけ乗った四頭立て旅客車は記憶に残りやすい。どこかで鎧をつけた自分とともに、あの記者の視界に入っているかも知れない。鎧騎士とコニーが入れ替わっていたら即バレだろう。と話すと、梟が物騒なことを言った。

「始末しとく？」

「そんな価値ないです」

アシンドラへの直線ルートは、〈後続大隊〉が行くので避けることにした。コニーたちは、その平行線となるルートを進む。ドロシーと水の異形アスも街から連れて出た。火事騒ぎでギュンター隊に目をつけられた可能性もあるからだ。

小休憩の時、車内で会議を開く。スノウが魔道具の鏡を皆の前に出した。

彼は〈黒蝶〉での給金をほぼ、魔道具集めに注ぐほどのマニアぶり。魔道具は〈魔力〉か、〈精霊言語〉があれば使用することが可能で、魔力のない彼は後者を得意とする。

「戦闘や諜報に便利だからな」

魔道具の鏡から〈目と耳〉となる魔法鳥を放ち、その視界を鏡に映して〈後続大隊〉を偵察する。

これのデメリットは、鏡についた精霊石の魔力が三時間で切れること。そこで魔法鳥は消える。精霊石を交換すると利用できるが、再度、鏡の位置から魔法鳥を飛ばさなくてはならない。

「〈後続大隊〉は、ギュンター隊を切り離すことに決めた」

スノウは淡々と報告する。予想通り、脅しの効果はあったようだ。

「だが、侯爵がごり押しして、〈仮の大隊長〉に就いた」

これは、またどこかのタイミングでロブを引き入れるつもりだろう。

ギュンター隊は東寄りの道で迂回しつつ、アシンドラへと向かう。こちらより一時間ほど遅れだ。

未だ懲りずに、手柄を立てる機会を狙っているらしい。〈王太子奪還〉に成功すれば一躍英雄。

そうなれば、〈先行隊〉への襲撃など揉み消せる――とでも思っているのだろうか。

――脳みそにカビの花でも湧いちゃってるんですかね。

「俺たちの姿が変わったことには、まだ気づいていないか？」

目線の低くなった隊長の問いに、スノウは頷く。

「主に侯爵とギュンターを見張っているが、そうした会話は今のところない」

〈先行隊〉襲撃に関して国王に報せた、というのはもちろん脅しではない。これについて、国王から第二砦の援軍に連絡が行くので、アシンドラ到着とともにギュンター隊はお縄となる。

迂回しているのはそれを回避するためでしょう。老獪《ろうかい》な侯爵が入れ知恵していそうですね。

残り半日の地点にある町で、ドロシーとアスに別れを告げた。

広場や家々は美しい花々に囲まれ、お店や市場にも活気がある。ゴミも落ちてないし浮浪者も見当たらない、住むにはよさそうな町だ。故郷に戻るか否かは彼女が決めるだろう。

コニーはしばらくの宿には困らない程度のお金を、彼女に渡した。

「もし、この町に住むのなら、住み込みできるお店をあたるといいですよ」

先ほど皆で昼食をとった食堂に、そうした貼り紙があったことを伝える。

ドロシーは曖昧な笑みを浮かべると、ぽつりと言った。

「姉御のお役に立ちたかった……」

「チビたちの世話を見てくれてありがとう、とても助かりましたよ」

「こいつを奪っちゃって、本当にごめんなさい……！」

水筒を両手に持ったまま、ぺこりと頭を下げる。火事の一件で思うところがあったらしい。

別れの挨拶を済ませると、とぼとぼとドロシーは背中を向けて去っていった。

スッと、コニーの頭上を光の鳥が過《よ》ぎる。通信魔法だ。少し先にいるアベルの所へと飛んで行き、弾けてその姿を手紙に変えた。近づいたコニーは声をかける。

「お城からですか？」

「あぁ、〈後続大隊〉の新たな大隊長が決まった。第三砦の支部団長だ」

第三支部騎士団ハビラール砦。問題ある人物を更生させることで有名な〈怖い支部団長〉。

オルゾイ侯爵に妨害されないためにも、この情報は〈後続大隊〉には知らせないことになった。

町を出てから野を越えて、のどかな川沿いの道をゆく〈先行隊〉。

ようやく元の七名に戻った。子供隊長アベル、従者ニコラ、白緑鎧のコニー、黒覆面のスノウと梟、幼児のコーンとチコリ——と、依然として大きな問題を抱えたままだが。

左の方角が何やら騒がしい。視線を向けたコニーは、ものすごい勢いでやってくるモノに気づいた。だんだんと近づくそれが、長い脚で地を蹴り跳ぶように駆けてくる鳥型の魔獣だと気づく。

「ダチョウ型の魔獣か。珍しいな」

魔獣車の窓から顔を出したアベルがそう言うと、幼児二人も窓から「「どこ⁉」」とはしゃいで顔を出す。鳥型の魔獣は基本的に何色だろうと凶暴だ。飼い馴らすのはとても難しいと聞く。

しかし、そのダチョウ魔獣には人が乗っていた。新聞屋が二人。ダフィと、名も知らぬ男。

「やっと見つけたぞ！　白緑の騎士いいぃぃぃぃ！」

「今度こそ撮れ！　撮るんだ！」

「任せろおおおおおおお！」

筒のついた銀の小箱をダフィは構える。コニーが壊したはずの〈写真機〉——予備を持っていたのか。

「ハルビオン初代女王の再臨！　特ダネだあああああ！」

あっという間にコニーたちを追い抜いて、その先にある川にドボン！　と突っ込んでいった。

……わたし、初代女王の再臨とか思われていたんですか？

ソーニャの伝説を聞きかじって、勝手なイメージを作ったのだろう。どうりでしつこいと思った。

川は浅かったが、振り落とされたダフィは魔鳥の長い脚でゲシゲシと水中に沈められ、逃げようとしたもう一人は、嘴《くちばし》で怒濤の突きを食らっている。

助けを求める声を背後に、一行はさっさとその場を通り過ぎた。

夕陽の色に染まる岩山、その真下にある森に到着。今宵の夜営地だ。

ドロシーと別れる前に、水の異形アスに聞いた。例の薬について。実は、効果を消す具体策はあった。

『オレモ母サマモ、長年ノ服用デ、薬ガ利キニクイ。ソノセイカ、〈強イ衝撃〉デモ、効果ガ消エルコト、アッタ』

『それって、わたしがあの魔女を蹴り上げた時のことですよね？』

さすがに、それは……と思う。コニーの蹴りは鉄板仕込みの凶器だ。尊敬する上官と幼児に向けるものではない。

『薬ノ効果ガ、薄イ今……刀ノ峰打チデ、殴ル。キット有効！』

だから、それは、敵と思う相手だからこそ出来るんです……！

このことを伝えれば、彼らは必ず無茶をするだろう。なので、説明を端折《はしょ》って「〈強い衝撃〉なら戻るかも知れない」とだけ伝えておいた。

そのあと、食堂でアベルは超激辛なパスタを食べて涙目でむせた。チコリとコーンは互いのほっぺに猫パンチ連打、マジギレの喧嘩になって大泣きした。子供の発想力の限界。とはいえ、無駄な挑戦をさせたことに、心の中で詫びるコニー。

「〈強い衝撃〉が必要なら……あそこの崖から飛び下りるのはどうだ？」

スノウが冷静な口調で、恐ろしいことを提案してくる。大人の発想力は的確だ。的確過ぎて死ぬ。

お茶を淹れていた従者ニコラが、ポットを落とした。ガシャンと砕ける音。岩場に座っていたアベルと幼児らが、スノウの指す高い崖を見てあんぐりと口を開く。

これは止めるべきですよね……!?

意見しかけたコニーの右肩を、梟がぽんと軽く叩いた。

「下で受け止める、のは？」

「……わたしがですか!?」

高位精霊の鎧でなら、結界の発動も出来るからと。

待って、あの崖百メートルはあるし、それに――

「結界は楯魔法の応用だから強固です、固いんです！　人体をふんわり受け止めるとか無理……！」

光の玉が耳元で囁く。

〔ふんわり、出来る。形状調整、可能〕

「いえ、小精霊様は出来る……と仰《おっしゃ》って、います……が」

小さく訂正を付け加えると、すくっと握り拳で立ち上がるアベル。

「やってみよう！　コニー頼む！」

――結論から言うと、アベルは助走をつけて崖から飛び下り、柔らかクッションと化した結界にダイブした。衝撃が強かったのか、彼は失神。体に異変はなかった。

躊躇する幼児たちもスノウと梟によって、無情に崖から投げ落とされた。結界が受け止めたものの、やはり失神で異変なし。三名とも魔獣車に運んで休ませることに――

コニーは着けていた鎧を解除して、夜営地にある高い木に上った。無情な〈黒蝶〉二人組は見張りに立っている。夜中に交替するためにも、仮眠をとるべきなのだが眠れるはずもなく――

あれほどのショックを与えても、何の効果もなしとは……

梟、スノウ、ニコラとともに話し合って決めた。アベルたちが朝までに、元の姿に戻らない時には、この場所に置き去りにすることを。お世話係としてニコラも置いていくつもりだ。

「コニー」

下を見ると、短い黒髪の少年がこちらを見上げていた。

コニーは枝を揺らすと、軽やかな身ごなしで地面に飛び下りる。

「ご気分はどうですか？」

「大丈夫だ」

「先ほどは無理をさせてしまい、申し訳ありません……」

「謝ることはない。承知の上でやったことだ」

アベルは優しい。うまくいかない状況でも愚痴ひとつ零さない。細くなった体軀、しなやかに伸びる手足。幼くとも、夜の涼やかな空気のように凜とした雰囲気がある。

「まだ休まないのか？　明日も早いのに」

「それが、眠れなくて……」

「俺もだ。久しぶりに故郷の夢を見て……」

彼は月明かりの当たる岩の上に座ると、手招きした。コニーもその隣に腰を下ろす。

その表情の硬さに、あまりよくない夢だったのでは……と感じる。

「故郷というと辺境伯領ですか？」

「いや、俺はこの国の生まれではないんだ」

「そうなのですか？　初耳です」

ふいに頭上が翳《かげ》る。見上げると灰色の雲が月を半分ほど隠していた。

「ちょうど今と同じ歳の頃に――故郷を追われてハルビオン国にやって来た。クロッツェ辺境伯は実父の親友にあたる方だ」

故郷を追われた？　只事ではない予感。

「ある日、隣国の兵が攻めてきて街は戦火に呑まれた。赤ん坊だった弟を抱いて逃げたんだ。子供の頃はよく夢に見てうなされたものだが……大人になってからは、いつも仕事三昧《ざんまい》だったせいか夢そのものを見ることもなくて。だから、本当に久しぶりで……」

コニーは、はっとする。

昨日の火事で、彼はチコリを抱いて逃れていた。あれで記憶が刺激されたのかも知れない。

それにしても、これって彼のプライベートかつ極秘情報なのでは？　クロッツェ辺境伯家の兄弟が実子じゃないなんて、噂にすらなってないことだし。

まさか、故郷は？　と聞いただけで、ここまで話してくれるとは思わなかった。

「あの、わたしに話してよかったのですか？　もちろん、決して他言はしませんが……」

「貴女だから、聞いてもらいたかった」

その穏やかな笑みは、コニーのよく知る大人の彼と同じ。

信頼されてるんですね、わたし……

尊敬する上官の言葉に嬉しくなる。同時に、刻々と容赦なく近づくタイムリミットを思い出し、舞い上がりかけた気持ちも引き落とされる。

「俺はアシンドラへ行く」

え？

「〈置き去り〉はなしだ」

その言葉に、これは正直者の従者が口を滑らせたのだと分かった。

「陛下からも貴重な魔道具を賜っている、責務を放棄するわけにはいかない」

任命式で彼だけに下賜された物があったと聞いている。中身が何かは公表されなかったが……

「何の魔道具か聞いてもいいですか？」

彼は懐から、二枚貝を模した銀細工の入れ物を出した。

「――賜ったのは、この中にある〈超〉高濃度の魔力玉だ」

以前、彼から教えてもらったことがある。魔獣槍に叩きつけて魔力の補塡《ほてん》を行うもの。この外箱も魔道具で、開封は一度きりだから、今見せることはできないという。

「前に、魔力玉は高価だって仰ってましたけど。これだとどのぐらいに……？」

「元王妃から没収した宝石・美術品やいくつかの別荘を売り払って工面したと聞いている」

想像以上のぶっ飛び値に「で、では、それを使った時の威力は？」と尋ねると。

「王都の結界に張りついていた巨大な憑物士がいただろう。イバラ殿が〈不浄喰らい〉と呼んでいた。アレに致命傷を負わせることができるらしい」

「それは凄いです！」

イバラに迫る攻撃力を付加できると聞いて、コニーは目を丸くする。そして、次の瞬間にそれを渡された意図を察した。白緑鎧を貸してくれたのはアレに対する防御のため、この魔力玉を魔獣槍に使えば消滅までは不可能でも、強制的に退かせることは出来る。

――きっと、イバラ様が国王様に助言したのですね。

しかし、それも肝心の魔獣槍が縮んでいては真の威力発揮はできないもので……あ、もしかして。

コニーが気づいたことを彼は言葉にした。

「これは俺にしか使えないし、戦場で大人に戻る可能性もある」

食い下がる理由が分かった。あのデカブツ対策を彼が担っているのだ。彼一人を安全圏に置いていけば、その希望は断たれてしまう。

「分かりました、アベル様のサポートはわたしが全力でしましょう。梟とスノウの説得もします」

「ありがとう、コニー！」

ぎゅうと両手を握ってくるアベル。自分よりやや小さなその両手に、コニーは微笑する。

「明日の為にも、もうお休みになった方がいいですよ」

魔獣車に行くよう促すと、彼は固まった。

——そうだ、まだ悪夢の影響が残っていた。

「では、少しだけお話をしますか？　眠くなったら魔獣車に戻りましょう」

「あぁ、そうする」

控えめに綻ぶ口許。その微笑みに癒される。森の子熊のようだ。

半分出ていた月がじわじわと雲に隠れてゆく。暗い夜空には思いのほか、星がたくさん瞬いていた。それを見上げながら、二人で他愛無いことを喋った。

アベルは「弟は昔からやんちゃで元気が良すぎる」とか、「婚約者の小物を選んだセンスのよさから、コニーに会いたがっている」と話し——コニーは「仲のよい女中に計算を教えている」とか、「才能ある人が忌憚《きたん》なく活躍できる手助けをしたい」と話した。

ふいに、アベルが何かを考えるように黙り込んだ。そして——

「試したいことがある……コニー、協力してくれないか？」

コニーが「はい」と頷くと、彼は真顔で言った。

「俺を罵倒してもらえないか？」

「え？」

「何ならダメ出しでもいい」

意味が分からず固まっていると——彼は真摯な眼差しで理由を述べた。

「精神的な〈衝撃〉が功を奏すのではないか、と考えた」

あぁ、なるほど……信頼する人からの罵倒なら、ショックを受けますよね。でも。

「すみません、何も言葉が思いつきません」

完璧な上官にいちゃもんつけるだなんて、発想そのものがない。

「演技でもいい、その、思いっきり……〈嫌いだ〉とでも言ってくれ……！」

切羽詰まった様子で懇願される。

うぅ～ん、乗り気ではありませんが、そこまで仰るなら……

演技だからと、大嫌いな相手を思い浮かべてみた。あの茶色の駄犬とか駄犬とか駄犬とか。過去のムカつく言動の数々に眉根を寄せ――

「大嫌いなんですよ、付き纏わないでくれます？」

冷ややかに険しい顔で言った。アベルの表情が石のように固まる。

しばらく待ったものの、変化はなし。彼は膝から崩れるように草むらに両手をついた。

「あの、大丈夫ですか？　演技ですからね？」

「……分かってる、大丈夫だ…………これでもダメなのか……っ」

☆

あまりに強烈な台詞と表情に勝手に落ち込んでいたら、罪悪感を感じたらしい彼女が慌てて別の話題を振ってきた。自分で「試したい」と言っておいて、何をやっているんだろう。

いつの間にか眠ってしまったらしい。見上げた先にはうとうと舟を漕ぐコニー。隣にいる彼女の肩に寄りかかってしまっていた。

――なんだ、これは夢か？

そっと起き上がり、辺りを見る。まだ外にいた。話しながら二人して居眠りしたらしい。魔獣車に連れて行くため、両腕に力を入れて彼女を抱き上げる。よろつく。格好悪いなと思いながらも一歩一歩ゆっくり進んでいると、何かが落ちる軽い音。彼女の顔を見ると、メガネがない。

しまった、どこに落として……

そのとき、ちょうどよく雲間から月が覗き、辺りが照らされた。メガネを見つけて一度、しゃがんで取ろうとしたら耳元で声がした。

「ダメ出しの件ですが……」

「え？」

ペリドットの瞳が鮮やかに輝く。月明かりのようにほんわりとした笑みに、釘付けになった。

「あまり遅くまで仕事をしてはダメですよ？　睡眠大事、せめて十時には終わらせて。適度に休憩を入れることも大事です。三時間に一度は手を休めてください――以上です」

瞼《まぶた》が下り、すうっと眠りにつく。

しばらく呆けたようにその寝顔を見つめていた。微笑みの余韻がいつまでも胸に残る。

優秀な秘書のように気遣う、優しいダメ出し。愛しさに早鐘を打つ心臓――

はっ。呆けている場合じゃない、と彼女を抱えて魔獣車へと運びこむ。

さっきよりずいぶん軽い……？

ビッ　ビッ　ビリッ

先ほどから耳に届く不快な音。まるで布でも割くような……？

異変に気づいた。見慣れた節のあるがっしりとした手。マントの下の破れた衣装から覗く、筋肉質の身体――本来の、二十六歳の姿に戻っていた。

☆

夜明け前の薄青の世界。これまでの疲れが溜まっていたのか、コニーは寝過ごしてしまった。

車内には誰もいない。慌てて外へ出て、目を瞠った。食事の支度や魔獣の世話などをしている、大人の姿に戻ったアベルたちがいる。

思わずポカーンである。あんなに悩んだのは何だったのか……

いやいや、喜ばしいことですけど、偶然にしてはタイミングが良過ぎるような。

野菜スープの入った器を受け取りながら、アベルに問いかける。

「わたしが寝ている間に何かありました？　何かきっかけでも――」

「俺の事を心配してくれる、貴女の優しさのお陰だ」

精悍な頬を緩め爽やかな笑みで返してくる。まぶしい。

「そ、そうですか……？　お役に立てたなら、よかったです……そっちの二人は？」

昨夜の内に、アベルから事の経緯を聞いたスノウは、「コニーのダメ出しに動悸がした」という彼の説明を、「要するにあいつらに足りないのは心理的圧迫か」と解釈。

梟に崖下へ待機させて、百メートル上から幼児組を投げ落とそうとしたところ、恐怖でギャン泣き、その場で失神――直後、青年に戻ることが出来たらしい。

――何はともあれ、〈先行隊〉が一人も欠けなくてよかったです。

この件以降、コーンとチコリは野菜を食べ残すことはなくなり、何故か「藁色」でなく「コニー」と呼ぶようになった。それを見ていたスノウまで。コニーが怪訝な顔をしていると、梟が魔獣の手綱を渡してきた。無機質な彼の口許に、ほんのりと笑みが浮かぶ。

「おれなら、面倒なチビ、昨日捨てた。〈黒蝶〉欠けなかったの、コニーのお陰」

◆希望の星を胸に

姉御とお別れした。この人について行けば、明るい未来が待っていると思っていた。

――戦場に行くなんて誤算だった。この先どうやって生きていけばいいのか。出来る限り彼女の傍にいようとした。役に立つところを見せて「戦が終わったら迎えに行く」と言ってほしかった。

それなのに、彼女の仲間を川で溺れさせてしまった。子守りは得意だと言っておいて、きっと呆れたことだろう。

さらに、最悪なことに水の化物が姉御に目をつけた。契約を阻止したまでは良かったけど、あいつは度々、水滴を飛ばして、姉御の行動を〈盗み見〉していた。何故、分かるって？　契約者の自分には、アレの行動が筒抜けだからだ。それを知ってから、御札で水筒に閉じ込めるようにした。その日の夜、泊まった宿で火事が起きた。水の化物なら火を消せるだろうと、水筒から出して命令した。結果的にはあの大火を消し止め、死傷者を一人も出すことはなかった。

姉御は褒めていた。最初からアレは姉御に必要だったんだ。そう気づいた。

悔しさと羨望と情けなさで、姉御が町を去ってゆくのを見届けたあと、水筒をひっくり返した。

路面に落ちた水溜まりの中、顔のない水の小人が現れる。

「あと一日半、あんたと一緒にいるなんて御免だから。どこかへ行って」

「エッ⁉　ナンデ、御主人サマ！」

「そんなもの、こっちから願い下げ！　変態中年のくせに！」

「変態チガウ！　マダ、二十九歳！」

「うわ、ガチでオッサンだった。やっぱり姉御から引き離してよかった！」

「ファッ⁉　アレッテ、ワザト⁉」

よほどショックなのか、口のような影が見えた。

「……いくら役に立っても、姉御を盗み見するようなやつはダメだよ」

「エ？　盗ミ見……？」

「この町で暇潰しながら、次の主人見つけなよ。じゃあね、変態ニート野郎」

さっさと足早に去る。「アアアア、待ッ――」追いかけようとした水の小人を、通りがかりの魔獣車がバシャンと轢《ひ》いていった。ドロシーは町の門へ向かい、ちょうど出ようとしていた農家の幌付魔獣車に声をかけ、銅貨を払って乗せてもらった。町を離れて東へと向かう。

——姉御たちは北東に向かったんだっけ。もう二度と会えないのかな……

盗みをしても叱ってくれる人なんかいなかった。小さい頃に亡くなった父を思い出す。悪さをしたら容赦ない拳骨が飛んできた。だけど、大好きだった。あの頃は貧しくても父がいたから正しくいられた。

……姉御と離れて、はたして自分はまっとうな道を歩けるのだろうか？　手元の路銀が尽きる前に生きていく場所を見つけないと……

何も考えずに町を出てしまったのが悔やまれる。今さらだが姉御の言う通り、食堂の住み込みに応募すればよかった、と。

でも、あのキモイ異形と早く離れたかったし……

ぼうっと考えながら幌付魔獣車で移動していたら、すでに日没。着いた村で一件しかない小さな宿は満室だった。魔獣舎の二階でよければ、と言うのでお金を払った。そこは干し草を置いておく場所だ。寝台代わりに寝転がった。姉御のぴかぴかの鎧姿と、「ありがとう」と言ってくれた優しい声を思い出しながら、淋しく眠りについた。

——どのぐらい経ったのか、ふいに目が醒めた。辺りは真っ暗で、汚れた窓からは月が見える。

一階からぼそぼそと人の話し声が——

「この近くの橋も落としたし……これで三つ目ですな」

「あとひとつ。肝心の大橋が残っているが、先ほど二人向かわせた。夜明けまでには間に合う」

ドロシーは梯子に近い位置から顔を覗かせた。四人の男たちがランタンを囲み、何やら深刻な様子で話し合っている。彼らのマント下に見える騎士服には見覚えがあった。

……あの人たち、宿の客だ。こんな所で何を？

「メルミル河の橋を四つ落として、アシンドラへ向かう第二砦からの援軍を足止めする――ロブ様のご命令も、じきに完了だ」

聞き覚えのあるいくつかの単語。昨日の火事で、ドロシーが敵に見られた可能性があるからと、別れを別の町に変更した。その敵というのが、〈後続大隊〉から切り離されたギュンター隊、それを率いる隊長ロブ。

まさか、この人たち――

橋を落とすのは、砦の援軍を遠回りさせ遅らせるのが狙いらしい。その隙にギュンター隊と〈後続大隊〉だけで手柄を上げようとしている。邪魔な〈先行隊〉はその前に始末する予定だと――

「ロブ殿がアシンドラへの道中に罠を仕掛けている。いくら腕の立つ槍使いとて、降り注ぐ巨岩には敵わんだろ」

あ、姉御に知らせないと……！

後ずさりした時、床板が小さく軋んだ。

「上に誰かいる！」

「聞かれたぞ、殺せ！」

ドロシーは急いで窓を開けた。壁の出っ張りなどない。いちかばちか、少し離れた木の枝に飛び移る。そこから栗鼠《りす》のような身軽さで地面に下りると、全速力で駆け出した。背後から男たちが追いかけてくる。一度振り返ってみると、剣を抜いていた。

やばいやばいやばい！　本気で殺《や》る気だっ！

建物の陰に隠れるも一人の男に捕まった。月明かりの中に引きずり出される。

「だ、だれか、たすけ――！」

恐怖で顔を背ける。掴まれた腕が解放された。いつまで経っても斬られない。恐る恐る見上げると――男は大きな水クラゲの中にいた。息が出来ずもがいているが、出られない様子。

ドロシーが目を丸くしていると水クラゲは膨張し、さらに追ってきた男三人を呑み込み――それらが意識を失くしたところで、ペッと吐き出した。

パニックになりかけていた彼女は、へなへなと座り込む。

「ごめん、置き去りにしたのに……助けにきてくれたんだ……」

「オレ、変態ジャナイ。白緑鎧ノ精霊ト、話シテタダケ」

「へ？　あ、……そうなの!?」

姉御を盗み見してるのかと思ったら、〈鎧の精霊と交信するため〉鎧を視界に入れる必要があったのだと。精霊の端くれとして高位精霊に憧れる。鎧を与えられた人にも憧れるので、邪《よこしま》な気持ちはないと語る。

え、意外とピュアなオッサンなの？　キモイとか思ってごめん……

そして、彼は思いがけないことを伝えてきた。

「御主人サマト、一緒ノ方ガ、オレ一人ヨリ、大キイ魔法使エル」

自分ひとりでは、どうにもならないことを知った。でも、二人なら――

「じゃあ、あたしに協力してくれる？　姉御に危機を知らせなくちゃ！」

「白緑鎧ノ人、完璧ナ防御力アル。大丈夫。ソレヨリモ――」

援軍が間に合わない方が大問題だ、と言った。今すべきは橋が壊れるのを阻止すること。

――今度こそ姉御のお役に立つんだ！

村の近くを流れる川へ行き、ドロシーは小舟を探す。水クラゲは地を這いながら川に入ると、うねる波を作り出し小舟を押し進め、支流から本流へと勢いよく遡《さかのぼ》る。

しかし、すでに大橋は無惨にも壊されたあとだった。呆然とするドロシーに、アスが「イイ方法ガアル」と提案してきた。

「一時的ニ、水ヲ塞《せ》キ止メ、軍ヲ渡ラセルノハ？」

「そんなこと出来るの!?　凄い！　万事解決じゃん！」

ドロシーは対岸に上がって、砦軍の到着を待った。やがて、夜が終わり青い世界は白く染まる。

だんだんと陽は高くなってゆくも――援軍来ない！　近隣住民たちが壊れた大橋を見物にやってくる。その会話から、第二砦にはとっくに伝達が走ったことを知る。

……ということは別ルートで移動している？

なんだ、心配しなくてもよかったのかと思ったが――アスが水の眷属から聞いた話では、この河は東西を横切っているため、第二砦からだと橋を利用する以外渡れないらしい。それから、現在地から西側の三つの橋はすでに落ちている、とのこと。さらに五つ目の橋を利用しようとすれば、とんでもない大回りで、魔獣で移動してもアシンドラには着くのは夜になるという。

「河を下って、砦軍を追いかけるよ！」

再び小舟に乗り込んだドロシーは、アスの作る波に押され猛スピードで下ってゆく。

彼女たちの行動が、アシンドラ攻略においての大きな一助となることを——今はまだ誰も知る由もない。

☆

食堂での夕飯を終えて女中寮に戻ると、同室のハンナが溜息混じりに言った。

「コニーさん、いないと淋しいですぅ〜」

「二週間の休暇らしいから、あと六日で戻ってくるわ」

それに答えるミリアムは、小卓の前に座って白い粘土をこね始めた。

「マーガレットさんから聞きましたけどぉ、恩人さんのお見舞いに行ってるんですよね？」

「そうみたいね」

——正しくは、『恩人が不自由をしているので、手助けに行きたい』と言ったらしい。

気になったのか、手元を覗きに来る仔犬女子。

「あ、それって、ツバメプレートですね！」

消えた騎士たちの帰還を願うオーナメント。城下の雑貨屋が、天日干しの粘土で作ったツバメを店先に飾ったことから始まった。最近では、行方不明の王太子や騎士、そして、彼らを救出に出かけた部隊のために、願掛けをする人が増えている。貴族も平民もこぞって、城門近くや中庭の木々に手作りツバメを吊るしているのだ。

「ミリアムさん、帰還を願う騎士様がいるんですね。あたしも粘土、買ってこようかな」

と言うので、ミリアムは粘土を分けてあげた。二人で小卓を挟み、ツバメを形作る。

「……コニーさんが旅に出たのって、救出隊が出発した日ですよね？」

「えぇ」

「案外、救出隊が戻る日に、コニーさんも戻って来たりして」

自分が考えていた懸念を当てられたようで、思わず手を止めるミリアム。

王太子救出の要となる〈先行隊〉に〈黒蝶〉が任じられたと噂で聞いた。コニーが〈黒蝶〉として先行隊に入ったのではないか。その不安が拭い切れないのは――

「あたし、思うんですよ。強くてカッコいいコニーさんなら、もしかしてって」

「さぁ、どうかしら……」

否定の言葉をミリアムは口にする。仮にそうだとしても――

「本人が言わないなら、それは真実ではないわ」

言うべきでない。つまらない噂が、彼女の居場所を奪ってしまうかも知れない。

細い棒を使って、帰還を願う相手の名をまだ柔らかい粘土の上に描く。

「分かってますよぅ、ミリアムさんだから言うんです！　だって、不安だから……」

この気持ちを共有したい。二羽のツバメの側面には同じ〈コニー・ヴィレ〉の名が。

「無事に帰ってくるわよ、きっと」

☆☆

ハルビオン国内には、国境近くに三つの砦がある。常駐するのは支部騎士団。

第三支部ハビラール砦には騎士たちに慕われる〈砦の母〉がいる。

その呼び名にそぐわぬ幼女ティィは、国王と高位精霊イバラとも親交が深い。

彼女の提案で、砦間を繋ぐ〈転移陣〉を使い、第一、第三砦の騎士たちが第二砦に集結することになった。アシンドラ攻略に向けて援軍を送るためだ。

――よもや愚息を幽閉した彼《か》の地が、敵の手に落ちようとは。

国王は書斎から人払いをすると、今しがた届いた魔法の文を眺めながら口を開いた。

「第一と第二砦の混合軍は予定通り、今日の夕刻、夜営地に到着した。アシンドラから魔獣で一時間ほどの距離だ――〈転移陣〉の故障で、出遅れた第三砦はどうなっておるかの？」

すると、目の前で白緑の光が弾けて、浮世離れした美貌の青年が現れる。

「第一砦まで騎獣で移動。のち、第一砦の〈転移陣〉から第二砦へジャンプ。そこからまた騎獣で進軍中……すでに移動だけで五日近くかかっている。肝心の集結日は明朝七時。アシンドラへの到着見込みは昼前だ。間に合うかは戦局次第であろう」

国王は落ち着かない様子で窓辺へと足を向ける。暗い夜空、月を隠すように雲が流れてくる。

「これまで出所の摑めなんだ憑物士の群れだが、あの城塞跡地には未発掘の地下遺跡があったはず。それを利用されているのだとしたら、とんでもない数が温存されておるに違いない。ギュンター公子の失策や除隊、異形による奇襲で〈後続大隊〉は大幅に減っておる。援軍もふたつの砦軍だけでは心許ない。それに影王子の始末には、ティの協力が必要不可欠だ」

戦場に幼女が必要だと言い切る国王に、イバラは異を唱えることはしない。何故なら、国王と同様に、彼女の秘められた力を知っているからだ。しかし、最も出遅れているのが第三砦である。

「心配するな、ティは何があっても辿り着く。我らは手配すべき準備を終えた」

あとは、戦場にいる者たちを信じて――吉報を待つのみ。

◆再燃する狂気と、塔の囚人

地下室から塔の中階へ、愛しのジュリアンが移されたと聞いた。

影王子との約束を果たしていない為、ネモフィラは勝手に会いに行くことは出来ない。

その代わり、魔道具の手鏡で毎日毎日、彼の様子を見ていた。やつれて哀愁漂う様さえ麗しい。

最後に直接会ったのは、〈王妃捜索〉命令を受けた三ヶ月以上も前。

「あぁ、御労《おいたわ》しい。あたしがお傍に行けたなら、抱きしめて差し上げますのに……ん〜」

手鏡に映る王太子に、真っ赤な唇を寄せていると――

「ちーっす！〈氷晶の指揮官〉殿、お知らせが――」

「勝手に入るんじゃないわよ！　この寸胴ナベがァッ！」

投げつけたナイフはひょいっと避けられ、壁に突き立った。モノクロ寸胴な大型鳥の異形は「オォ、怖い怖い」と言いながらも、ペタペタ足音を鳴らして近づいて来る。ベレー帽に研究者の白衣、体に見合わぬ小さな手羽、近寄ると目つきだけが異様に荒んでいる。魔道具職人ランチャー。

ネモフィラは鋭い眼光でそれを睨みつけた。突如、室内に雹《ひょう》が吹き荒れる。

「――そうだわ、お前に言いたいことがあるのよ。フィア銀毒の中和薬、ぜんっぜん効かないのだけど？　お前の言う三日はとうに過ぎてるのにね？」

忌々しい女に斬られた傷痕は、フィア銀毒によって蝕《むしば》まれ火傷のような痛みが残る。

「絶対安静、って言っといたはずっすよ？」

「どこにも出かけず部屋に籠もりっぱなしよ」

「毎日、八つ当たりで部下を殺したり、王子様を覗き見して興奮してたら、そりゃ治らねーっすわ」

「お前、覗き見を……」

「何言ってんすか。悲鳴とか、ちゅちゅとか、廊下にまで聞こえてるっすからね？　そうそう、影王子様からの、スペシャ〜ルなお知らせっすよ！」

こちらが鞭を振る前に、しれっと本題を出してきた。

「例の王子様を塔最上階の〈特別室〉に移すんでぇ、その前なら面会オッケ～だそうで」

室内の調度を凍てつかせた雹が、フッと収まる。ネモフィラの心を表すかのように、次々と氷のバラが咲き始めた。ランチャーを廊下に追い出すと急いで身支度を整える。

琥珀のビーズでバラを描いた黒のドレスに着替え、トカゲの尾と蝙蝠の翼はマントで隠す。頰の鱗を隠すべく、美しい宝飾のついた仮面をつけた。憔悴した彼の心につけ入るチャンス！

彼は賢い人だから、生き延びるためにもあたしの手を必ず取るはず――


塔の中階へと向かい、囚われの愛しい人がいる小部屋を訪ねた。

「お久しぶりでございます、ジュリアン様。ネモフィラですわ」

「……ネモフィラ？」

悪魔化で黒く染まった髪、仮面で目許しか見えないためか確認してくる。

「ええ、そうですわ」

「なるほど、もう人に見せられない姿にまでなったんだ？」

え？

棘を含む嘲笑に胸がひやりとする。さらに彼は言った。

「主たる僕を裏切っておいて、よく会いに来れたものだね。そのお花畑な脳みそで、本気で僕をどうにか出来るとでも思っているのかい？」

憔悴など微塵も見せない強い眼差しと口調に、思わずたじろぐ。

彼のこんな顔は見た事がなかった。いつも穏やかで教養高く知性に溢れて思いやりのある――

「あたしは、ただ……ジュリアン様をお慕いしているのですわ！　主従関係など望んではいなかった……！」

それから、どれだけ彼を深く愛しているか、主従であることの切なさや、次期王にふさわしいが故に、利益を求めて群がる虫けらどもを黙って見ていられなかった、と語った。

その間、彼はじっとこちらを注視していた。仮面の奥の瞳を見つめてくる。ぞくぞくする。体の芯が熱くなる。こんな風に耳を傾けてくれるなんて……きっと、この愛に感銘を受けているに違いない。

「――君が何を考えていたか、よく分かったよ」

ジュリアンは静かにそう言った。そして、冷たい笑みを浮かべながら――

「悪いけど、僕の隣に立つ女性はすでに決まっているし、心に住まわせる相手も決まっている。君の入る余地は全くないんだ」

無情にも、言葉の刃で乙女心を切り裂いた。

ネモフィラはぐっと自分の手を握りしめる。尖った爪が皮膚を破り、紅い血が石の床に落ちた。

冷静さを失いそうになるのを堪《こら》えた。何か言葉の表現がおかしい事に気づいて、震える唇から問い返した。

「――それは、一体どれほど魅力的な方かしら？」

「君もよく知っているはずだけどね……」

塔を出て中庭を呆然と歩く。昼なのに伸び放題の木々で、頭上は鬱蒼と暗い。

政略結婚の妃を『最高の同志だ』と彼は言った。その上、さらに信じ難《がた》いのは――『大切過ぎて、息苦しい箱に仕舞いこむつもりはない』ほど大事な相手がいるということ。誰とは言わなかった。

つまり妃ではない。

もしや、貴族の中に隠された妾妃が？　でも、あたしがよく知ってるって。彼に特別扱いされるような女は……

こちらを見下す藁髪の女が脳裏をよぎった。

「まさか、そんな――嘘でしょ⁉　嘘っ……嘘よおおおおオオオオオオ！」

どんなに宥めて脅しても、彼はネモフィラの手を取ることはなかった。

嫉妬と狂気に呑まれる。暴走した魔力が凶器となって、周囲の木々を斬り倒した。渦巻く暴風の中で「あぁ」と声を漏らす。顔も手足も、びっしりと美しく光る蝶貝の鱗に覆われていた。仮面など必要ないほどに。また悪魔化が進んだ、このままでは――

そのとき、耳元で誰かがそっと囁いた。

〈恐れる事なかれ、そなたの悲願叶うまで、この体はそなたのもの〉

「あぁ……アネモネ様……」

胸深くうずまる〈黒きメダル〉、その中に宿る悪魔の慈悲に、思わず安堵の涙を流す。

今度こそ、ネモフィラは己の葛藤にピリオドを打った。

「モウ、イィカイ？」

折れた木立ちの向こうから、ひょこりと子供の影が現れた。影王子だ。

「条件ヲ、変エルヨ」

彼は以前、ジュリアンを下げ渡す代わりに、〈黒蝶〉全ての始末を条件に出していた。

だが、標的を一人に変更するという。

「精霊ノ鎧ヲ、ツケタ女。必ズ殺セ」

他は配下に任せればいい。さすがに五千もいてしくじる事はないだろう、と嗤った。

☆

暗い部屋にジュリアンは閉じ込められていた。明かりは蠟燭入りのランタン。

床には金蓮ドレスを身に着けた首なし死体――かつて、影王子がされたと同じ殺され方だ。

意趣返しか……因果応報。同情の余地もない。

部屋の隅にうずくまる痩せこけた男。先の女と同じく、拷問を受けたように身なりはズタボロ。

かろうじて赤い宮廷礼装だと分かる。落ち窪《くぼ》んだ目は虚ろで身動きひとつしない。

携帯食は二日前に切れた。それを知ってか昨日、地下室から塔の中階に移された。窓はあったが
鉄格子がはまっていた。半日ほどしてネモフィラが来た。押しつけの〈愛〉を免罪符にすり寄り、
あげく『あたしの奴隷になれば生かしてやるわ！』と脅してきた。丁重に断るとヒステリックに喚

き、例のペンギンが魔法の投網を引っかけて回収して行った。

今日はおそらく六月一日。今度は塔の最上階に移された。窓はない。廃嫡された愚兄の監禁部屋だ。

空腹よりも水なしが辛《つら》い。人間の生存は水の有無で決まると、学園時代に恩師が言っていた。授業にサバイバル行軍を取り入れるので有名な、体術・剣術科のロック・ニュートだ。

……三日だったかな。そのあとは生存確率が一気に落ちる。限界が来るのはあと一日か。

足元をチュッと鼠《ねずみ》が横切った。突然、男が動きそれを捕まえて貪《むさぼ》る。

ややして、しゃがれた声でつぶやいた。

「いい気味だ……だれも助けに来るわけがない……」

五章　戦場に咲く紅い花

1　改造された地下遺跡

六月二日

それぞれが持ってきた重厚な鎧を装着する。敵の攻撃魔法を弾くためのものだ。

アベルとニコラは銀の鎧、〈黒蝶〉四名は黒の鎧、コニーは白緑の鎧を。

各々が立ちトカゲに乗って、朝日が昇る中を疾駆する。旅客車は夜営地に捨ててきた。

二時間後、城塞跡地アシンドラを見下ろす丘に到着。

先に来ていた〈後続大隊〉が、アベルを出迎える。歓迎ムードなのは五隊長のリゾン、ナナセド、ゼロシス、レオニール、ブラン。その後ろから出てきた〈仮の大隊長〉オルゾイ侯爵だけが、苦々しい顔をしていた。

――ヤマアラシの隊はいないようですね。

さすがに、追い出した隊を連れ戻す、という暴挙はしなかったようだ。

とはいえ、ここへ来る道中、〈先行隊〉を襲った〈事故〉が偶然であるとは思えない。

高い崖に挟まれた道を通る時、突然、空から岩石がなだれ落ちてきた。とっさに、コニーが頭上に結界の傘を作って防ぎ、一行は無事にその場を潜《くぐ》り抜けた。十中八九、ここにいない輩が仕組んだのだろう。時間も押していたので、現場調査する暇などなかった。この件について、アベルは淡々と「道中、落石事故に遭ったが運良く助かった」とだけ、隊長らに話した。

コニーはニコラの懐中時計を見せてもらい、午前六時になるのを確認。

――全軍の集合予定は四十分後。突撃は七時でしたっけ。

しかし、砦の援軍はいまだ来ず。それとは別にもう一つ、重大な問題が発覚していた。

オルゾイ侯爵がニヤニヤと嫌な笑いを浮かべながら、アベルに近寄ってきた。

「昨夜、城塞跡地に斥候を送り込みましてな。その者の報告によると、〈人の侵入を阻む〉結界がある、と。これは大変なことですぞ」

本来、その斥候は〈先行隊〉の役目だが、昨晩、アベルたちを元に戻そうと試行錯誤していたコニーたちは、それどころではなかった。

年寄りは、ここぞとばかりに嫌みを浴びせてくる。

「敵の偵察も思いつかぬとは、いやはや。〈先行隊〉である意味とは何ですかな?」

「それは、こちらの魔道具でも確認済みだ。余計なお世話だと言っておこう」

そう、直接向かうことは出来なかったが、明け方にスノウが魔法鳥を飛ばして偵察済みだ。

連動する魔法の鏡で確認したところ、朽ちた城塞の上を素通りしようとしたトンビが見えない壁にぶつかり、黒焦げになって落ちていた。元々、城塞を守るために〈有害な人外を弾く〉結界があったのだが、それに敵が手を加えて変えたらしい。なかなか、えげつない。

この結界をどうやって突破するか、天幕の中でアベルは隊長らと話し合う。十五分ほどで終わり、各隊へと戻ってアシンドラ攻略についての説明をする。

コニーたちもアベルから説明を受けた。

「攻撃魔法を使える者たちで、城塞の結界に穴を開けることになった。ただし、大きな穴は開けられないだろう。少数精鋭である俺たちが先に行くことになった」

潜入後、結界の魔道具を探して破壊し、外への合図を送る。それから、〈後続大隊〉と砦軍が一斉に突入。コニーは不思議に思い尋ねた。

「よくあの侯爵がゴネませんでしたね」

我こそは一番乗り！　とか言いそうな人なのに。

「あぁ、異議のある者はいるか？　と聞いたが何も言わなかった」

アベルも不審に思っている様子。そのあとはしばし、砦軍の到着を待つことに――

コニーは目立たぬよう、魔獣たちの陰に座り待機していた。各隊の騎士が壁になって前を遮っていたのだが、隙間から老侯爵が見えた。どこか落ち着かない様子。

ふと、こちらを見たと思ったら――突然、彼は怒鳴り声を上げた。

「あれは何者だ!?　〈黒蝶〉は四名しかおらぬはずであろう！」

口撃材料を見つけたと言わんばかりにやって来て、アベルに食ってかかる。

「見ず知らずの者を勝手に加えるとは何事だッ！」

「訳あって王都を出てから合流した、〈彼〉は〈黒蝶〉だ。任命状もある」

しれっと、真実と嘘を織り交ぜて言い返す。

「では、その任命状とやらを見せるがよい！」

「〈黒蝶〉の名は公的に伏せられている。貴殿が知る必要はない」

「その者が〈黒蝶〉であるか証明せよ、と言っておるのだ！」

クワッと目を見開き、唾を飛ばしてくる難癖ジジイ。

「先ほど、〈先行隊〉は落石事故に遭ったと話したが――」

アベルは彼に近づき、その長身で見下ろしながら「何故、助かったと思う？」と、問いかけた。

「今、そんな話をしているのでは――」

「逃げ場のない道で、頭上から降り注ぐ巨岩をどうやって回避したのか。全く興味がないと？」

見透かすような視線と威圧に、老人はくっと息を呑む。

「それは……運が良かったと、貴公も言っておったではないか！」

アベルは一瞬だけ、ふっと嗤った。そして、コニーの方へ片手を伸べる。

「そうだ。運良く防御魔法に優れた者がいた。〈彼〉のおかげで、無事この場に辿り着けた。王太子殿下を陰で支える実力主義の〈黒蝶〉において、これ以上の証明がいるのか？」

聞いていた隊長たちは納得した。仲間の危機を未然に防ぐ、これほど心強い存在があるだろうか。

そして、オルゾイの狼狽具合に〈落石事故〉が仕組まれたものでは、と察する者もいた。

ひそひそと耳打ちし合う隊長や騎士らに、爺は逆切れ。

「勝手にするがよかろう！　このエセ騎士どもが！」

捨て台詞を吐いて、自分の隊がいる場所へと戻っていった。コニーは呆れた視線を送る。

――勝手にしろ、と言う人に限って邪魔しに来るんですよねぇ。

六時四十分。全軍集結が完了する時刻。だが、砦軍は来る気配すらない。

遅れる旨の連絡があったのは、〈転移陣〉の故障があったという南西の第三砦のみ。

東南の第一砦は〈転移陣〉を使って、北東の第二砦へ移動。この二砦が千名の混合軍となって、こちらへ向かっているはず。昨日の夕刻には連絡もあった。アシンドラから小一時間ほど離れた場所にて夜営を組む、と。

異常事態が発生しているのではないか――そんな不安がよぎる。

「誰か、第一と第二砦軍の様子を見てきてくれないか？」

アベルが〈後続大隊〉の騎士らに声をかけると、フェリクス少年がすばやく反応した。

「オレに任せてください！」

「では、頼む」

それから、予定通りに計画を進めることになった。

魔獣で駆けることわずか十分。

〈先行隊〉七名と〈後続大隊〉百十名は、城塞跡地の前に到着。

岩山の地形をうまく利用した城塞。その城門は橋の向こうにある。橋下は四十メートルほどの深い空堀だ。人間らしき黒焦げの死体が落ちている。待機していた斥候のようだ。

多少魔力があるというレオニール隊長が、常人には見えない結界壁の位置を指し示す。

「城門より五メートル手前にあります。ここですね」

手にした長い枝をそちらに向けて振ると、シュッと先端が焦げる。

アベルが指揮を執り、魔法武器を持った者たちで、結界に向けて一点集中の攻撃を行わせた。

やがて空間に波紋が現れ、小さな穴が開く。人が触れない程に大きく開けなくてはならない。だが、攻撃を止めるとすぐに穴は塞がってしまう。イライラの攻防が続く。

見ている事しか出来ないことに、コニーは歯痒さを感じる。

魔法剣とか使えればお手伝い出来るのに！

と思ったものの、あれは〈精霊言語〉を必要とするのでダメだ。……いや、待てよ。自分にもすごい魔法があるではないか。白緑鎧が発する防御魔法で、何か役に立てないかと考える。

アベルが人員を入れ替え、攻撃を継続するよう指示を出す。穴はやっと人が潜《くぐ》れる程度になった。

「もう少しだ、続けろ！」

アベルも幾度か交替して入り、魔獣槍から攻撃魔法を撃つ。

そのとき、魔獣の群れが駆けてくる地響き。近づいてくる音に、その場にいた誰もがハッとしたようにそちらを見た。攻撃魔法を仕掛けていた者たちまで。

ああっ、穴が塞がってしまう――！

とっさに思いついた。魔法の楯の変形バージョン。並んだ楯を大きな筒状にし、穴にはめて固定する。それでも結界の穴は狭まり、触れるとジュッと楯の端が黒く焦げ始める。小精霊に楯の強化を指示して、食い止める。二倍でも足りない。

「楯の強化四倍！」

コニーの行動に気づいたアベルが叫んだ。

「〈先行隊〉！　速やかに通れ！」

梟、スノウ、ニコラ、コーン、チコリ、アベルが次々に穴を潜ると、コニーも飛び込むようにして潜り抜けた。直後、防御魔法の大筒は真っ黒に染まり、中と外側に断たれて落ちた。

「なんて威力の結界……」

ドドドッ　ドドドッ　ドドドッ

四つ脚の魔獣に乗った騎士隊が駆けてきた。そのカモシカのような魔獣には見覚えが……

「砦軍にしては、やけに少なくね？」

「先頭の……髪が逆立ってるヤツ、ギュンター家のロブだ！」

コーンとチコリが声を上げる。

呼び止める老侯爵を跳び越え、暴れん坊ロブとギュンター隊はそのまま橋に突っ込んできた。

〈先行隊〉が城門前にいることで、結界が解除されたと勘違いしたのか。だが、炭化した大筒に危険を察知したロブが、ギリギリの位置で魔獣を停止させた。しかし、後ろの何人かがそのまま結界に突っ込み、黒焦げになって弾き飛ばされる。

ロブは「もう一度、穴を開けろ！」と叫んで、周囲に無茶ぶりする。

敵アジトへの突撃時に便乗しようとは、何とも小狡《こずる》い。他人を蹴落とす努力だけはする男だ。

砦軍が来れないよう何かしたのではないか、とコニーは懸念を抱く。

ギイイイイイイィィィ
背後で城門が開いた。どうやら、敵に招かれたようだ。

「行くぞ！」

アベルの合図で、〈先行隊〉は城門の中へと進んでゆく。最後尾のコニーが城門の内側へ入り、数歩進むと――フッと足下の地面が消えた。

えっ⁉

すぐに、どんっと着いたお尻は
「いっ」

ものすごい急傾斜のツルツルの鉄板の道を
「たあああああああああ⁉」

滑ってゆく。

摑まる所もなく、停まることも出来ず、周囲も見えず、真っ暗な地の底へと、物凄いスピードで落ちてゆく。

コレ、どこまで行くんですか⁉　着地点はどうなって――⁉

「たての――ふ……わっ――」

闇の中、あちこちから皆の叫び声が木霊《こだま》した。

「――はっ！」

八角形の広間に倒れていた。コニーは起き上がり周囲を見回す。〈先行隊〉六名も倒れている。全員の体の下には柔らかクッションと化した大楯。そう、子供化したアベルたちを崖から落とす時に生まれた、衝撃吸収ふんわりバージョンの魔法楯だ。

こんなものが活躍するとは……何事も経験しておくものですね。間に合ってよかった。

体感的に数分、滑り落ちていた気がする。固い石床、見えないほどに高く暗い天井を仰いで――確実に殺《や》る気だったなと思う。皆に声をかけて起こした。

壁際の八つの台座には、光る大きな石が置いてある。その後ろ側に丸い金属の反射板があるため、光が増幅されて辺りを照らしていた。

「あそこから落ちたのか、よく生きてたな」

「うあっ⁉　このクッションは、おれっちのトラウマのおぉ……ッ！」

「コニーがいてよかった！　いつも口うるさいとか思って悪かったよ！」

「河向こうで亡くなったお婆様がまだ来るなって……」

「防御完璧、グッジョブ」

「コニー、怪我はないか？」

「大丈夫です。とんでもない歓待の仕方ですよね」

八方向に通路の出口がある広間。壁も床もひび割れている。

乱れた黒髪を右手で後ろへと流しながら、擦《す》れた床の紋様を見つめるアベル。

「アシンドラには地下遺跡があると……陛下からの文《ふみ》にあった」

地上の城塞は風化して大部分が崩れている。そこに憑物士の大軍を隠しておくには無理がある。

地下遺跡ならばそれが可能というわけか。

援軍の予定数は第一砦と第二砦が五百名ずつ、第三砦が二百五十名。

憑物士が群れで襲撃してきた場合の対処は、〈攻撃魔法に耐性のある鎧〉の着用と、〈人外に有効な武器〉を持つことを条件に——敵の三分の一の人数で応戦が可能とされている。

国王が、千二百五十名もの援軍が必要だと判断したのは——敵は少なくとも四千体強、と見積もっているからだ。辺境に出没した憑物士群とか、王都へ進軍したものを足すと数千単位はいくので、敵の本拠地にも同程度はいる、と考えてのことだとは思うが——

「八つも出入り口があるとか、嫌な感じですね」

「あぁ、ここが袋小路にならないことを祈るが……」

魔力の切れた大楯クッションが消えてゆく。それを鋭い目で見つめて、何か考えているスノウ。目が合った。コニーに近づくと、ある提案を耳打ちする。

「え？　えぇ、出来ると思いますけど……」

「何だ？」

怪訝そうに問うアベルにコニーは屈んでもらい、スノウからの提案を耳元で説明。

「なるほど、それなら最悪の事態は避けられるな」

アベルは肯くと、仲間たちに広間の中央で固まるようにと指示する。

「武器を持て、合図を出すまで動くな！」

コニーは左籠手にある腕輪の点滅を目にした。近づく殺意。

「来ます！」

真正面の通路から靴音を鳴らして現れたのは、鞭を手にしたネモフィラだった。

巻き上げた黒髪には百合を模した琥珀の簪《かんざし》、ぴったりとした黒ドレスには大胆なスリット、凶器になりそうな黒いピンヒィル。背後から覗く爬虫類の太い尾に、蝙蝠の翼。

「本当にしぶとい虫どもね……」

その顔には、びっしりと蝶貝の鱗が広がり光っていた。その異質な美に、芸術的な仮面でもつけているのかと思ったが——腕や脚にもあるので自前のようだ。

「まぁ、いいわ。序盤でゲームオーバーなんてつまらないし、こちらも十分な駒を用意したから。雑魚《ざこ》には雑魚の相手がふさわしいものね」

コニーは他のメンバーの様子を見る。倒れる者はいない。今回は高位悪魔の魔力を中《あ》ててこないのか。あれだけ〈黒蝶〉狩りに腐心していたのに……

もしかして、大量のザコ駒で圧死させるつもりとか？

ネモフィラは大げさに両腕を広げた。

「改めて、ようこそ影王子のアジトへ！　ここは城塞下にある遺跡。無数の〈歪んだフロア〉があるわ。ジュリアン様がいるのは、地上で一番高い塔の上よ。探しに行くといい。ただし――こちらの〈宴〉に参加してからね！」

ヒュウと鞭が唸る。異様に長く伸びたそれが、明かりの石を次々と壊してゆく。派手な音を立てて全て割れ、辺りが暗闇に包まれると――雄叫びとともに、八方向から憑物士の群れが押し寄せて来た。

コニーは冷静な声で、小精霊に指示を出す。

「大楯の壁で〈先行隊〉を丸く囲んで、高さは天井まで！　二重に！」

闇を貫くように輝く筒状の壁が、床から発生。コニーたちを二重に囲んで敵を阻む。手にした武器でガンガンと、見えない外壁を殴りつけてくる異形たち。結界の光で周囲はよく見える。

通路から敵が出て来ないのを確認すると、コニーはさらなる指示を追加した。

「外側の大楯を形状調整、ふんわりへ変更！　全方向から敵を巻き込みローリング、閉じ込めて！」

筒状結界の先端が、布のように天井いっぱいに広がってゆく。そこから壁を伝って垂れ下がると、敵衆をくるりと内側に巻き込んだ。くるくると巻きに巻いて、それは出口のないリング状になる。

ドーナツ型の結界が出来た、というわけである。

「形状調整、硬化へ変更！　五倍強化！　そのまま十分維持！」

敵の怒号も遮断されて聞こえなくなった。ネモフィラは……敵が多すぎて見えないが、結界を破壊してこないので五倍強化が効いたらしい。コニーは速やかに、自分たちを守る壁を解除した。

「正面の通路から出るぞ！」

アベルの合図とともに全員が動く。硬化した結界ドーナッツを踏み越えて、ネモフィラが出てきた通路へと駆け込んだ。やがして、待機していたであろう敵が奥から現れる。

コニーは双刀を手に、魔獣槍を手にしたアベルらと突き進んだ。

2　翻弄される

斬って進んで斬って進んでを繰り返す内、敵の手に見覚えのある剣を目にした。

あれは、リーンハルト様の魔法剣⁉

近寄るグロテスクな半人半獣どもに斬り込みながら追いかける。

「コニー⁉」

アベルの声にはっとして振り返ると、背後に誰もいない。

「え？」

ついさっきまで敵も味方もいたはずなのに――目の前にいた五体ほどの敵を斬り伏せ、周囲を見回す。喧噪も聞こえてこない。ふと、ネモフィラの言葉を思い出す。

『無数の〈歪んだフロア〉があるわ』

まさか空間が歪んでいるとか？　そういえば……この壁、さっきありましたっけ？

背後にのっぺりと立つ石造りの壁を怪しく思い、床との接地面を探っていると、背後から忍び寄る気配。振り向きざま愛刀をぶち込む。バッとそれは二つに分かれた。いや、元々分かれていた。

そこにいたのは、上半身が少女で腰から下が蛇の憑物士。尾の先が二又に割れていた。両目を包帯で巻き、鞘に入った魔法剣を腕に抱えこんでいる。

「これかい？　これが欲しいのかい？」

鈴を転がすような声で、楽しそうに尋ねてくる。

「女のくせに鎧まで着込んで、これの持ち主を追いかけて来たのかい？」

可愛らしい口から、小馬鹿にしたようにちろりと割れた紅い舌が覗く。

「その手を放しなさい。それはあなたが持つものではない」

双刀を手に突進すると、ぬるりと床を滑って蛇女はかわす。動きが素早い。

「おぉ、怖い怖い、女の情は怖いねぇ。男なんてみぃんな嘘つきなのに」

斬りつけたはずの刃が蛇鱗の上を滑った。ぐるりと、蛇女がコニーに巻きついてくる。

「騙されちゃいけないよ？　甘い言葉を吐く男ほど、あてにならないんだ」

身動き取れないほどに締めつけると、蛇女は髪の中から〈黒きメダル〉を取り出した。

「こっちへおいでよ、お前さん。あんな色男、お前さんの手に負えるわけがない」

――さっきから前提がおかしいんですけど？

たまたま見つけた義兄の剣を取り返そうとしたら、何故か遊び人に騙された可哀相な女みたいに見られている。しかも仲間に誘われている。もしや、そうした経緯で人外に堕ちたのか？

「それなら、いっそのこと食っちまいな。食って自分のモノにするんだ」

異形の女は思考からして異常だった。

「どうせ今日、白金髪の騎士は死ぬんだからさ」

――今日？

蛇女はヴァイザーを上げると、コニーの額にぐいっと〈黒きメダル〉を押しつけてきた。

憑物士になるには〈黒きメダル〉を体内に埋める必要がある。

しかし、コニーの皮膚に食い込むことはなかった。何故なら、〈黒きメダル〉を受け入れる呼び水として、ごく微量でも魔力が必要だからだ。魔法の鎧を着ているから魔力あり、と勘違いしたのだろう。首を傾げている。コニーは低い声でつぶやいた。

「豆サイズの楯、全身を覆ってのち解体、全方位へ穿《うが》つように発射！」

わずか一センチの豆楯が輝きながら連なり、コニーの全身に沿って結界を形成――のち、爆発するように蛇女を弾き飛ばした。散弾となった無数の豆楯が、蛇の体を穿つ。

「ギャアッ⁉」

「中楯！」

手に出現した凧型のそれで、蛇女をまんべんなく強《したた》かに殴る。

「いたっ！　いたっ！　痛いってばっ！　お前さんのためを思って言っ……イタイタイタイタイタイタッ！　暴力やめてエェエエエ！」

楯は立派な凶器なのだと実感。二つ見えた〈心核〉の内、一つを愛刀で斬る。

「白金髪の騎士はどこにいるんです？」

体に刺さった無数の豆楯でぬめる面積が減った。これなら捕らえやすいと大型の楯に切り替えて、蛇女を床に押しつけて圧迫する。ベキバキと骨の折れる音。怒濤の反撃にすっかり戦意喪失した蛇女は、白旗を上げた。

「闘……技、場……〈24〉……」

そのとき、敵がぞろぞろと現れた。舌打ちする。まだ聞きたいことがあったが、数が多い。

コニーは魔法剣を摑むと、その場から遁走。背後で蛇女の断末魔が聞こえた。

憑物士は弱者に容赦ない。仲間でも使えない者は切り捨てるということか。

闘技場は二十四階だ。階段を見つけて壁に〈150〉の数字を認める。

えっ、地下で百五十階⁉

驚愕したが、とにかく上を目指さなくては——上っても上っても同じ場所に戻る。一体どういうことなのか？　他に出口があるとか？　天井に楯を投げつけ穴を開けて進もうか？

しばし考えて階段を下りてみた。降り口の壁を見ると〈149〉。ひとつ上の階に出た。

まさかの逆階段……！

どんどん下へと向かう。面倒になって踊り場までジャンプしつつ下りてゆく。

階段では殆ど憑物士は出てこなかった。他にも上り下りするルートがあるのかも知れない。

どうか、アベル様がニコラたちとはぐれていませんように……！

超がつくほど方向音痴な上官のことが心配になる。

「また、同じ階に戻った——？」

百三十階に着いてからは、階段を上がっても下りても別の階に出られない。仕方ないと廊下に出る。薄暗さはあるものの、壁の穴に設置されたランプがあるので視界には困らない。

このランプ……炎が揺れてない。魔法？

他の階にもあったが、走り回っていたので気づかなかった。

しばらくすると居場所を察知したかのように、敵の集団が現れる。双刀で斬りまくりながら考える。廊下の続く方向へひたすら走る。扉は一切ない。そこで、はたと気づいた。

――ここも逆では？

行き止まりに向かうと、壁が雪のように溶けて消え――道が現れた。近くに階段がある。入口の壁に〈130〉の文字。そこから下りると〈129〉〈128〉と上階へ行けるようになった。

百階でまた抜け出せなくなると、コニーは廊下へ出た。今度は、明るい道より薄暗い道へと進む。上階へ抜け出せた。やはりフロアでも、行けそうと思う〈逆〉を行けば、突破できるようだ。

五十階に着いたところで、黒鎧のすらりとした姿勢のよい人を見つける。

「梟！」

駆け寄って他の人たちがどうなったか聞くと、最初にコニーが姿を消したことでアベルが追いかけ、自分たちもあとに続いたが見失ったらしい。憑物士を狩りまくる戦闘狂スノウに、駄犬二号コーンが負けられないと彼を追いかけ、自身は残ったチコリ、ニコラと一緒に上階を目指しつつ、囚われた騎士たちの居場所を探していたという。

「何故、今は一人なんです？」

「おれ、先頭を走ってた。振り返ったら、いない」

既視感。コニーは二十四階の闘技場に義兄がいることを伝える。

しばらく一緒に行動したものの、憑物士軍と戦っている最中にまたはぐれた。三十数体を片付けたものの、梟が死骸に交じっているということもなかった。

——まただ、見覚えのない壁がある。

気になるそれを蹴り壊してみたところ、さらに大量の敵が現れた。失敗！

階段を探してまた上階を目指す。やはり、ここに入ると敵はあまり現れない。たまに見かけたやつもうろうろ迷っている感じだった。試行錯誤を繰り返しながら、上階へと地道に少しずつ突破してゆく。

その途中、複数の人間の死体を見つけた。全員が覆面に革鎧……間者のようだ。死後の硬直具合から、何日か経っていると思われる。彼らの武器の柄には、吊縄と狼首という不気味な印があった。見覚えがある。某暗殺団のシンボル——

彼らが潜入した目的と言えば、まぁ大体分かる。しかし、革鎧のような軽装備で忍び込むとは……ここが異形の大軍に占拠されていると知らなかったのか？

「着いた、二十四階……！」

憑物士軍と遭遇する度に、腕輪の魔除け石は光って点滅。掃討が終わると消える。

あ、また光った。廊下の奥の方で人影らしき点が動き、こちらへ向かい始める。いきなり走り出したと思ったら、魔除け石の光がフッと消えた。味方——？

「メッガネちゃあああああああん！」

あの馴れ馴れしい呼び声は……元祖駄犬⁉

茶髪を振り乱し両手を広げて、嬉しそうに突撃してくる革鎧の男。

近づくにつれて、何か違和感が――え？　何アレ⁉

頭に三角の獣耳ふたつ、腰の後ろでブンブン揺れる茶毛の尻尾。犬っ鼻とピンピンのヒゲまである。犬人間？　目の錯覚？　まさか、あいつも悪魔化――⁉

あと十五メートルの所からハイジャンプ、満面の笑みで飛び掛かってくる。

「中楯！」

コニーは容赦なく、そいつを楯でぶん殴った。ガン！　ドン！　と天井にぶつかり床に激突。

「うぅ……久しぶりのメガネちゃんの愛が……強烈うぅ……」

俯せに倒れたまま、何かほざいている。鎧の着用時にはクリアに見えるはずの、〈心核〉と〈黒きメダル〉――どちらも男の体内には見当たらない。憑物士じゃない？

「――何故、わたしだと分かったのですか？」

男は顔を上げてニカッと笑った。鼻血まみれでスプラッタ。さっき見えた犬っ鼻がない。

どうやら、敵に紛れるために変装をしていたらしい。男は跳ねるように起き上がった。袖口で顔を拭こうとして、やめる。革の籠手では痛いからだろう。

「何か拭くもの持ってない？」

「持ってませんよ」

「メガネちゃんの匂いのするハンカチで、拭きたかったんだけどなー……」

ぞわっと鳥肌、無言でコニーは後ずさる。

「そうそう、メガネちゃんだと分かった理由な！　百三十階で憑物士の群れの中にいるの、偶然見かけて！　見覚えある刀だったし」

あぁ、それでかと納得。ずいぶん下の階にいたんだな、と思っていると――

「そこから愛の力と、メガネちゃんの汗の匂いを頼りに探してたってわけ！」

またおかしなことを言い始めた。こいつのペースに巻き込まれてはいけない。

「駄犬ジョークはもういいです。偶然のフリして、何を企んでるんですか？」

「企むだなんて！」

詰め寄ってくる男を、サッと中楯でガードする。やつはそれの上部を両手で摑んだ。

「これはマジで運命の再会ってやつだから！」

距離が近過ぎるせいか、この男のふさふさの犬耳とか、笑った時に覗くやたら大きな犬歯が気になる。これも作り物？　よく見れば爪も獣のように尖っている。ずいぶんと手の込んだ変装だ。

思わずじいっと注視すると、やつはポッと顔を赤らめる。何がそんなに嬉しいのか、男の背後でブブブブンと高速で揺れる犬尻尾。すごい滑らかな動き。どんな仕掛け？

「そんなに熱い目で見られると――」

「その尻尾、どうやって動いてるんです？」

好奇心が勝って尋ねると、はっとしたように向こうから離れた。

「あ、コレ？　ちょっとしたカラクリ！　そんなことより、メガネちゃんは何しにここへ？」

話を逸らされた。というか、こっちがここにいる理由を知らないのか？　本当に？〈先行隊〉の王都出発から十日も経ってるのに、情報を掴んでないのか。……まぁ、だからといって。

「教える義理はないですよね？」

この男に関して分かっているのは、元宰相の間者であり、レッドラム国で有名な暗殺団〈屍狼《しろう》〉の頭目ジョンであるということ。歳は十七。童顔で人懐こいフリをしているが、暗器を腕に仕込み加虐性がある。コニーが〈黒蝶〉だということは知られている。

城塞の塔には三ヶ月ほど前から、廃嫡王子ドミニクが幽閉されていた。彼はレッドラム国王の甥にあたるので――それらを鑑みれば、この茶色いやつがここにいる理由は、先の間者たちと同じ。

「――あなたは、元第一王子を脱出させるつもりで来たのでは？」

おそらく、今度の雇い主はレッドラム王か、その周辺に仕える者と推測する。

「オレの仲間になってくれるなら、教えてもいいけどぉ～」

「デメリットしかない勧誘はお断りです」

「メリットはオレからの愛！」

「むしろ、それが最大級のデメリット」

「ぎゃふん！」

その後もしばらく、愛を叫びながら付け回す元祖駄犬だったが、スルーを続けて闘技場を探していると、ふいに背後が静かになった。振り返るといない。まただ、何の音もしなかったのに。

そこには通ってきた通路を塞ぐ壁。戻って壁を触ったり鞘で叩いたり、接地面を調べる。

また蹴り壊すと現れるのはあいつか、もしくは憑物士軍。やっぱりやめておこう。離れようとしかけて、何か聞こえた気がした。壁に耳を押し当てる。かすかな喧騒が――

今度こそ当たりか。コニーは壁を蹴り壊した。さっきと違う、真っ暗――だが、喧騒がよく聞こえる。闇の奥に微かに光る、四角の枠線が見えた。闘技場への扉？

あそこにリーンハルト様が……

『今日、白金髪の騎士は死ぬんだからさ』

蛇女の言葉がよみがえる。彼は人外の闘技場で、その死に様を見世物にされるのだと――

そうはさせない。異次元で迷子になった時、影の罠に嵌まった時、氷室《ひむろ》に閉じ込められた時、路地裏で酔い潰れた時――リーンハルトには幾度も助けられた。

剣帯に細縄で括りつけた魔法剣に手を添える。

彼の恋情に応えることは出来ないけれど、恩には恩で返すと決めている。

今、行きますからね、ハルト義兄《にい》さん！

コニーは愛刀を鞘にしまうと、明かり目がけて爆速で駆け出した。

☆

長い手足は毛むくじゃら、突き出した鼻づらと大きな口。顔の真ん中に寄った小さな目。

憑物士は半人半獣と言われるが、その割合は決して五対五と決まっているわけではない。どちらかと言えば人の部分の方が少ない。それは肉体面、精神面を含めて。

見た目だけなら、マルゴは巨大なだけの黄色い狒々によく似ていた。魔力が低すぎて破壊の魔法は使えず。怪力と刃物のような爪が武器。あとは逃げ足が速かった。

影王子のアジトに連れて来られたあと、ぱたりと彼の声は聞こえなくなった。

どこで何をしているとも分からない。不平不満があっても伝える術《すべ》はない。

周りには憑物士がいっぱいだ。だけど、仲間意識なんてあるはずもなくて——

あいつら、中身はとっくに悪魔なんだ……

噂で城の騎士団を捕まえていると知った。あの人がいるかも知れない。はやる気持ちで、地下の最奥にある牢まで見に行った。だが、近づこうものなら容赦なく、牢番に魔法で攻撃された。

諦めきれず、何度もこっそり牢の近くまで通った。

『どの男が気になるんだい？』

目隠しをした下半身が蛇の女が絡んできた。

口を閉ざしていたら、教えてくれたら牢番に会わせるよう頼んでやるというので、白金髪の騎士だと答えた。そしたら、蛇女は『あぁ、あの見栄えのいい男かい』と。いや、なんで目隠ししてるのに知ってるんだ。怪訝に思い問うと、掌をこちらに向けて来た。その真ん中に蛇の目が一つある。

『お前さんなんぞ、相手にするわけなかろうよ』

と失礼なことを言い出した。——かと思えば。

『まぁ、そんなにイキることないさ。アレは近い内に殺されるんだ。そん時に死体を食っちまえばいい。かつて、あちきがそうしたように。それで愛しい男は未来永劫、お前さんとともにある』

平気で恐ろしいことを口にする。

何言ってんだ、好きなのに、ずっと追いかけて来たのに——そう言い返したら……

『それで、お前さんは報われるのかい？』

心底、不思議そうな顔で問われた。

——あたいは悪魔じゃない！　人間なんだ！　そんなおぞましい真似はしない！

『——ふぅん、でも、いずれ、お前さんも……』

何を言わんとしているのか、その時は分からなかった。蛇女は牢番にかけあってくれたけれど、
結局、覗くことすら許してくれなかった。

最近、何となく分かってきたことがある。悪魔化には段階があるらしい、ということ。進行する
ほどに本物の悪魔に近づく、と。

あたいも、いずれ……？

ここに来て八日目。恋する騎士が闘技場に出ると知り、マルゴは愕然とした。

毎日、牢から引き出された騎士たちが殺されている場所だ。

あたいが助けたら、振り向いてもらえる——？

淡い望みを抱くも、マルゴが牢番を出し抜くことなど出来るはずもなかった。

3　無謀とペナルティ

依然として、三つの鳥籠の中には王太子の側近三名がいた。

騎士副団長リーンハルト、人事室長アイゼン、〈黒蝶〉長の揚羽。

影王子との直接の対面は一度だけだった。あれから半月ほどが経つ。

「私が拉致された日から数えると、三十五日か……」

少々気になる顎の無精髭を、右手で触りながら呟くリーンハルト。

「人事室長が一番長くここにいるわよ」

「副団長より四日ほど多いですね……」

年齢不詳の、若々しい揚羽とアイゼンが言った。そろそろ三十路《みそじ》目前の二人なのに、無精髭がないように見えるのは何故だろう。アイゼンはプラチナの毛色だから、目立たないだけだと思うが……派手な赤みのある金髪の揚羽。その顔を、じっと見る。

「何ガンくれてんのよ?」

髭は……と言いかけて、いや、そんなくだらない話を振ってる場合じゃないなと思う。

「ここがどこか考えてみたけど……地下である以外の情報がない。じゃあ、敵の規模から推し測ることは出来ないかな」

「と、いうと?」

「辺境に湧いた憑物士群。あれの出所がここだとしたら、かなり広い隠れ処《が》だ」

「まぁ、そうでしょうね」

頷く揚羽に、リーンハルトは推測を続ける。

「国内には使われていない聖殿や城がいくつかある。その真下の地下洞なんじゃないか？」

「大きな建物なら、古くても管理されているわ。見つかるリスクのある場所は避けるんじゃない？」

揚羽たちのやりとりに、アイゼンが意見を述べた。

「管理者たちが始末され、占拠されているとしたら？　私はここが、アシンドラではないかと思うのですが……」

「廃王子の幽閉地？　レッドラム国が手を出す可能性も高いから、警備はかなり強固にしているはずよ。何か根拠があるの？」

揚羽の疑問に、彼はアシンドラ城塞についての説明をした。

「経年で朽ちていますが、険しい岩山を利用した天然の堅固な要塞です。一度、城門を閉じれば侵入は難しい。逆に言えば、敵の手に落ちると厄介な場所です。おまけに地下には遺跡坑があったはず。落盤が起きやすく危険なため、ずいぶん昔にその入口は埋められましたが。それに――」

リーンハルトは、彼の言わんとすることに気づいた。

「そうだ、影王子は王家への復讐で動いている……！　生きているドミニクを放置するわけがない。じゃあ、ここは本当にアシンドラ……」

近くで影が揺れた。リーンハルトはぎょっとする。目の前の岩壁に、子供の影がある。

「アー～タ～リ～！」

嬉しそうな子供の高い声。

「コノ場所ヲ当テタカラ、約束通リ、解放シテヤルヨ！　ソコノ二人」

影王子は、リーンハルトとアイゼンを指差した。

とたんに、ガコンッと大きな音がして、二人の入った鳥籠が浮き上がる。スーッと移動を始めた。

「えっ、ちょっと何を――!?」

揚羽の焦った声も遠ざかり、光苔すらない暗闇の中を鳥籠は滑るように進んで行った。

ガコンガコンと幾度も大きな音を立てて、右折、左折、上昇を繰り返す。十分ほどして先ほどと似たような、岩壁に囲まれた洞窟に到着。上から吊るされたオレンジ色に光る大きなランタンで、周りは明るい。

ずっと薄暗い場所にいたので、思わず目を細める。白い煙が立ち込めていた。一瞬、毒ガスではとリーンハルトは警戒したが、ただの蒸気らしい。近くに湯気の立つ泉がある。

ガコン！

突然、鳥籠が大きく傾いた。扉が開き、そのまま外へ――ザブンと湯の中にリーンハルトは落ちた。慌ててもがき水面に顔を出す。隣でずぶ濡れのアイゼンと目が合った。

「――溺死させるにしては浅いですね」

「……ああ、茹で殺すにしては温《ぬる》いしね」

どんな意図があるのかさっぱり分からず、温泉から岸に上がろうとすると。ぽよん、ぽよんと白くて丸い物体がいくつか跳ねてくる。直径二十センチの鳥っぽいモノ。羽毛のないパン種ボディ。先頭に来たやつが、人の手なのか翼なのかよく分からないもので、カミソリと石鹸を掲げている。

片側の手のようなもので、ヒゲを剃れという感じのジェスチャーをしてくる。

その後ろに続くやつらは、タオルや見覚えのある荷袋を持っていた。

アイゼンが眉根を寄せてそれを見つめる。

「……身繕いしろ、ということですか？」

近くで見た彼の顎にも髭が光っていた。湯煙の中、よくよく周囲を見れば、岩壁の近くに汚れた衣類の小山がある。鎧下に着る防御用の上着ギャンベゾンだ。城騎士には貴族が多く、鎧とチェインメイルを脱いだ時に襲われることも考慮して、防刃効果のある魔法糸を織り込んでいる者も多い。もちろん、リーンハルトもだ。アレの持ち主は、この後どうなったのだろう。

再度、湯から出ようとすると、擬似鳥は荷袋を持って逃げてしまった。あの中には自身の騎士服が入っている。ものすごく癪《しゃく》だが仕方なく髭を剃っていると、彼らは戻ってきた。

言葉通りに受け取っていたわけではないが――〈解放〉という言葉が欺瞞に満ちていると知るのは、このすぐ後だった。

リーンハルトは白い騎士服に翡翠のマントを身につけた。アイゼンも自身の荷袋を渡されたようだが、その着替えは先と変わらず地味な旅装。

身支度を終えると影王子がやってきて、アイゼンの方を見て首をかしげた。

「モット、イイ衣装、ナカッタノカ？」

「何のために？」

ひやりとした冷気を纏いながら、問い返すアイゼン。

「……マァ、イイヤ。ツイテ来イ」

「地上へ？」

リーンハルトの怪訝そうな問いに、彼は「マサカ」と黒い肩を竦める。

「やはり……〈鳥籠から解放するだけ〉という意味でしたか」

冷静なアイゼンの言葉に、少年の影は頭を前に揺らす。影はいつの間にか、立体的な膨らみを持っていた。

「ソウ、オマエ達ニハ、コレカラ、闘技場へ出テモラウ」

自分の部下たちが送り込まれた場所だ。とうとう自分の番が来たということか。どうりで、魔法付きの防御衣まで脱がされたわけだ。リーンハルトはなぶり殺されたであろう部下たちを思い、怒りから拳を震わせる。

「丸腰で戦えということかい」

すると、影王子は明るい声でそれを否定した。

「ソレジャ、スグニ終ワッテ、面白クナイダロ？　心配シナクテモ、武器グライ、選バセテヤル」

この嘘吐《つ》きの言葉など信用できるはずもない。今の内に逃げなければ——

ガラガラガラ……

歯車が回る音。次の瞬間、背後に鉄柵が落ちてきた。

「ソンナニ慌テテ、逃ゲルナヨ。優勝シタナラ、地上へ出シテヤルカラ」

見透かしたような言葉。二人はやむを得ず、歩き出した影王子の後をついてゆく。

しばらくすると、洞窟を抜けて切り出された石で舗装された道へと変わる。

影王子はずっとしゃべり続けていた。実は王都から救出隊がやって来ていること。しかも、たった七名だということ。彼は、クフフと変な嗤い声を漏らす。

「無謀ダト、思ワナイカ？」

多分、それは精鋭隊だ。ここに捕われた王太子を救い出すための。そして、国王の選出であれば、その中には高確率で〈黒蝶〉が入るはず。リーンハルトは青褪めた。

まさか、コニーが来ている……⁉

目の前に、巨大な扉が現れる。影王子はくるりと振り返った。

「ボクノ配下ハ、全テ憑物士ナンダ。半分ハ雌《めす》。見目ノ好イ人間ノ男、大人気！　オマエ達ガ負ケタラ、死体ハ下ゲ渡ス」

死んだ後ですら蹂躙《じゅうりん》されるのだと――異形の王子は告げた。

扉の少し手前には、武器の載った台。ひとつ選べと言われる。

長剣、槍、弓矢、斧、戦鎚《せんつい》、棍棒といろいろあるが、どれも銅製だった。鉄ですらない。そもそも人外にダメージを与えられるのは、特殊武器（魔力・魔法・フィア銀付）に限られている。

「すぐに終わらせるつもりはないとか言って、コレか……」

「私は刀を愛用しているのですがね。致し方ない」

まともな選択肢はない。二人とも長剣を手にした。

重い扉が開かれ、リーンハルトとアイゼンは闘技場の中へと足を踏み入れる。広い砂地を段差のある観覧席がぐるりと囲む。

さらに、審判を見て驚いた。元第一王子の騎士団長グロウだ。ジュリアンの暗殺未遂に加担し、様々な余罪で賞金首となった男が、よもや人外堕ちで現れようとは——

鼻筋高く、我の強そうな太眉に整った顔立ち。前髪を真ん中分けにした銅色の髪。グロウの姿はほぼ人間だった。異質なのは、ナメクジのように薄紫色にぬめる肌と、頬に走る黒い筋模様。国王が着るような豪華な宮廷衣をまとっているが、左袖の手がない。大きな宝飾品ばかりをじゃらじゃらと身につけていた。

——道化感がすごいな……ナメクジの王か？

観覧席の三段目より張り出す台から、こちらを見下ろしてくるグロウ。呆れ果てた目でリーンハルトが見ると、やつは薄笑いを浮かべた。よく通る声でルール説明をはじめる。

「武器は用意された物のみを使用する。戦いはどちらかが死ぬまでだ！　対戦者は王太子の騎士副団長リーンハルト・ウィル・ダグラー！　もう一人は国王の元近衛騎士シルヴァン・チェス・アイゼン！　影王子サイドからは、無敗の剣闘士ゴルゴンだ！」

反対側の扉から出てきたのは、体長四メートル近い巨軀の憑物士。獅子とハイエナのふたつの頭部を持ち、筋肉の隆起した人身で革鎧をまとっていた。得意げに振り回すのは、巨大な戦斧《せんぷ》。

観覧席を埋める異形どもが騒ぎ出す。最前列を埋める雌の憑物士たちが、全身から欲望をギラつかせている。肉食系女子に過度の拒否反応が出るリーンハルトは、思わず目を逸らした。

「「「「殺セ！　殺セ！　殺セ！　殺セ！」」」」

場内にワァンと響き渡る声。

無敗の……ということは、私の部下たちを手にかけてきたのはこいつか。

人外を倒すには特殊武器がいる。通常の武器でも、魔力を刃先に通せば人外を斬ることは可能だが——自分とアイゼンに魔力はない。

さっと周囲を見回すリーンハルト。観客の憑物士どもは武器を持ってなさそうだ。舞台に乱入させないためにも、律儀に規制をしているのか。だが、客席通路に立つ兵は帯剣している。敵の残存魔力があれば、しばらくは利用できる。

「アイゼン卿、あのデカブツは私が引き受ける。その代わり——」

「分かりました、客席に乗り込んで武器を奪います」

彼も同じ事を考えていたらしい。

「さあ、命懸けで我々を楽しませてもらおうか！　両者とも、準備はいいかァ？」

ナメクジ王が銅鑼《どら》を鳴らすと、ゴルゴンが突進してきた。

リーンハルトが囮となって突っ込んでいく。直前で戦斧の刃をすり抜け、胴を剣で薙《な》ぎ払う。彼の膂力は人外レベルだ。ゴルゴンの体が後方へ吹っ飛んだ。しかし、巨体とは思えない敏捷《びんしょう》さで体をひねって着地、両足を地につけズザザザーッと摩擦で勢いを殺して止まった。辺りが砂塵でけむり、一時的に視界を塞ぐ。

リーンハルトは舌打ちする。殴っただけで剣が思いっきり曲がってしまった。

獅子の首が鼻先で「ファッハーッ」と嗤い、ハイエナの首が「調子に乗るんじゃねぇぞ、小僧！」

と罵声を浴びせてくる。

その隙に観覧席に飛び込んだアイゼンが、狙った兵に向かう。相手が抜いた剣を、己の剣で真上に弾き、素早く相手の口腔深く突く。慌ててそれを引き抜こうとする間に、アイゼンは落ちて来た剣を掴んで、兵の〈心核〉を狙い斬る。事態に気づいた兵らが駆けてきた。観客までもが「捕まえろ！」「ぶち殺せ！」と怒号を発し、鋭利な爪牙で加勢しようと彼に押し寄せる。

ゴルゴンが繰り出す攻撃をかわしつつ、追われるリーンハルト。避けているのにマントや騎士服のあちこちが裂けた。戦斧から飛ばされる魔力の刃のせいだ。

彼は視線だけでアイゼンの姿を探す。観覧席の一角に、憑物士らが押し寄せていた。

——王太子の側近とはいえ、何故、人事室長まで影王子の標的になったのかと思っていた。檻の中で聞いた話では、彼は十代の頃、国王の近衛騎士として仕え、爵位を賜るほどの活躍をしたという。だから、任せたのだが——多勢に無勢、無謀な賭けだっただろうか？

しかし、すぐにそれも杞憂《きゆう》だと分かった。隅の方から波状に憑物士が倒れてゆく。詰め寄っていた憑物士らが後退し、逃げてゆく者も。そこから身ごなしも軽やかに飛び出したアイゼンの両手には、二振りの長剣。彼は椅子の上部を蹴り、跳ねるように駆けながら敵の包囲網を脱出。

最前列へ移動すると、一本の剣を高く放り投げた。ゴルゴンの斬撃をかわしながら、リーンハルトはそれをキャッチする。今度はこちらから、低い体勢で突撃する。

ゴルゴンもこれを迎え撃とうと、戦斧を斜めに振り上げ、狙い定めて振り切った。

「!?」

捕らえたはずの獲物がかき消えたことに、獅子とハイエナは瞠目する。

瞬時に真上に高く跳躍したリーンハルトは、前傾姿勢になったゴルゴンの二つ首を討ち取った。

そこにあった〈心核〉は壊れ、黒血を散らしながら宙を飛ぶそれに——辺りは静まり返る。

「違反だ！　ペナルティを！」

誰かがそう叫んだ途端、客席が騒然となり、憑物士たちから激しいブーイングが湧き起こった。

「「「「ペーナルティ！　ペーナルティ！　ペーナルティ！」」」」

「おぉ、何と嘆かわしい！　騎士副団長ともあろう者が、不正で勝利を得ようとするとは……！」

ナメクジ王は実に楽しげに嘆くフリをする。それは想定内だった、だからこそ。

バサーッと重厚なマントを翻《ひるがえ》して、リーンハルトたちを指差し、嬉々と叫んだ。

「規則外の武器を使用、及び場外乱闘！　ペナルティを与える！　出でよ、〈不浄喰らい〉ドーラよ！

腐敗の吐息をもって、この二人を疾《と》く罰するのだ！」

闘技場の入口のひとつが、重く軋みながら開いた。

両開きの扉の向こういっぱいに広がる、巨大な男の顔。黒々とした目には白目部分がなく、仄かに光る青白い蛇肌。黒い頭髪にわずかな灰色の筋が交じる。

リーンハルトは本能的な危機を察し、そいつに背を向けて一目散に走り出した。ぽかりと洞窟のように開いたその口から、場内へと紫煙が吐き出される。濃度の高い瘴気が彼の体に絡みつく。

つんのめるようになって足を止め——リーンハルトはその場に倒れた。

4　義兄の変異

闇の通路を抜けた先に、明かりの漏れる扉があった。

開けようとしたが鍵がかかっている。その向こうから時々、聞こえる微かなざわめき。

コニーは少し離れると、助走をつけて飛び蹴り――扉を破壊して突入した。二本の愛刀を抜く。

傾斜のついた観覧席が視界に入る。すり鉢状の闘技場らしいが、下から昇りくる紫煙で十メートルほど先がよく見えない。コニーはぎょっとした。

あれは、〈不浄喰らい〉の瘴気――⁉

生きた人間を瞬く間に呼気で腐らせた、巨大で醜悪な異形を思い出す。

だが、白緑鎧の輝きが瘴気を寄せつけなかった。少しほっとしていると、憑物士が二体現れた。まるで酔っぱらいのようにふらつきながら、千鳥足で襲いかかってくる。避けるまでもない、正面から〈心核〉を狙い斬った。

通路の階段を少し下りると、眠る憑物士たちがあちらこちらに転がっている。あの酩酊状態は、濃すぎる瘴気の影響だろうか。肝心の戦いの舞台は、深い紫煙に包まれてまったく見えない。

「リーンハルト様はどこに……！」

何が起きているのか、周囲の状況がさっぱり分からない。

酔客もどきの敵を斬り捨てながら進んでいると、紫煙の向こうに赤い光を見つけた。気になって近づくと、その赤光《しゃっこう》の中に男性の後ろ姿。見覚えのあるプラチナ色の髪。やけに短くなっているが

――すると、こちらの接近に気づいたのか、彼はバッと振り返る。

やはり、冷ややかな美貌の人事室長だった。コニーは刀を持ったまま両手を振る。

「アイゼン様！　わたしです！　コニー・ヴィレです！」

「……ヴィレ？」

目を瞠りつつも、警戒した様子で剣を握り直している。

まあ、こんな所に女中兼女官がいるとは、夢にも思わないだろう。彼の周りで事切れた異形の数を見て、味方として認識してもらうためにも簡単に事情を説明した。

「実はわたし〈黒蝶〉です。臨時のバイトなので、側近の方には紹介してもらえなかったのです。ここへは王太子救出の〈先行隊〉として来ました！」

それでも訝しげな表情。すぐに信じられないのも仕方ないか。どう証明をすれば……と考えて、閃いた。彼から直接聞いたことを話せばいい。

「ジュリアン様の側近を狙った〈毒サブレ事件〉。アレを暖炉で燃やしたのはアイゼン様だけでした。素人の作る菓子は不衛生で不味《まず》い――とも仰っていましたね」

彼は空色の双眸を瞬き、「確かに、本人のようですね」と口許に微笑を浮かべた。

「それにしても、バイトとは……ずいぶん本格的な戦闘員に見えますが……？」

毒素混じりの返り血すら弾くピカピカの白緑鎧を見て、彼は眉根を寄せる。

「この鎧は裁定者様からの借り物なのです」

「ほう、高位精霊であるイバラ殿から……」

感心したような声音。〈裁定者〉の存在については、王位継承試験で広く知られたが――それが伝説の高位精霊〈緑の佳人〉であり、名がイバラであると知るのはごく一部の者のみ。ハルビオンの国王と、王子二名、側近四名、そして自分。おそらく、裁定者探しに不参加だったアイゼンも側近なので、後に接触されたのだろう。

「この紫煙、濃度の高い瘴気なんですが……何か護身の魔道具でもお持ちですか？」

「それと同じものを」

コニーの腕輪についた魔除け石を指差す。

今気づいたが、石の色が乳白色から燃えるような赤色で輝いている。

「〈砦の母〉様から頂いた物ですね？」

「執務棟に迷い込んだ、赤毛の幼女からもらいました」

おそらくそれは〈砦の母〉だろう。脳裏に、パイのお礼に来た赤毛の幼女が思い浮かぶ。

右から忍び寄る敵に、コニーは踏み込んで斬る。直後、左から躍りかかる一体をアイゼンが斬った。首が半分取れた状態で床に落ちる。

「この剣も切れ味が落ちてきたので、また調達しなくては……」

敵の剣を奪って使っていたのだと気づく。コニーは愛刀の片割れを差し出した。

「フィア銀刀です。ひとつ貸しですよ」

「これはかたじけない。お礼はいずれ倍返しでさせてもらいましょう」

両手で受け取ったアイゼン。突如、後ろから飛びかかる二体の憑物士。彼は舞うような優雅さで、それらを高速分割した。

「素晴らしい刀ですね」

あなたの腕がすごいです。背中に目でもついてるんですか？　見ないで〈心核〉斬りましたよね？

「ところで、何があったのですか？　ここにリーンハルト様がいると聞いたのですが」

アイゼンは手短に、今の状況に至るまでを話してくれた。

銅剣のみ持たされ、ダグラー副団長と闘技場に出るはめになったこと。アイゼンが兵から魔力を帯びた剣を奪い、それを渡した彼が対戦者を仕留めたこと。ペナルティコールの後、下の出入口から巨大な顔が現れ、口から吐いた紫煙で周囲が見えなくなり――

「視界がまったく利かないから、彼の位置も分からなくて……迂闊に近寄れないのですよ」

出入口から覗いた顔は三メートルはあった、と言う。

今度の〈不浄喰らい〉は二十メートル超えってことですか!?

王都を襲ったやつが民家四階分だったから……四分の一程増量ということになる。そんな脅威と瘴気の中にいるって――即、救出案件！

「回収してきます！　小精霊様、闘技場の真ん中、真上まで飛翔！」

驚いたアイゼンが引き留める。

「ヴィレ！　今の話、聞いてましたかっ!?」

背中に光る蔓草の植物が広がり、まばゆい翼を形成してゆく。床を蹴って羽ばたき、コニーは宙を飛ぶ。闘技場の真上まで来ると――

「瘴気を吹き飛ばし、視界の確保！　滞空、翼を広げて高速回転！」

旋風を巻き起こす。すり鉢の底に溜まる紫煙が、隅に追いやられてゆく。

いた、リーンハルト様！

倒れている義兄を見つけた。中空から視線を向けるが、出入口は真っ暗で〈不浄喰らい〉の姿は見えない。ふいに、バットマッドの無残な最期を思い出す。最悪を覚悟する。コニーはゆっくりと舞い降りてゆく。近づくにつれて義兄の姿がはっきりと見えた。

よかった、溶けてない――

突如、開いたままの扉から巨大な腕が伸びて来た。瞬間的にコニーは羽ばたき、それを回避。すると、巨大な手は義兄の体を鷲掴《わしづか》みにする。グググッと力を込めて握り潰そうとした。彼はぐったりしたまま動かない。しかもまた、辺りを紫煙が覆い始める。

「リーンハルト様！」

地に足をつけて翼を消し、愛刀を手に攻撃態勢に移ろうとするコニー。そのとき、異変は起きた。

義兄をとりまく瘴気が、巨大な手が、見えない力で押し返されている。

え？

彼は俯いたまま自由になった両腕で、巨大な指を一本摑んだかと思うと――ボキボキと凄まじい音を立ててねじり折った。

「グオォゥ⁉」

同時に、獣じみた悲鳴が上がる。

リーンハルト様、意識が……⁉

義兄の顔や手に鮮血色の花が咲く。いや、あれは崩れた紅い文字だ。次々と浮かび上がり、見る間に肌に広がる。続けて二本目の巨大指をねじり折る音が響く。またもや獣のような咆哮が轟《とどろ》き、巨大な手は逃げるように扉の奥へと引いていった。コニーはすぐさま彼に駆け寄る。

「リーンハルト様！」

呼びかけても目は虚空を睨んだままだ。正気でないと悟る。彼の体から光る〈気〉が少しずつこぼれ、次第に眩《まばゆ》さを増して溢れ出し、紫煙を打ち消す波のように周囲に広がってゆく。

イバラ様が瘴気を打ち消したやり方に似ている……？　彼に魔力はないはずなのに……

「ハルト義兄さん！」

彼はぴくりと反応し、こちらを見た。だが、目は虚ろだ。襟元を掴んで強く揺する。

「ちゃんと起きてください、こんな所で呆けている暇はありませんよ！」

瘴気が消えたことで、憑物士たちの酔いも醒め始めている。アイゼンがこちらに来ようとするそれらを斬り伏せているが、次第に数が増えている。コニーは自分たちの周囲に結界を張った。

彼の両頬をぐいっと引っ張ったり、ペチペチ叩いたりするも反応がない。

冑のヴァイザーを上げて、さらに強い口調で呼びかける。

「起きて！　早くっ、ハルト義兄さん！」

また、名前のところで震えた。声は届いているのだろう。目の前にいるのに、心はどこを彷徨《さまよ》っているのか。騎士服が所々破れているせいで、右半身にのみ崩れた紅い文字があるのだと分かる。

それを見て、自分はこの人のことを知っているようで知らないのではないか、と思う。

けれど、これまで関わってきた日々が目まぐるしく思い出される。……そう、いろいろと言いたいことがあったのだ。

「最初はとんでもなく迷惑を被《こうむ》ったし、和解したらしたで、毎度毎度の心配性なお小言うざいですし。構ってアピールもしつこいし、押しも強いし、異次元まで追いかけてくるし、窮地には必ず助けに来るから〈借り〉だらけになってるし。手作りお菓子には浮かれすぎだし。肉食系美女が苦手だからって、手近なわたしを恋愛候補に入れるのはどうかと――常々思うんですよ！　別に義兄妹だっていいじゃないですか。仲良しの義妹でいいじゃないですか！　ほんっと面倒臭いっ」

口早にまくしたてて、最後にあの時呑み込んだ言葉を口にする。

「それはそうと、わたしの裸見ましたよね！　悪戯《いたずら》しました⁉」

その問いかけに、彼はカッと両目を見開いた。

「してないよ！　君に嫌われたくないから！」

視線が合う。正気に戻ったらしい義兄は、こちらを食い入るように見た。

「……何でこんな危険な場所に、コニーが……とうとう幻覚が……」

「助けに来ましたよ、ハルト義兄さん」

「本物？」

次の瞬間、ぎゅうと彼は抱き着いてきた。

「――城が、襲撃されたと聞いて……無事でよかった……！」

鎧の上からなので羞恥心はやってこないものの、困惑が押し寄せる。

リーンハルト様……わたしよりご自身の心配をした方がいいのでは……

マントも騎士服も裂けて砂まみれ、謎の紅い紋様は顔と体の右半分をがっつり染めている。原因は何？　だから、情緒不安定なのだろうか。碧《あお》い目は潤んでるし、鎧越しでも震えが伝わってくる。

思わず籠手のついた手で、ぽんぽんと彼の背中を軽く叩いて宥める。

でも、思い切って聞いてよかった。今なら嘘つく余裕もないだろうし……うっかり「出来心で悪戯した」なんて言われたら、憑物士と一緒に片付けてしまうところだった。

ちなみに今、結界の外は憑物士どもがいっぱい取り囲んでいる。首だけ狼とか魚とか虫とかのやつが、攻撃魔法をぶつけたり、魔力の灯る拳や剣で殴ってきたり。どこかで見たような三角耳の茶色い犬頭もいるけど……まぁ、ご苦労様です。

義兄に彼の魔法剣を渡しながら尋ねた。

「体調は気になりますが……戦えそうですか？」

「私の剣、取り戻してくれたんだね。ありがとう、大丈――」

いきなり閃光がドーンと炸裂。結界周りの憑物士どもを全て吹っ飛ばした。その威力に何事かと見回せば、魔獣槍を手にしたアベルと、行方不明だった黒いひらひらの長が駆けてくる。

さらに、〈黒蝶〉たちとニコラ、アイゼンもやってきた。いつの間にか瘴気がすべて消えたので、この場所まで来られたようだ。リーンハルトの異様な姿に驚くも、誰もが追及している暇などなかった。周囲はまだ敵だらけ。しかも、どこで手に入れたのか、その多くが武器を所持している。

〈先行隊〉七名に解放された三名を加え、全員で憑物士を狩りつつ、破竹の勢いで出口へ向かう。

しかし、無情にも閉まる扉。揚羽が攻撃魔法を仕掛けるも撥ね返される。

「こいつら、全部片づけなきゃ、落ち着いて扉の破壊も出来ないわ！」

見た目、美女でしかない揚羽が髪を振り乱し、飛び掛かってきたやつに向けて爆炎魔法を放つ。

その方向にいた十余りの敵をも巻き込んで燃やした。

「揚羽隊長！　わたしがやってみます！」

行く手を邪魔する敵を斬り飛ばし、コニーは駆けつける。そこは、先ほど巨人が腕を出してきた扉だった。他にも出入口はあるのに何故、と疑問に思ったのも一瞬。

アレが守りを固める先に、きっと主がいる！　ならば、この扉が一番の近道！

小精霊に中楯を指示。「五倍強化！」で、扉をぶん殴る。木っ端微塵に吹き飛んだ。最強の魔法楯である。

「出口、確保しました！」

コニーが叫ぶと、近くにいたアベルが「〈先行隊〉、闘技場より速やかに退却！」と号令をかける。

即座に、ニコラ、〈黒蝶〉四名が敵を捌きつつ移動し、リーンハルト、アイゼンが続いて、最後に出口から抜けた揚羽が振り返り、大きめの爆炎魔法を放って敵を後退させる。

「楯を並べてきっちり蓋を！　この出口を塞ぎます！　二十分維持！」

コニーの指示に合わせて、小精霊が楯の結界を発動して敵を遮断。同時に警告を発した。

〈異物が中に入った〉

発光する結界のお陰で、通路は薄明かりに包まれているが、その奥は暗闇。隠れているとしたら、そこか。その場にいる全員が何かを感じて、そちらに目を向ける。揚羽が、魔法で作った火の玉を通路の奥へと投げた。照らされた人影。コニーは一足飛びに駆け、愛刀で攻撃。逃げようとするその背中を思い切り斬りつけた。

「ぎゃあぁっ！」

人より大きな黄色い狒々がのたうち回る。マルゴだ。

「よくものこのこと、わたしの前に現れましたね？　王太子への謀略に加担した罪、多くの騎士を罠で殺傷した罪、その命で償ってもらいますよ」

かつては城女中、コニーの同僚でもあったマルゴ。以前、尻尾と左腕を断ち切ってやったが、本当に懲りることを知らない。

「し、知らなかったんだ！　あたいはただ、影王子に利用されただけで！　あんたが本当に〈黒蝶〉だったなんて――」

白々しい嘘。戦闘中も他の憑物士に隠れながら、窺うように近づいてきたのだろう。マルゴの長く伸びきった凶器のような爪を見る。

「死にたくないなら何故ついてきたんです？」

「ここに来て分かったんだ……あいつらのやり方にはついていけない！　悪魔になんかなれない！心は人間のままなんだよ！　ツライんだ、助けておくれよ……あたいをここから連れ出して！」

涙混じりの鼻声で訴えてくる。しかし、その視線はコニーの後ろにいる義兄に向けられていた。

「助けてくれるなら、囚われの騎士たちの居場所を教えるから！」

苦々しい表情でリーンハルトは「どこにいる？」と問い返すと、一縷《いちる》の希望を掴んだと思ったのか、マルゴの狒々顔が明るくなる。

「最下層の〈50〉階に――」

コニーが使った階段は百五十階分あった。だが〈歪んだフロア〉だし、どちらが嘘をついているのか……いや、ここで悩む必要はないな。

「わたしは信用しませんよ。あなたが何を言おうと」

義兄や他の人たちに視線を向けると、同感だと頷く。

「そんな、ダグラー様まで……あたい、あたいは本当のことを、言ってるのに……」

突っ伏して、ワッと泣き出す狒々マルゴ。

「あたいは、最初から悪魔になんかなりたくなかった！　あたいを追い詰めたのはコニー・ヴィレ、あんただ！　可愛くもない美人でもない貴族ですらないくせに！　ダグラー様の義妹になって、彼の人生に関わりやがって――あたいを妬ませた、あんたが一番悪いんだ！　責任とれよおっ！」

おぉんおぉんと激しく号泣する。

「人間に戻りたいよぉ！　人のいる場所に戻りたいよおおおう！」

マルゴが流す赤い血を見て、まだ完全に悪魔化していないことに気づいたコニー。ひやりとするような冷たい声音で告げた。

「――人間に戻すことは出来ますよ。荒療治にはなりますが」

ぴたりと泣き止《や》む狒々。右手で覆っていた顔をゆっくりと上げる。

瘴気と魔力を含む〈黒きメダル〉も〈心核〉同様、今のコニーなら鮮明に見つけ出せる。

〈黒きメダル〉は埋没した位置に繊毛の根を張る。だから、それを壊せば悪魔召喚の契約切れとなり、悪魔は地涯《ちがい》へと強制送還されるのだ。臓器に〈黒きメダル〉が根付く場合においては致命傷となるため行えないが、マルゴの場合、右の二の腕に埋没しているので可能である。

コニーは、「後悔しないいなら」と付け加えた。

「しない、するもんか！　頼むよ、あたいを人間に戻して――」

コニーは愛刀を鞘にしまい、小精霊に預けておいた〈黒蝶〉の短剣を出してもらう。座り込んだマルゴの右腕を摑むと、〈黒きメダル〉目がけて刃で突く。金属の砕ける感触。コニーはさっと彼女から離れた。

マルゴの体が少しだけ浮き上がり、その真下に黒穴が開く。彼女からぶわりと抜け出した黄色い靄《もや》を吸い込んで――もとの床に戻った。三十秒にも満たない出来事だった。

「あ……はは、戻れた！　人間に戻れたんだ！」

布切れ一枚を巻き半裸状態のマルゴ。その左腕はなく、背中から血を流しながらも喜んでいる。

「さぁ、進みましょうか」

一部始終を無言で見守ってくれた皆を、コニーは促す。

揚羽が明かりの火玉を浮遊させつつ先導し、皆が暗い通路を移動する。

「まっ、待ってよ！　あたいも一緒に――」

背中と右腕の痛みに耐えながら、よろよろと立ち上がる。

――憑物士の〈黒きメダル〉だけを壊す。これは悪魔を逃すことになるので、当然ながら推奨されないやり方だ。本来、憑いた悪魔と召喚者はセットで始末すべきもの。

だが、あっさり殺すなど、彼女が犯した罪に釣り合わない。

主を害する側に与したことは許しがたい。楽に死ねる道など残す必要はない。憑物士のアジトであるこの場所で、武器も持たない手負いの人間がどうなるか。憑物士は半身半獣で鼻が利く。すがる相手をころころ変える役立たずを、影王子とて助けはしないだろう――と放置することに。

しばらくして、広い場所に出た。壁際には松明が揺らぐことなく青く燃える。また魔道具か。これまで目にしただけでも、結構な金額になりそうだが……どうやって捻出しているのだろう。

あの巨人が悠々と歩き回れるほどの広さと天井の高さ。だが、本人はどこにもいない。

右と左に大きな扉はあるが、どう見ても人間用だ。

「おそらく、その〈不浄喰らい〉ってやつは、ここに転移で出入りしているのでしょうね」

揚羽がそう言った。納得の意見。

梟とスノウが二つの扉の中を調べに行ったので、残る八名は待機することに。

ふと、コニーは黄髪の青年が背負っている大きな包みが気になった。

「コーン、そんなもの持っていました？」

「あ、コレな！　見覚えがある大剣を持ってる敵がいたから、取り返した！」

嬉しそうに背中から外して中身を見せる。ボルド団長の愛剣だ。

「おれっち、ボルド団長にずっと憧れてたんだ。だから形見にするんだ！」

国一の剣豪を勝手に亡き者にするとは、どういう了見だ。

「縁起でもない、わたしが預かります！」

コニーは素早く大剣を奪った。

「ちょっ、なんでだ⁉　おれっちが取り返したのにっ、ずりぃぞ！」

「わたしは彼の（元）弟子だからいいのです」

揚羽を除く人々に驚愕の目を向けられた。

「ボルド団長の弟子⁉　聞いてねぇけど！」

「そんなに欲しければ、わたしの屍《しかばね》を越えて手に入れなさい」

さっさと大剣を布に包んで背負うコニー。

「ぐっ、高位精霊の鎧着てたら、フェアじゃねーだろっ」

「ボルド団長に会ったら、伝えておきますよ。無礼な駄犬二号が剣をパクろうとしたこと」

「ち、ちげーよ！　生きてたらちゃんと返すつもりだったし！」

ぎゃんぎゃん駄犬二号が騒いでいる間に、梟とスノウが戻ってきた。

左が上階への階段で、右がまっすぐに続く通路だという。義兄が思い出したように言った。

「影王子が言っていた。他の騎士たちは毎日、闘技場に送り込んでいるって……案外、近くの階にいるんじゃないか？　移動の手間を省くためにも」

「ありうるな、それなら二手に分かれて行動しよう」

アベルがそう提案し、組分けすることになった。〈王太子救出組〉にコニー、義兄、アベル、アイゼン、揚羽。〈騎士救出組〉にチコリ、コーン、スノウ、梟、ニコラ。瘴気に対抗できる前者が塔を目指す。巨人がジュリアンのいる塔への道を塞ぐと思われるためだ。

――わたしには鎧がありますし、アベル様には魔獣槍、アイゼン様は魔除け石、揚羽隊長は強力な防御魔道具を常に身に付けてますから。リーンハルト様は……あの赤い紋様のせいか瘴気を弾いていたので、妥当な振り分けですね。

〈黒蝶〉とニコラの鎧もある程度の瘴気なら弾くが、人を溶かすレベルでの濃い瘴気まで弾くことはできない。

〈騎士救出組〉は、この二十四階を中心に捕われた騎士らを探す。そして、援軍を引き入れるため、城塞の結界を解除しなくてはならない。スノウが魔力探知の魔道具を持っているが、まだそれらしき反応は見つかっていないという。

じきに、闘技場を封鎖した結界が消えるので、憑物士たちが追って来る。

「時間稼ぎをしましょう」

先に〈騎士救出組〉に右の扉から出てもらうと、コニーはその扉を内側から結界で塞ぐ。

それから、〈王太子救出組〉も左の扉へと駆け足で出る。壁に張りつきながら追いかけて来たマルゴが何か叫んでいたが、構っている暇などない。左の扉を出た最後尾のコニーは、それを閉めて結界で塞ぐ。

「そのまま二十分、維持！」

上階への階段を探して回る。黒いひらひら衣装をなびかせる揚羽の横顔は、かなり激ヤセしていた。王太子救出による敵へのリベンジに燃えているので、元気そうではあるが。

そういえば、とコニーは尋ねる。

「揚羽隊長はどうやって脱出したんですか？」

「クロッツェ経理室長が、魔獣槍で檻を壊してくれたのよ」

前を行くアベルを見ると、気づいた彼が振り向き「偶然、檻を見つけた」と言う。

「えぇ、と……それはすごい偶然ですね」

方向音痴が秘かに役に立っていたとは……

後ろにいたはずのリーンハルトが急に割り込んでくる。コニーの隣をさりげなく確保。

「クロッツェと一緒に旅してきたの？」

「〈先行隊〉と一緒にですよ」

「ここへもクロッツェと？」

「だから、〈先行隊〉の皆とですよ！」

あからさまに嫉妬を見せる義兄。

「これからは私を頼ってほしいな。いつ、いかなる時も」

彼の背後に、にゃーんと甘える血統書付きの猫が視える。顔に変な紋様が入っていても、華やかな美形の笑顔はまぶしい。

コニーを挟んで反対側を歩く揚羽が「え、いつも彼こうなの？」とドン引いてる。

この構ってウザアピールには、虚無をはりつけスルー推奨です。

「ダグラー副団長、ちゃんと上階への入口を探せ」

黒髪の上官が前方で眉間にしわを寄せながら威嚇……じゃない、注意してくる。

「言われなくても探しているよ」

「お前が見ているのはコニーだろうが。いちいち覗き込むな、近寄るな、時と場合を考えろ」

それを見た揚羽が「あっちも何だか余裕なさそうね。いつもああなの？」と問うてくる。

「まぁ、あの二人は犬猿の仲というか……」

「そう言っちゃうアナタの枯れ具合も相当なものよ？」

なんですか、その気の毒そうな顔は……

さらに、コニーらの後ろを歩くアイゼンの声が聞こえてきた。

「やはり、私の目に狂いはなかった。貴女のことを、もっとよく知る必要があるようですね」

――ん？　誰のこと？

意味深なそれに、睨み合っていたアベルと義兄が驚愕の表情で振り返る。

「待て、今のはどういう意味だ？」

「誑《たぶら》かすのは猫だけにしてくれ！」

全員が足を止めて、何故かコニーを囲む。揚羽が呑気に「モテ期、到来ねぇ」と――

コニーは真面目な顔で彼らを見た。

「皆さん、時と場合を考えて」

☆

侵入者たちが闘技場を突破しても、影王子は余裕を崩さなかった。

ジュリアン側の最強カードである、ボルド団長を手に入れているからだ。そして、イバラの最大出力での攻撃が二度必要だった〈不浄喰らい〉の巨人ゾーラ——あれの弟ドーラがまだいる。

姉より一段階ほど力が劣る上位上級の悪魔憑きであるものの、人間にとって未曾有《みぞう》レベルの脅威には変わりない。

たかが人間にアレを倒せるかな?

そう思ってふと、副団長の先ほどの異変は何だったのかと気になる。一時、魔力が噴き出したように見えたが今は収まっている。なのに瘴気を寄せつけない。奇才の魔道具職人ならあの赤い紋様が何か知っているだろうか。あとで聞いておくとしよう。

悪魔化への迷いを振り切ったネモフィラも活躍してくれるだろう。楽しみなことだ。

だが、念には念を。万が一は想定しておくに限る。

——二人の王子も、元王妃の死体も、二度と、この世界には返さない。

朽ちた塔の最上階。彼らのいる小部屋は誰の手も届かない——一片の光も届かない、昏《くら》い昏い闇底に沈めておいた。

「終ワリノナイ怨嗟ノ中デ、モガキ苦シミ、絶望ヲ味ワエ」

かつても今も、救われぬ自分のように――

余聞　姫君と小さな猫

「愛してる、は唯一の大事な女性にだけ言うのよ」

でないと誠意は伝わらないのだと、母が亡くなる前に言った。

妻も愛人も〈平等〉に接する父のことか、と察して約束した。

翌年、十五歳になったリーンハルトは、王立ハルビオン学園に中途入学した。三つ年下の第二王子とともに学生寮で過ごすことに。それを聞きつけたステラも追いかけるように入学してきた。

彼女との出会いは半年前。母の葬儀で会った遠戚の子だった。

「ステラは二つ年下なの。本当の妹だと思ってくれていいのよ？　ね、リィン」

病弱な彼女に、病弱だった母を重ねて見た。だが、貧血で倒れた時に介抱したことは、今でも後悔しかない。彼女はそれから度々会いに来た。何でも言うことを聞いてくれるものと勘違いしたのか、会うごとに我儘《わがまま》と要求はエスカレート。

「いつも手袋をしているのね？　ダグラー公爵家の子供は、生まれてすぐに特別なおまじないをつけるって聞いたわ。手にあるのでしょう？　ステラに見せてちょうだい」

もちろん答えは否だが、彼女はしつこかった。このことをきっかけに、彼女を邸内に招かないようにと執事に伝えた。それがこたえたのか、ようやく詮索をやめてくれた。

学園生活が始まると、女性と話すだけで嫉妬し泣き出すこともあった。図書室で同性の級友と勉強をしていても、強引に割り込んでくる。注意をすれば、また泣き出す。

ステラは友人を作らず、病気を理由に授業をさぼる。そのくせ、こちらの休憩時間には待ち構えたように現れる。いい加減、辟易《へきえき》して無視すると、「死んでやる!」の脅し文句が口癖になった。

それでも、一週間ほど無視を続けると――ステラは自殺未遂をやらかした。

首に縄を巻きつけ倒れているのをルームメイトが発見。以来、本当に死なれても困るので、必要最小限の返事はすることに。付き纏いも勝手にしろという感じだ。日に日に疲労が蓄積してゆく。

学園に入ることを楽しみにしていたリーンハルト。それが今や、ステラに邪魔されずまともな会話が可能なのは、身分の高いジュリアン王子だけという……彼女のお陰で世界は灰色だ。

――このままでは精神的に参ってしまう!

六月から三ヶ月の夏休みに入った。ステラに黙って二ヶ月の小旅行に一人で出かけた。

鬱々とした気分はリフレッシュした。旅先でたまたま出会った級友たちと、親睦を深めることも出来た。誰と話すのも自由だ! 王都に戻ってからは、ジュリアンに誘われて王宮内や騎士団の見学をさせてもらったり、地方の視察にも同行させてもらったり、と充実した日々。

夏休み最後の日、ジュリアンとともに魔獣車で学園寮へ向かう途中のこと。

王宮での人付き合いはしがらみも多く面倒だ、という話をしたあとで、彼はぽつりと零《こぼ》した。

「時には自身の足を引っ張るものは、捨てる選択もしないとね。いつまでも放置していると、情があるのだと勘違いされてしまうから」

それは、自分に向けられた忠告であるようにも感じた。


九月一日。学園での授業が始まると、またステラが絡んできた。

「ひどいわ、リィン！　どうして旅行先を教えてくれなかったの⁉」

「必要ないから教えなかった。もう付き纏わないでくれ、迷惑なんだ」

思えば、これまで病弱な彼女を傷つけまいと注意の仕方もやんわりで、あげく面倒だからと無視をした。ステラに対してきっぱりと断ったのは、それが初めてだった。よほどショックだったのか、彼女は号泣して駆け去っていった。ようやく彼女との間に一線を引けた。

そう思ったのも束の間——甘かった。

翌日の昼休憩。けろっとした顔でステラが教室にやってきた。

「リィン！　早起きしてお弁当を作ってあげたわ！　ステラ特製のローストビーフよ！」

——この子の頭は一体どうなってるんだ？

そこへ小太りの男性が、ぬっと現れた。

「そこのキミ、ダグラー君だよね？　ちょっと顔貸してくれる？　大事な話があるからさ」

「ちょっと！　ステラの用事が先でしょ！」

タイピンの色から上級生と知り、騒ぎ立てるステラに構わず彼について行った。

彼は演劇部の部長だった。毎年、秋の学園祭に目玉となる演劇があり、その主役にリーンハルトが抜擢されたというのだ。これは学園恒例の行事。学園長命令で、基本的に誰であろうと辞退は認められず――

〈その年に入学した男子の中から、全女生徒の投票で主役を決める〉

という謎伝統もあるらしい。しかも主役は姫だ。線が細く男子服を着た美少女のようでもあった彼は、ジュリアンと一票差で決まった。

のちに「君がいてくれて本当によかった」と微笑んだ王子がまた小憎らしい。

過熱するステラの追い回しに加えて、やりたくもない演劇の練習。憂鬱な秋である。

十月半ば、三日続いた学園祭の最終日。

演劇は姫と王子のラブロマンスだった。主人公はリィン姫。お転婆すぎて婚約者がことごとく逃げてしまうのだが、最後に彼女を理解する精霊の王子が現れてハッピーエンドというベタ展開。

ちなみに、姫のモデルはハルビオン国の初代女王。婚約者がなかなか決まらなかったという部分は合っているのだが、実際の伴侶になったのは人間の王子なので、これは、伝説の高位精霊〈緑の佳人〉と女王が結ばれていたら～というアナザーストーリーなのだ。

演劇は本日のみ。午前と午後の部、二回にわたって出る。そのためドレスも着たままだ。

リーンハルトは額に両手を当ててうなだれる。

「脇役の着ぐるみの方がよかった……」

午前の部は最悪だった。「愛してる」と言われて、「愛してます」と返す台詞があるのだが、芝居であっても王子役の上級生（男）に言いたくなどない。「母の遺言なので～」と練習中は断っていたが、本番で「返事を聞かせてくれ！」としつこく強要されたのだ。爽やか坊主の小顔のくせに体だけは異様にガチマッチョというアンバランスな男に！　背中につけた羽が小さすぎて精霊ではなく蝿《はえ》のよう。さらに実力行使でキスされそうになった。顔面を摑んで床に張り倒し、男は気絶して事なきを得た。周囲からは笑い声と拍手が聞こえてくる。

「台本通りやってくれなきゃ困るよッ！」

舞台裏に戻ると、脚本・監督担当の演劇部長に怒られた。

「観客はウケていたみたいだけど？」

「ロマンスなのに笑いを取ってどーするんだよ！　次はちゃんと台本通りにやってよ！」

シリアス路線でやりたいなら、明らかに配役ミスだろ。

次の公演まで時間がある。人目のない校舎の裏庭にあるベンチに座ってぼんやりしていた。

この一ヶ月半、演劇の練習があったから、ステラを避ける口実にはなった。そういえば今日はまだ見てないな。明日からどうするか……

今の内に何か食べておくか、と思い立ち上がる。出店で購入するので財布を取って来なくては。

着替えと荷物は楽屋のロッカーに入れてある。

講堂へ向かうため校舎内を通り抜けようとすると、廊下でうろうろしている者が目についた。

何だあれ、頭がやけに大きいな……と思って近づくと、共演者の着ぐるみネコだ。何か違和感。

さっき見た時より背が低すぎるような……衣装もだぶついてるし……

ハッとした。第二王子は王妃に命を狙われている。暗殺者か……!? 動悸がしてきた、落ち着け。確認しないと。

「君、こんな所で何してるの？」

なるだけ警戒されぬよう、朗らかに声をかけた。ぴくっと着ぐるみネコは飛び上がる。バッと振り返り、焦ったように両手を振った。

「お届け物があって、ジュリアン様を探してます！　どこにいますか？」

幼い女の子の声だった。

「そうなんだ、私が持って行ってあげるよ」

「いえ！　大事なものなので直接お渡ししないと！」

引き受けようとしたら拒否された。これは怪しい。

「彼は生徒会の副会長を務めているから、生徒会室にいるんじゃないかな」

そう教えて、こっそり後をつける。その途中で、運悪くステラに捕まってしまった。

「やっと見つけたわ、リィン！　あいつは何なの!?」

いきなり怒りの形相で詰め寄られた。詰め物が入ったドレスの胸を掴んでくる。嫌がらせか！

「あいつって？」

ステラの両手首を掴んで、胸から引き剝がしながら問う。

「あの王子役よ！　ステラのリィンにキスしようだなんて、許せない！」

しばらく会わないでいたら、言動がさらにおかしくなっている。

「私は君のものではないんだけど……」

「何よ、あんな男が好みだっていうの!?」

「そうじゃなくて」

「こんなに愛してるのに！　なんでそんなに冷たくなったの!?　前みたいに優しくしてよ！　ステラのことは本当の妹だと思ってるって言ったじゃない！　あれは嘘だったの!?」

「嘘も何も……そんな事ただの一度も言った覚えはないけど？」

被害妄想、激しくないか？

「さっきは不細工なネコに優しくしてたくせに！」

着ぐるみを尾行している私をつけていたって？

「——君といると疲れる。もう、うんざりだよ」

すると、ステラはすっと真顔になった。

「……そう、疲れてるからそんなこと言うのね。飲み物を持ってくるから、待ってて」

「いや、だから、人の話を」

去ってゆくステラは廊下の角を曲がろうとして、「邪魔！」と、そこにいた誰かを突き飛ばした。

重い頭のせいか独楽《こま》のように転ぶネコの着ぐるみ。思わず駆け寄って手を差し伸べた。

「大丈夫かい？」

手を掴んで立ち上がらせる。手袋越しに触れた手は驚くほど小さい。十歳前後かと思う。

「あなたこそ大丈夫？」

ぱっと手を離し、何故か心配そうに聞き返された。

「え、何が？」

「百合の修羅場じゃ……？」

「……誤解だから。あの子はただの親戚。それより生徒会室へは行ったの？」

ネコ頭をふるふると横に振った。

「ジュリアン様はいませんでした」

「お昼だし、食事に行っているのかも知れないね」

まぁ、こんな小さな暗殺者なんているわけないよな……

「出店の方に行ってるかも、おいで。案内してあげるよ」

手招きするとちょこちょことついてくる。校舎を出て、広場のある美しい庭へと向かう。にぎやかな声、大勢の行き交う人々。生徒たちが出すたくさんの屋台。焼き栗の店に行くと、夏休みに仲良くなった級友に声をかけられた。

「おっ、リィン姫！　舞台うまくいった？」

「ドレス似合ってるじゃん！」

「最悪だよ。笑いは取れたけどね」

「ロマンスじゃなかったんだ？」

「そっちの子も配役？」

「そう、姫の飼い猫だよ」

と答えると「お疲れ～」と焼き栗を二人分奢《おご》ってくれた。着ぐるみネコにあげると「いいんですか⁉」と弾んだ声が返ってくる。早速、ネコ頭の口の部分に、殻を剝いた焼き栗を入れて食べている。お腹空いてたのか。

「リィン姫とネコだぁー、可愛い！」

数人の女学生たちが手に品物を持ってやってきた。

「これ、うちの店のクッキーなの！　どうぞもらって！」

「チーズたっぷりのじゃが芋グラタン食べて～」

「リィン姫、焼きたてワッフルをどうぞ！」

「冷たいレモネードはいかがですか？」

「リィン姫！　甘くておいしい林檎飴《りんごあめ》をどうぞ～」

ステラ以外の女生徒と話すのは久しぶりだ。入学時以来か。何故か、みんなタダで商品をくれる。ネコにも分けると恐縮しつつも嬉しそうな声。

「こんなに……ありがとうございますっ」

礼儀正しいネコだな。何か可愛い。

近くのテーブルでレモネードとじゃが芋グラタンをいただいていると、さらに食べ物をくれる人たちが現れ、持ち切れないほどの量になってしまった。見かねて、大きな袋をふたつ差し出してくれる女の子がいた。見覚えがある。同じクラスの子だ。

「ありがとう。助かるよ」

「あの、今日は婚約者様とご一緒ではないのですか？」

「……え、誰のこと？」

唐突な問いに目が点になる。話を聞くと、ステラが自分の婚約者だと名乗っているのだという。それも一ヶ月前から。演劇練習で彼女を避けている間に、学園中に広まったらしい。それを誰もリーンハルトに尋ねる人がいなかったのは、『正式な発表はまだだから、黙っててほしい』とステラが言ったためのようで――

「それ、完全なるデマだよ……」

呆然としてる間に、ネコはせっせともらい物を二つの袋に詰めていた。

そのあとも、祭り会場でジュリアンを探したが見つからなかった。見上げた空、こんもりとした木々の向こうに建設中の校舎が見える。祭りの開催中は、工事を中断すると聞いた。

そういや、少し前に『どのぐらい工事が進んだか見たい』と殿下が言っていた。まさか今日？

どさっ！　菓子袋をベンチに置く音で、我に返った。ネコがものすごい勢いで離れてゆく。呼び止める暇もない。直感的に異常事態を感じてネコを追いかけた。ドレスだと走りにくい！　辿り着いたのは建設中の校舎。階段を上ってようやく見つけた。

「何をしてるんだ！　ここは危ないから入っては……！」

「不審者を見かけたんです！　ジュリアン様を殺すって言ってました！」

ん？

「君、ずっと私の近くにいたよね？　それなら私も見聞きしていると思うけど……」

「少し離れた所にいましたから。唇の動きを読んだんです」

ちょっと待て、やっぱりこの子変だ。

「人相と格好は？　不審と思った点は？」

「一般客です。帽子を目深《まぶか》に被って顔を隠して、紳士っぽい格好。若いのに杖を持っていました」

紳士なら若くても杖を持つと思うが……不審さが微妙というか。

「ねぇ、ここで何してるの？」

背後からステラが現れた。ネコを睨みつけながらリーンハルトに近づく。そして、手にした銅の水筒から、とぷとぷとカップに注いで差し出してきた。

「疲れがなくなるの、飲んで」

ネコが不思議そうにつぶやく。「出店があるのに、自前で用意してきたのですか？」と。リーンハルトは「いらない」と拒絶の姿勢を見せた。そして、辛辣な言葉を投げつける。

「君がいなくなれば疲れることもない。本当に、どこかに行ってくれないかな？　出来れば二度と私の視界に入らないでくれ！」

青褪めるステラ。ぶるぶると手を震わせカップの中身を零す。

――廊下の奥で気配がする。死角に誰かいる？

リーンハルトが気づいたと同時に、ネコが吹き抜けの手すりから乗り出し階下を覗いた。

「ジュリアン様が来てます」

思わずそちらへ身を乗り出して確認する。玄関口から数人を連れたジュリアンが入ってくる。

――まずいな。

激昂したステラが水筒をネコに投げつけてきた。ネコは身軽にそれをかわす。ステラはペティナイフを取り出して叫んだ。

「死んでやる！　脅しじゃないから！　ステラを見捨てた事、後悔すればいい！」

廊下の奥へと走っていく。何で今、ナイフを出した？

「あの人、死ぬ気ないでしょ」

「あぁ、確かに追いかけてほしい構ってちゃんだよ」

放置したいが、ステラの向かった先に不審者が隠れている。あとを追うとネコもついてくる。

曲がり角の奥に倒れたステラ。そこにいた男は帽子を深く被り、杖を構えていた。ふさっとした口髭があるが、何か違和感。ステラは……流血している様子はないので杖で殴られただけか。

近くに積まれた建築用の角材。それを両手に掴んだリーンハルトは、男めがけて力強くぶん回した。この異常膂力は、先祖代々ダグラー家の長子に現れるもの。しかし、男はすばやく杖を振りぬいて応戦してきた。スパンと角材が分断される。仕込み杖か！

「リィン姫、パス！」

ネコが新たな角材を投げて寄こした。それを受けとり、襲いかかる男にもう一度、殴りかかる。

男が刃を振り切った隙をついて、横からネコが突進した。目にも留まらぬスピードで「とりゃあっ」と、場違いなほど可愛い声。ズドン！　男の腹部に頭突き。男は吹っ飛び壁に激突して――落ちた。

「ファインプレーだね！」

着ぐるみネコの小さな両手に、パンッとこちらの手を合わせる。

「姫こそ」

ドレスの胸元を飾るリボンを解き、それで男の両手首を背後に回して縛り上げた。床に口髭が落ちている。変装していたのか。素顔が若い。

「リーンハルト？　何の騒ぎだい？」

廊下の向こうから黒髪の王子が顔を見せた。リーンハルトが説明をすると、一緒に来た生徒会メンバーが警備員を呼び、気絶したままのステラと男は連行されていった。

「理由なき武器所持は、規則違反だからね。謹慎は三ヶ月になるよ」

ジュリアンの言葉にげんなりする。たった三ヶ月か、と。

「それにしても、暗殺者を一人で捕らえるなんて大したものだね」

「いえ、協力してくれた子がいて――」

ふと気づけば、ネコはいつの間にかいない。

それから、リーンハルトは午後の演劇に出るため講堂へと戻った。そこで会えるだろうと思っていたら、彼女はおらず。いたのは着ぐるみを探す男子学生。昼食をとるために脱いだらなくなっていたという。怒った演劇部部長が「早く探してこい！」と尻を蹴飛ばしていた。共演者の王子役を見て憂鬱になる。何度もウィンクを飛ばしてきて、気持ち悪い。そして、舞台は開幕した。

「愛してると、嘘でもいいから言ってくれ！」

王子役が本気で迫ってくる。爽やか坊主の小顔ガチマッチョが、肉壁でグイグイ押してくる。リィン姫はぞわわと鳥肌を立てた。観客からは「いいぞ、押しまくれ！」という腹の立つヤジと、笑い声。背後からも「ぷ」と、小さく噴き出す声が。ムッとしてそちらを見れば、侍女役に紛れて背の低い着ぐるみネコが立っている。

今笑ったの、君か？

お城のセットを背景に、壁ドンしてくる肉壁野郎。

「リイィン姫、返事を！　色好《いろよ》き返事をおおお！」

「しつこい！」

そのみぞおちを拳で容赦なく殴った。客席の奥まで吹っ飛び、出入口の扉にドゴンとぶつかる。

講堂はシンと静まり返った。リーンハルトはサッと優雅にドレスをさばき、背後にいた着ぐるみネコを確保する。ひょいと抱き上げた。

「私が愛しているのは、このネコです！」

そう叫んで舞台袖へと逃走。そのまま裏口を飛び出して庭を疾走、ベンチに置いていた菓子袋を駆け抜けざまに回収して、校舎の空き教室へ。

やっと一息ついて、着ぐるみ少女を腕から下ろすと――

「わたし、そっちの趣味ないですよ？」

「いや、そっちって……誤解だから」

とっさに出たあの台詞が、姫×雌ネコのラブストーリーとして見られたことに頭を抱える。客も同じ勘違いを……うん、もういいや。舞台は終わったんだ。今は気になることを確かめたい。

「殿下には影となる組織がある、って噂を聞いたことがあるけど……もしかして君？」

大きな頭をゆっくり横に振るネコ。

「だよね、小さすぎるし……」

そうは口にしたものの、疑念が消えるわけでもない。彼女は少なくとも嘘をついていた。

暗殺者が人のいる場所で『ジュリアンを殺す』などと独り言を言う訳ないし、変装だと分かる前から若い男だと彼女は知っていた。

「顔を見せてくれないかな？　いろいろと手助けしてくれたお礼がしたいんだ」

「わたしはネコです」

「私の分のお菓子もあげるから、ね？」

持ってきた菓子袋を二つ、彼女の前に並べる。

「買収には応じません」

「嘘だよ、これはお礼としてあげるから」

警戒しているのか。だが、視線はお菓子に向いている。リーンハルトはネコ頭を取ろうと、そろっと死角から両手を伸ばす。

「ニセ王子が後ろに！」

バッと振り向いて戸口を見た。いない？　視線を戻すと、彼女もいない。いや、大きな頭部だけが窓にはさまっている。なんという早業。やはり只者では——

夕焼けの中、遠く走り去ってゆく少女の後ろ姿が見えた。その手には、ちゃっかり二つの菓子袋を摑んで。不思議と疑念は消え失せて、微笑ましさが残る。彼女を見送りながら思った。

——最後まで、〈姫〉で〈百合〉だと誤解されたままだったな、と。

後日、リーンハルトは生徒会室にいるジュリアンに呼び出された。

「暗殺者の調査ついでに、現場に落ちていた水筒も調べてもらったよ」

中のお茶に大量の睡眠薬が混入していたという。持ち主のステラを問い質すと——

大好きなリーンハルトが皆に〈リィン姫〉と呼ばれるのが気に入らず、『学園祭の間だけ眠らせて独り占めしようと思った』と自白。調査に協力した薬師からは、「これだけ入れたら、目覚めない可能性もあった」との証言もあり。ステラは退学処分となった。

押しかけてきた彼女の両親が、「娘の経歴に傷がついた、責任を取れ！」とほざいてきたが——命を脅かされたことを父に報告する、と言ったら一転。「妹みたいに可愛がってたくせに！」となじりながら、逃げるようにステラを連れて帰っていった。

可愛がった覚えはまったくないというのに、またステラの虚言か。

そもそも、あんな怖い妹いるか！　せめて一緒にいても楽しくて癒しのある子なら……

ネコ少女を思い出した。何となく忘れがたくて〈演劇の記念に〉とネコ頭をもらった。

久しぶりに楽しかった。顔を見ることが出来なかったのが残念だけど。いつの日か、また……

揚羽隊長から、お土産の林檎飴をもらった。

「ジュリアン殿下の通う学び舎で、お祭りがあったのよ」

今年の春のこと、十歳のコニーは諜報部隊〈黒蝶〉の正規隊員から、バイトに落とされた。以来、主の近辺護衛からも外されている。

「そうだわ。学園に行く前にアタシ、仔猫ちゃんの所へ寄ったでしょ。書類落ちてなかった？」

それならもう必要ないと思って、竈《かまど》の中に放り込んだ。「いいえ」とシラを切り林檎飴を齧《かじ》る。

彼は今朝、〈暗殺者に関する報告書〉を携えて、学園へと向かった。コニーは彼の落とした書類を届けるべく、学園に潜入した。

「実は、その書類に記されていたヤツが、ジュリアン殿下を狙ってお祭りに潜入していたのよ」

と、学園であった騒ぎの顚末を教えてくれた。暗殺者は捕まったが、牢の中で自害したらしい。

「それから、捕物に協力したネコがいたらしいんですって」

「ほうれすか」

林檎飴をぼりぼり頬張りながら、すっとぼける。主にはバレてしまったかな？　でも、揚羽隊長が遠回しに聞くなら、決定的な証拠は摑んでないのだろう。

——リィン姫と回ったお祭りは楽しかった。もう少し一緒に遊びたかったなぁ。またいつか……

「「会えるといいな」」

万能女中コニー・ヴィレ5

著者　百七花亭

2023年3月5日　初版発行

発行人　藤居幸嗣

発行所　株式会社 J パブリッシング
〒102-0073　東京都千代田区九段北3-2-5 5F
TEL 03-3288-7907　FAX 03-3288-7880

製版　サンシン企画

印刷所　中央精版印刷株式会社

ISBN：978-4-86669-555-6
Printed in JAPAN